行万里路 读百家书

图书馆纪行

刘时觉 著

学苑出版社

图书在版编目（CIP）数据

行万里路 读百家书：图书馆纪行/刘时觉著 . —北京：学苑出版社，2023.9

ISBN 978-7-5077-6728-5

Ⅰ.①行… Ⅱ.①刘… Ⅲ.①随笔–作品集–中国–当代 Ⅳ.①I267.1

中国国家版本馆 CIP 数据核字（2023）第 146617 号

责任编辑：黄小龙
出版发行：学苑出版社
社　　址：北京市丰台区南方庄 2 号院 1 号楼
邮政编码：100079
网　　址：www.book001.com
电子邮箱：xueyuanpress@163.com
联系电话：010 - 67601101（营销部）、010 - 67603091（总编室）
印　刷　厂：保定市彩虹艺雅印刷有限公司
开本尺寸：880 mm × 1230 mm　1/32
印　　张：9.625
字　　数：225 千字
版　　次：2023 年 9 月第 1 版
印　　次：2023 年 9 月第 1 次印刷
定　　价：58.00 元

卢　序

《温州读书报》是温州市图书馆主办的一份小报，创办至今二十多年间开过二十几个栏目，有幸得到省内外众多读者的认可与帮助。征得刘时觉先生的同意，自2013年第8期（总195期）起，本报正式设立"图书馆纪行"专栏，发表刘先生到各地图书馆访查古籍的系列文章。第一年连发五期，四篇作为头版头条，突出处理。鉴于专栏已有良好反响，次年起转到第二版，发了《上图访书》《风送滕王阁》《从"敬文"到"炳麟"——苏州大学读书记》等八篇。2015年发了六篇，但另有一篇虽非"纪行"之文（《一波三折——〈浙江医人考〉出版记事》，2015年第1期），却密切相关，同样受到读者关注。截至2023年2月刊出《润物无声》，加上此前未标专栏名称的《我与温州图书馆》《我的南图情缘》等相关文章，刘先生累计发表58篇之多（《孙衣言刊行〈急救应验良方〉》一文尚未包括在内），足见支持力度之大。这个专栏内容丰富多彩，文章引人入胜，读来十分亲切。

"行万里路，读百家书。"的确，刘先生"四处奔波只为书"，是时下善于利用图书馆的一位学者，即使出差开会，也见缝插针，不失时机地出入号称"第二书房"的图书馆。退休之后，更是马不停蹄，继续辗转访查，乐在其中。当然，疫情三年，行程难免受阻。他以个人之力编撰而成数部百万字以上的大部头医学著作，并屡次获得国家社会科学基金资助，或入选教育部人文社科研究项目，硕果累累，令全国同行刮目相看。

刘先生至今已跑过海内外74家图书馆（其中海外2家），查阅了大量的中医药古籍，在比对、目检古籍实物的过程中，发现与现行目录记载有不同程度的出入，他或订正卷数，或补充作者籍贯，或增收医书序跋，尤其是纠正了《全国中医图书联合目录》（下文简称《联目》）和《中国医籍大辞典》（下文简称《大辞典》）这两部权威工具书的若干错误。

一是补充了两部权威工具书的不少漏记。

如2010年9月去苏州大学炳麟图书馆查书，刘先生"无意中发现了《侍疾要语》《侍疾日记》二书，这是很少见的中医护理学著作，前者《联目》不载，医学界少人知悉，在《棣香斋丛书》中发现；后者《联目》仅载民国十六年版本，实际上早已收录于光绪十八年的《桂林梁先生遗书》中，正在《中国医籍续考》收录范围"。再如2011年3月赴上海医学会图书馆访问，发现《危恶典言》《天地人三图大旨论》两书，《联目》与《大辞典》均未著录，世人少有知晓者，刘先生将其收录于《中国医籍补考》，使之重见天日。

二是纠正《联目》《大辞典》中的许多误记，尤其是"望文生义"造成的差错。

如2015年6月去广州中医药大学查书，刘先生得以纠正《联目》将《保生编》记为巫斋居士撰、成书于康熙五十四年的错误。其实，此书属"道光间晋陵庄大椿编辑的一部丛书，共五种六卷，包括《保生编》《慈幼编》《遂生编》《福幼编》各一卷，《医方汇编》二卷，巫斋居士所撰产科书仅是其中之一，尚有庄一夔的儿科《遂生编》《福幼编》，庄大椿自编儿科

卢　　序

《慈幼编》《医方汇编》，挂一漏四，自当补上"。而在广东省立中山图书馆，刘先生发现"善本明隆庆六年壬申刻本《医方摘要》六册十二卷，是国内孤本"，更据馆藏罗振玉的《眼学偶得》纠正了《联目》于"眼科"门载有光绪十七年刻本的错误。实际上此书为罗振玉研读古籍的读书笔记，"取北齐颜黄门必须眼学，勿信耳受之语，颜之曰《眼学偶得》"，非关医学，与眼科更风马牛不相及。《联目》却将其收为"眼科"典籍，可谓"望文生义"的典型。

　　刘先生在各地查阅古籍时碰到一个禁区："不准拍照"，感受颇深。对此他采取了不合图书馆规定的"偷拍"措施，有时趁管理员转身取书的机会，有时当面说声"来不及了"，未经允许就"咔喳咔喳"拍摄起来。他在《东北访书》（2013年第12期）中说："结果已查到索书号的十一种全部得见，未查到的她也为我找到《罗谦甫医案》《刘晓山医案》《保产育婴》三种，共得十四种。从8时45分起，按原书程序，有条不紊地开展工作，紧张地核对、阅读、抄录，拍照则偷偷地进行，不敢过于放肆，直到11时半，阅读翻看完毕，共拍照42张，抄录4篇序言，记了小半本笔记。"而在广州中医药大学图书馆，就有"一是《推拿书》，一是痘疹著作《广济新编》，乘小张取书之便，偷偷拍了4张照片，省了不少事"。但在浙江图书馆孤山分馆，另有一番遭遇，经允许"拍了64张照片，成绩斐然。正沉醉于紧张的工作之中，管理员沙女士忽一声惊叫，制止我继续拍摄，我不解，早晨未取书之先，已经征求过她的意见并得其同意，怎又变卦？她说：不得自行拍摄，要交由管理人员拍。后来只得夹上纸条，写明起迄页码交付她们了。最后，共拍77张，刻成光盘给我，价478元，还好，不算太贵，否则现金付款报销会有麻烦。好的是，所有的普本古籍都找到了，有25种之多，收获可谓极大。"（2020年第7期）至于江西省图书馆，则不允许拍照，只能硬抄，工作量陡然增大，难免事倍功半之叹。

可见全国各图书馆对使用古籍的规定并不一致：有的可以"拍照"，有的不可以"拍照"；拍照收费标准，则因馆而异。于是就出现上述刘先生在查阅图书馆古籍之际为赶时间而"偷拍"的尴尬情况。当然，这并非个例，很多读者都有类似的苦恼。

解决好这个问题，应是全国图书馆（不仅仅公共图书馆，也包括高校与科研院所的图书馆）的当务之急。既要落实对古籍的保护，也要设身处地为读者着想，顾及专业人士的利用，才能两全其美，真正体现人文关怀。同时，更为迫切的是，进一步与国际接轨，古籍文献如何加快数字化步伐，逐步对读者无门槛开放。

如今"图书馆纪行"专栏文章汇编成书，可喜可贺。这是《温州读书报》继"我的签名本""温州老版本""我的第一本书"之后第四个专栏结集出书，令人感奋。我结识刘先生二十多年，不仅仅是编辑与作者、馆员与读者的关系，而且在《温州文献丛书》编辑部、温州市政协（第八届）、温州市文史研究馆、温州市图书馆地方文献工作委员会四度共事，时常见面，互相切磋，受惠良多。与刘先生相处，有一种踏实的感觉，使人很安心。他淡泊名利、超然于奔趋的心境，久为周围友朋所默识推许。刘先生再三叮嘱我作序，给了我一次重温的机会。盛情难却，不避佛头着粪之嫌，写下这几句话，郑重向诸位读者推荐。

卢礼阳

2023年5月18日于温州图书馆研究室

（作者系温州市图书馆研究馆员）

目　录

1. 我与温州图书馆 …………………………… (1)
2. 行万里路，读百家书 ……………………… (6)
3. 国图纪事 …………………………………… (12)
4. 三进中科院 ………………………………… (17)
5. 令人神往的医籍宝库 ……………………… (21)
6. 大院里的小书店 …………………………… (26)
7. 未名湖和燕南园 …………………………… (29)
8. 首善之区 …………………………………… (33)
9. 超载而归 …………………………………… (38)
10. 闹市中的清静之地 ………………………… (41)
11. 他乡遇知音 ………………………………… (46)
12. 两头奔波 …………………………………… (50)
13. 东北访书 …………………………………… (54)
14. 泉城的丰收 ………………………………… (58)
15. 从零陵路到张江 …………………………… (62)
16. 上图印象 …………………………………… (66)
17. 独藏深闺 …………………………………… (70)
18. 南图情缘 …………………………………… (73)
19. 三进仙林 …………………………………… (79)

20. 从敬文到炳麟 …… (83)
21. 天堂读书记事 …… (87)
22. 烟花三月下扬州 …… (92)
23. 无锡会书友 …… (97)
24. 再访无锡 …… (102)
25. 三九常州 …… (106)
26. 书乡访书 …… (110)
27. 再访书乡 …… (115)
28. 春风又绿江南岸 …… (123)
29. 南通的三代图书馆 …… (131)
30. 清明泰州 …… (135)
31. 巡游苏北，觅书徐州 …… (139)
32. 巡游苏北，访书淮安 …… (144)
33. 盱眙观水，盐城观书 …… (148)
34. 两访安徽馆，瞻仰包公祠 …… (153)
35. 古籍也是文物 …… (161)
36. 文学之旅 …… (166)
37. 郑州的两个图书馆 …… (176)
38. 风送滕王阁 …… (180)
39. 好风送我湘江畔 …… (185)
40. 樱花时节武昌行 …… (189)
41. 暑月暖意 …… (193)
42. 古都盛暑 …… (197)
43. 陇上金秋 …… (201)
44. 四处奔波只为书 …… (206)
45. 夜郎访书 …… (211)
46. 川中之旅 …… (216)

目 录

47. 酒城书香…………………………………（220）
48. 平湖秋月映孤山……………………………（224）
49. 曙光满目黄龙洞……………………………（230）
50. 母校情暖……………………………………（236）
51. 熟地当归……………………………………（243）
52. 访书紫金港…………………………………（249）
53. 台北访书散记………………………………（253）
54. 参观西班牙国家图书馆……………………（258）
55. 邂逅悉尼的新南威尔士州立图书馆………（264）
56. 润物无声……………………………………（269）

附录 ……………………………………………（277）
  我的大四喜 ……………………………………（277）
  一波三折 ………………………………………（289）

后记 ……………………………………………（292）

1. 我与温州图书馆
——庆贺温州图书馆九十华诞

  读书升学的希望破灭之后，我便开始自学中医。那是1966、1967年之际，书籍奇缺，资料全无，手头仅有一册《常用中药和方剂》，又在被武斗战火焚毁前的温州新华书店购得一本《内经摘要白话解》，后来又向亲戚借到一套《本草备要》和《医方集解》，便开始了艰难的自学历程。繁重的农业劳动之余，以十七八岁的年龄，初中毕业的底子，去啃古朴深奥的中医，其困难可想而知，两三年下来，读读停停，竟不得其门而入。幸在这个过程中，杂七杂八地看了不少书，读了一些古文，有了点语言文字功底，也渐渐懂得阴阳、五行的意思，知道一些望、闻、问、切的道理，开始有点开窍了。其间，二三子的谈论切磋，大有裨益，而图书馆就成了无言的老师。中医学的重要经典《黄帝内经》《伤寒论》《金匮要略》及多种注本，秦伯未的《中医临证备要》，都是那时在图书馆读的，而给我留下最深刻记忆的是，一字一句地抄书。白仲英老先生的《中医诊断学》，是我入门的钥匙，现在还存有厚厚的一大叠备课纸的抄本。翻开留存的笔记簿，《伤寒论百题问答》《小柴胡汤研究》《针灸治疗总论》《中医诊疗要览》《针灸真髓》……都记载着当日焚膏继晷、兀兀以求的艰辛。现在还清清楚楚地记得最后一次抄书的情景：《赤脚医生杂志》连载北京焦树德的《用药心得十讲》。其书简明扼要，深入浅出，有比较有分析，很切实际，便在温州图书馆的阅览室里一字一句地抄起来了。十讲之中抄到第三讲，便传来本书出版的消息，后来购到一册，视为至宝，爱不释手，时已1977年，"文革"结束之后了。

现在回想起来，我能有今日，首先要感谢父亲的言传身教，培养了强烈的读书愿望，给了我自学能力，使我得以在一片读书无用声中继续读书；其次，便是要感谢图书馆这个无言的老师，沉默的宝库，使我在无书可读的荒漠中有书可读。这是我和图书馆的第一段情缘。

1979年，当我成为浙江中医学院硕士研究生时，一个崭新的读书天地摆到了眼前：三年，一千多个可以倾注全力读书的好日子，一个琳琅满目任尔遨游的图书海洋，还有学识渊博为我指路引航的老师——正如一位名人所言，我便如一个饿极之人扑向面包一样一头扎进了图书馆。很快，浙江中医学院图书馆的全部线装中医古籍便成了我的家珍和指掌，其要点进了我的大脑，上了我的笔记本。我可以毫不费力地指出，何人所著何书存于何处。也正在此期间，除了中医临床，我对中国医学的历史、各家学说、学派渊源产生了强烈的兴趣，也对深刻影响医学发展的先秦道家哲学、宋元理学有所涉猎。现在回想起来，不抱功利目的，不为稻粱谋的自由自在、无拘无束的读书日子真是值得怀念和留恋。

1982年毕业回温之时，因参加浙江省医史学会的《浙江历代医林人物》和《浙江历代医药著作》两书的编写工作，便开始了我和温州图书馆的第二段情缘。遍翻温州图书馆藏的各种地方志书、笔记家谱，我得到许多有价值的史料，完成了参与的编写任务，其间发现南宋时期温州医学很有一些值得我

1. 我与温州图书馆

图1 1951年籀园图书馆迁沧河巷金宅，改名温州图书馆，现为郑振铎纪念馆。

们为之骄傲的东西，于是便有心于永嘉医派及其著作的研究。孙衣言、孙诒让父子对《易简方》的发掘、整理给我提供了研究的基本线索；《青田县志》《处州府志》《景宁县志》则有证实南宋大医学家陈无择生活在温州的重要证据……由此展开，我在南京图书馆古籍部找到卢祖常的《易简方纠谬》和施发的《续易简方论》，并一字一句地抄了回来，这是时隔二十年后的再一次抄书；把孙志宁的《增修易简方》大海捞针般从厚厚的古书堆中重辑出来；把王暐的《续易简方脉论》从海峡对岸的台北故宫博物院图书馆引了回来。当2000年6月《永嘉医派研究》出版之时，首先要表示我的敬意和谢意的，便是给我以莫大支持的温州市图书馆，以及南京图书馆古籍部、浙江中医学院图书馆、台北故宫博物院图书馆，恭恭敬敬地送去我的赠书。

　　始料不及的是，以此为肇端，竟然开辟了我下一步的学术研究领域。先是管成学教授邀我为中国科学院自然科学史研究所、清华大学科技史暨古文献研究所、长春师范学院联合课题《中国科技古籍大辞典》主其医药古籍之事，接着便是全面开展温州地方医学的研究，担任《温州文献丛书》编辑部成员，承担市科技局《历代温州医学著作的整理研究》重点课题，主编《温州文献丛书》项目《温州近代医书集成》。这两项工作都离不开大量的古籍和图书资料，于是，园西巷的图书馆便成了我的第二办公室，徜徉于经史子集，盘桓于书山古籍，参阅了大量的古今文献资料，无论目录学著作，还是古籍原著，都进行了广泛搜寻、阅读，孜孜汲汲，一丝不苟。也不知花费了几多的星期日，终得修成正果，圆满地完成了两项任务，还捎带着一串的副产品：《丹溪学研究》《丹溪逸书》《宋元明清医籍年表》《四库及续修四库医书总目》。想那成柜成排的《四库全书》《续修四库全书》，从数以万计的书目提要中挑选医书条目，再整理注释成书，没有图书馆的宝库又该如何去想象呢？何况撰写《四库及续修四库医书总目》的灵感本身就来自这个书山文库。元代医家朱丹溪《丹溪治痘要法》失佚已久，陈瑞赞先生从一部相当冷僻的丛书《奚囊广要》中发现，录以赐予，不禁喜出望外。以此为线索，还找到丹溪亲著《风水问答》，加上手头原有资料，遂成《丹溪逸书》。图书馆成了学术研究不可或缺的基地，我和温州图书馆的第三段情缘，成就了一系列的学术成果。

　　由此一发不可收拾，我进一步拓展医学古籍的目录学研究领域，为《中国医籍考》拾遗订坠便成为下一阶段的目标，而前期工作《浙江医籍考》即是其阶段性成果。这项工作必须穷

1. 我与温州图书馆

尽性地搜罗书目，参阅原著，工作量极为浩大，以一己之力为此伟业，势单力薄，绝非易事。尽管已掌握大量的古籍文献资料，仍须庆幸现代出版业的繁荣，大量现代版本的古籍减少了搜寻的难度和范围，尤其是大规模丛书和电子版古籍，更是珍贵的资料来源。例如，埋首于三十多巨册的《道藏》之中搜寻医学古籍，真有一种大海中捕鱼的感觉，眼前的书海是浩瀚的，可收获也是丰盛的。但善本、孤本、稿本、抄本仍须花费大量时间和精力四处搜求，几年来，或专程，或借出差之便，在各地图书馆广泛搜猎，收集到许多基本素材。如在中国中医科学院图书馆阅读《莫氏锦囊十二种》《体仁汇编》《医理元枢》《脉药联珠》等。还有许多友人的热情关心，如浙江中医药大学图书馆胡滨先生百忙之中为我复制资料，东京大学黄崇修博士从日本内阁文库寄来《痘疹百问歌》，更使人感铭在心。今天，缎面精装的《浙江医籍考》《中国医籍续考》已经摆在面前，《浙江医人考》已经交付出版社，《中国医籍补考》列于国家社会科学研究项目，已经完成并通过验收，然而为精益求精，尚在不断补充延续之中，未到最后交稿，紧张写作尚未能结束，我和温州图书馆的第四段情缘仍在有情有谊地进行之中。

温州图书馆九十华诞，抚今追昔，饮水思源，我又岂能忘记在温州市图书馆度过的那一个个日日夜夜？又岂能忘记伴随我成长，协助我不断取得成果的图书馆呢？又怎能不深深感激怀念给我以莫大帮助和关切的张宪文老先生呢？还有以书会友而交结的潘猛补、卢礼阳、柳树椿、陈瑞赞诸先生呢？以及后来不断结识的王妍、陈惠玲女士等。生命不息，读书不止，我的图书馆情缘将不断地持续下去，还将衍生出更多的友情和成果。

（载《温州市图书馆九十周年纪念集 1919—2009》，原题《沉默的宝库》）

2. 行万里路，读百家书
——庆贺温州图书馆百年华诞

我这辈子可与图书馆结下了不解之缘，扎根于温州市图书馆和温州医科大学图书馆，枝蔓所及，遍布国内，屈指数来，三十多年来竟跑了七十余家图书馆，也算得上行万里路、读百家书了。

说是扎根于温州，温州医科大学图书馆以其丰富的专业藏书和热情的服务，支撑着我整个的中医药学专业基础，立足于此，不断积累知识，夯实基础，开阔视野，努力进取。而温州图书馆丰富的人文藏书和特有的地方文献，经史子集、儒理仙宗、释典道藏、方乘志书、笔记家谱，扩充了我的眼界。两家图书馆互补互济，协同构筑的知识结构使我在多种学科领域的边缘游刃有余，我的地方医学及医学目录学研究发端于此，离不开这个扎根之地。《温州文献丛书》的子项目《温州近代医书集成》，《温州通史》的专题史《温州医学史》自不待言；对于南宋永嘉医派及其著作的研究，肇始于孙衣言、孙诒让父子对《易简方》的发掘、整理，从《青田县志》《处州府志》《景宁县志》找出南宋大医学家陈无择生活在温州的重要证据，又从厚厚的十二巨册的《医方类聚》中把孙志宁《增修易简方》大海捞针般重辑出来，形成《永嘉医派研究》的基础；又如，元代医家朱丹溪《丹溪治痘要法》失佚已久，陈瑞赞先生从一部相当冷僻的丛书《奚囊广要》中发现，由此还找到丹溪亲著《风水问答》，遂成《丹溪逸书》之一部；温图馆藏的《四库全书》《续修四库全书》成柜成排，稿本影印的《续修四库全书总目提要》直接触发了我的灵感，遂从数以万计的书目中挑选涉医书目，再整理注释，撰成《四库及续修四库医书总目》。图书馆成了学术研究不可或缺的坚实基地。

　　说是枝蔓遍国内，则是随着学术研究的深入，必须走出温州，面向广大的图书天地，搜索、寻求、收集相关资料。例如，永嘉医派研究奠基于温州，而卢祖常的《易简方纠谬》和施发的《续易简方论》却远在南京，自20世纪80年代中期起，十余年间四次赴宁，硬是把南京图书馆古籍部的两部珍藏一字一句地抄了回来；又托人把王暐的《续易简方脉论》从海峡对岸的台北故宫博物院图书馆引了回来，终得成就《永嘉医派研究》。搜寻到《丹溪治痘要法》《风水问答》后，又从苏州大学瑞云图书馆顺利地读到抄本《丹溪医按》，在上海中医药大学图书馆觅得久湮不传的杨珣《丹溪心法类集》，三年间数次往返，终得抄录以归，并整理为《丹溪逸书》。走出温州的初级阶段的目标，是集中精力攻下《续易简方论》和《易简方纠谬》及《丹溪医按》《丹溪心法类集》等书，只牵涉到有限的三五个单位，但时间跨度长达十余年；自新世纪始，我的研究方向转为中国医学古籍的目录学，这需要对现存的全部古籍书目展开调查、搜集，进行考证研究，需要更广泛地浏览群书，掌握第一手资料。为此，走出温州的步伐大大加快，阅览面也更广。2008年出版的《浙江医籍考》是试笔之作，除中国中医科学院图书馆这个令人神往的医籍宝库外，所走访的外地图书馆尚属无多；到2011年的《中国医籍续考》，卷首专门列出"致谢"，向21家图书馆古籍部表达我的敬意与谢意；2014年的《浙江医人考》增至40家；2017年的《中国医籍补考》则增至53家。《中国医籍补考》和《中国医籍续考》共载录古医籍6859种，其中笔者所亲见亲读者6355种，占全部书目的92.65%。这些旁人难以企及的数字记录了我四处奔波的艰辛，衍化为学术研究的成果。其副产品是，这四部大部头的著作都获得了国家科技学术著作出版基金的资助，这可以视为学界对我付出的艰辛与取得的成果的认可。

几十年来涉足的图书馆，从家乡的温州市图书馆，就读的浙江中医学院图书馆，工作单位的温州医科大学图书馆起步，足迹北到哈尔滨、长春，南及广州，西则成都、兰州、贵阳，遍布全国，包括国图、中国科学院、中国中医科学院、中国医学科学院等国字号大馆，走访了大部分的省级和各中医药院校图书馆。追溯时间，长的有二十年三十年之久，多的三番五次不断上门，当然更多的图书馆只是一次性地光临。走的地方多了，时间长了，便生出颇多的感触来，公共图书馆与专业单位图书馆各有特色，各地图书馆也风格各异，器量不同，有些图书馆的"中国特色"则叫人恼火，而更多图书馆的热情、认真，让人感动。所遇图书馆工作人员都很敬业，业务大都熟练，则是相同点。把这些感触一一写出，或许有点意思，刚巧，温州图书馆卢礼阳先生邀我为《温州读书报》写点什么，于是便有了写作的冲动。2013年8月号上刊出第一篇《国图纪事》，9月《三进中科院》，10月则是《令人神往的医籍宝库》，一一道来，遂成一专栏；加上前些年已在《温州读书报》刊行过的《我与温州图书馆》《南图情缘》，多年的读书足迹成《图书馆纪行》系列,迄于今年(2018)4月的《三九常州》已发表35篇,颇足可观。所谓树高千尺,叶落归根,枝蔓虽盛,不忘扎根的土壤,这或可视为我回报温州图书馆的小小的礼物吧。

生命不息,读书不止,"图书馆之行"仍在进行中。我的《苏沪医籍考》列为教育部人文社会科学研究项目,那么巡游江苏各地图书馆,寻觅、挖掘古籍宝藏,自然就成为题中应有之义,于是二上江南,三出苏北,两年间走遍江苏各地级图书馆,兼及盱眙、常熟,唯剩宿迁一地,走访过的图书馆也上升到64家。《宋以后医籍年表》列为浙江省哲学社会科学规划重点研究项目,根据医学古籍成书、出版、重刊的时间展开编年研究,注重版本流传,先后传承,这些都需要进一步拓宽渠道;下一步的研究计划是《安徽医籍考》和《浙江医籍补考》,要跑遍浙江、安徽各地的众多图书馆,访书读书更是任重道远。接下来的日子还忙着呢,我的《图书馆纪行》还该要多少篇接续呢?

实体图书馆之外,网上图书馆使人足不出户而检索、阅读到许多难得一见的珍本,这为高质量地完成搜集书目资料的艰巨工作提供了极大的便利,不能不感谢浙江网络图书馆、超声数字图书馆以及台湾"中央研究院"史语所数位典藏资料库整合系统等网站。日本全国汉籍データベース网站提供了许多日藏古医籍的信息,不少是国内无存的孤本。早稻田大学更把馆藏古籍都搬上图书馆网站,可以直接获得不少国内无存更无从一见的珍贵古籍。例如,《丹方类编》有乾隆怀德堂刻本四册,《联目》《大辞典》均不载录,独早稻田大学有藏,笔者从其网站得读;顾鼎臣《医眼方》国内无存,亦无相关版本著录,日本有文化十一年东都书林万笈堂英平吉刻本,笔者即

图 2　温州图书馆 1976 年迁县前头，1998 年到园西巷，2006 年迁居现址，门前对联"刚日读经柔日读史，十年树木百年树人"，雍容大度，气势恢宏。

从早稻田大学图书馆网站得读其书；明代陈朝阶《妇人产带记》一卷，书仅六叶，又名《奚囊便方》，国内未见著录，笔者即从此网站得读其书日本延宝四年刻本。我庆幸现代科学技术的进步，为找到这个网站而兴奋，也钦佩日人无保留地把珍稀古籍晒上网站的肚量与气魄。

千里之行，始于足下，不积跬步，无以至千里，我的学术之路、图书馆之行始于温州。想十年前，温州图书馆九十华诞，笔者曾撰文回顾当年在图书馆的读书岁月，在那个无书可读的荒唐年代里有书可读，在一片读书无用的喧嚣声中埋头读书。图书馆这个无言的老师开启了我的读书人生，引导我一步步走上知识之路，夯实专业根基，当时读书抄书的日日夜夜如今铸成刻骨铭心的记忆，这成为"始于足下"的第一步。其后，从参加浙江省医史学会的《浙江历代医林人物》和《浙江历代医药著作》两书的编写工作始，《永嘉医派研究》《中医学教程》《丹溪学研究》《丹溪逸书》《宋元明清医籍年表》《四库及续修四库医书总目》等，一步一个脚印，不断取得学术成果，饮水思源，又岂能忘记知识之源、学术之源的图书馆呢？又怎能不深深感激怀念给我以莫大帮助和关切的一代代"温图"人呢？文末谓："生命不息，读书不止，我的图书馆情缘将不断地持续下去，还将衍生出更多的友情和成果。"今天，"温图"期颐大庆，抚今追昔，这十年的图书馆情缘确实又衍生出更多的友情和成果；展望未来，可以断言，这种浓浓的图书馆情缘还将衍生出更多的友情和成果。

（载 2019 年上海书店出版社《籀园芳馨——温州图书馆百年馆庆文集》）

3. 国图纪事

中国国家图书馆（下文简称"国图"），光凭这个大得吓人的名头就不能不让人对之仰望，心生敬畏，更何况从报刊陆续看到的琐琐碎碎的花边小新闻，里面戒备如何森严，工作人员又是如何铁面无私，且门槛很高，要达到什么级别才能进门云云。于是，便把进国图读书的念头一再压下，先看过北京其他的图书馆藏书再说，直到《中国医籍续考》再也等不及了，才决定去国图。

那是2010年6月，一个星期天，坐地铁就在"国家图书馆"站下车，巍然的国图新馆极有气派。进门先办证，与南京图书馆一样，很简单的一个表格，出示身份证之后，便拿到一个读者证，同样不收费。端详着小小的卡片上江体的"中国国家图书馆"，我觉得此门不难进，缓步参观游览了整个图书馆，齐全的处室、丰富的藏书，令人不由对北京人心生羡慕；四层一体的中央大阅览室气魄宏大却悄无人声，静静的读书人自有一种震撼人心的力量。可惜的是，休息日善本室不开放，而普通古籍部在文津街，目前正在装修，暂停开放，书是看不成了，未免有点遗憾。幸北京的事忙，中国中医科学院和北京中医药大学还有好多书要查看，要是专程来此而扑空，那该多扫兴。网上也不说一声，我想，举手之劳而不为，未进其

3. 国图纪事

门已经领教了国图的傲慢。

再次去国图是同年9月，北海文津街的古籍部重新开馆之后，宫殿式的建筑据说是梁思成的设计，高高的华表、威严的石狮，十足的皇家气派。带足能够想到的身份材料，读者证、身份证之外，单位介绍信自然不可少，连职称证书也带上了。结果入门只用读者证，其余看都不看，可见花边新闻不可靠，或是听取意见有了改进。填好索书单，很快便叫到号码拿到书了，这让我很有好感，一是取书快，不耽搁宝贵的时间，二是叫号取书，比起让一班小姑娘直呼名讳，心里舒畅多了。幽静的古籍阅览室，宽大的书桌，打开古色古香的台灯，我很快便沉醉在古籍阅读之中，紧张地核对书名、作者、卷数、出版人及年代，检查是否完整，有无缺失，浏览全部内容，抄录目录序跋。讨厌的是，这里不许拍照，且只能用铅笔抄写。我偷偷拿出圆珠笔，还没写几个字，一位女士彬彬有礼地劝阻，还暂时保管了这支笔。没办法，只得多拿几支铅笔，写钝了换一支，虽是不便，还算顺利。两个人一整天，观书十四种，另有善本、抄本七种不得出借，我已是心满意足，不虚此行了。临别之际，询问借阅善本的手续，说是要馆长特批，这块挡箭牌打消了所有的念头。此行让我对国图的印象转了个弯，管理严格自是应有之理，服务应算周到，态度也算得上温和，店大不欺客，让人有好感。

两年之后，2012年9月，哈尔滨开过学术会议，先后走了黑龙江、长春两所中医药大学的图书馆和吉林省图书馆，然后是北京的中国科学院图书馆，最后又到北海国图。29日是星期六，因为中秋国庆调休的关系，仍是工作日，读的是善本书缩微胶卷，为明年要出的《中国医籍补考》收集资料。管理员是位中年汉子，姓黄，很认真负责。我要复印一些书叶，他不厌其烦地一一落实核对内容，圈定书叶，很快拿到了《脉荟》的复印件，《医说钞方》等则在国庆后寄来。国内孤本，异常珍贵，这些材料补充进去，自然大大提高著作的学术质量，令人高兴。看不到原件，缩微胶卷既满足了读者的需求，也切实地保护了古籍，实是两全其美。收费也不贵，复印了三十多张才42元，开的是正规发票。我很满意，原先报刊上看到的花边新闻、批评意见早已烟消云散。

图3　文津街国家图书馆古籍部，高高的华表，威严的石狮，宫殿式的建筑，十足的皇家气派。

于是重新梳理了查阅书目，整理出长长的一张书单，2013年5月参加"国家中医药管理局关于中医古籍保护和利用能力课题专家审稿会"，会后逗留两天，专泡国图古籍部。先是普本，拿的是原书，有印本，也有抄本，有民国有清本，也有明本，毕竟是国图，肚量比中科院和安徽省图要大得多，舍得拿出来让人看。有一个小插曲，竟有异书同号现象，相同的索书号拿来的却不是我需要的书，工作人员解释，原书储放不同地点，各自编号，现在汇集一处，所以国图还是有可以改进的地方。善本有缩微胶卷，最叫人恼火的是"T"字头的，当时未达到拍缩微胶卷的珍贵程度，现在则觉得比普本要高一等级，结果就看不成了，有点遗憾。凭老经验也吃了亏，复印普本五十多页，竟然被收了846元，单价是上次的十多倍，令人大吃一惊，幸得还有科研经费可供，也已经成为我最大的一笔资料费支出了。

两天的收获是巨大的，满载而归的书目材料怎么也够我忙上半月二十天了。国家图书馆毕竟是国家图书馆，巨大的馆藏是学术研究的宝库，它向我们敞开大门，我们要好好利用它，不必仰望，不必敬畏，只要遵守规则即可。

对了，国图的食堂挺好，饭热菜香，价廉物美，也向读者开放，你如去国图读书，也少了后顾之忧。

（载《温州读书报》2013年8月号，题《国图访书》）

注：《温州读书报》2013年8月号即2013年第8期，下文类推。

附记： 2013年12月15日，前往北京，午后去过人民卫生出版社，谈妥《中国医籍补考》出版事宜，又在首都图书馆、中国科学院、北京大学、中国医学科学院度过三天时光，19日到国图泡了一天，已经是熟门熟路了。先后看过纸本《幼科指南》《痘疹玉髓》《承安堂药目》《脉诀引方论证》《重修针灸大成》，读了6个胶卷《太素脉要》《伤寒明理补论》《伤寒秘要》《校增救急易方》《痘科纂要》《体壳歌》等。但是，破损的纸本《禳蛊奇书》《胞与集》，不出借的善本《类编伤寒活人书括》《隤疾恒谈》等，尚无缘一见，遗憾。

  2021年11月13日，中国中医科学院朱建平先生在"浙派中医丛书编撰"微信群里告知，国家图书馆开放"中华古籍资源库"，不登录即可用，不禁大喜，当即上网，打开查阅。当时正在整理《安徽医籍考》，遂阅《婺源县志》，大有收获。又从"中医药古籍库"收集《不自秘方》《怀幼切要》《医学指要》等书，先前踏破铁鞋无觅处的珍贵古医籍，竟安坐家中动动鼠标即可一览无余，真有"天上掉下个林妹妹"般的欢喜。后来，校对《苏沪医籍考》，编撰《浙江医籍补考》，时不时用上这个资源库，尤其是各地方志，馆藏不广，查找困难，现在不费吹灰之力即可得读，有如自家书房的藏书，实在太方便了，不能不感谢国家图书馆这一大善举。

4. 三进中科院

中国科学院图书馆，又名国家科学图书馆，兼有中国科学院国家科学数字图书馆的名，也是头衔大得吓人。我第一次去是2010年9月，可是直到两年后的2012年9月才看到书，其间一波三折，说来话长。

因为《中国医籍续考》10月底要交稿，故而安排9月跑苏州、南京、北京，查些书目，来一趟扫尾之旅。事先在网上查好中科院图书馆在中关村的地点，开馆时间是每周一至周五上午8点30分，23种拟读书目中查到22种，并据"读者须知"所要求，准备了"能证明身份之有效原始证件和介绍信"。自以为万事俱备，结果还是吃了闭门羹，而且是两次。

第一次是9月13日，星期一，一早坐地铁4号线到中关村，找到图书馆大门只不过8点，稍等便到开馆时间，坐电梯直上五楼。当头棒喝的是，古籍特藏部的开放时间是每周二、三，今天周一，不开。"我刚从网上查过，不是周一至周五的吗？""从本周开始，改为每周二、三。"真是运气不好喝凉水都塞牙，怎么会碰上这样的事？接待的女士叫厉莉，我在网上查过，态度倒是很恳切，却没有任何通融的余地。"你要看些什么书呀？"事情似乎有点转机，我马上递上书单。"今天管理员都不在，看书是不可能的"，她看了下书单，又说，"钞本、稿本、明代及以前的古籍一律不借。"说罢，拿起笔，在书单上嚓嚓嚓地一路叉下去。23种书，收到11个黑叉叉，查不到索书号的《秘传延龄种子方》则被打上一个问号，因为是万历三十六年的刻本，不多不少，刚好过半。快快离开，赶忙坐地铁到西四，再打的到北海，开始了上文所说的国图读书之行，总算没有完全浪费时间。

图4 中国科学院图书馆又名国家科学图书馆，大门恢宏气派，极具震撼力度。

第二天在中医科学院图书馆，第三天又是一早到中关村。这次的遭遇更离奇，两位当班管理员竟然缺一，在岗的莫晓霞四处打电话也联系不上，填好索书单只能干坐着，真叫人恼而又不敢火，心里着急。莫晓霞倒是细声细语地安慰着，还帮查实《秘传延龄种子方》的索书号，却也无计可施。看着时光流逝，干耗着也不是个法，只得告辞，急匆匆4号线转2号

4. 三进中科院

线，赶回东直门，到中医科学院图书馆已是 10 点 45 分，一个上午基本泡汤。次日，莫晓霞发来短信："刘先生您好！今天可以提书了。如能安排开时间，可来馆阅览。中科院图书馆古籍。"当时正在中医科学院埋头读书，赶到中关村大约也是下班时间了，也就婉言谢绝了。书虽看不成，但莫晓霞这种认真负责的态度还是很使人感动的，这条短信也就在我的手机里一直保存着。

一拖就是两年，2012 年 9 月在哈尔滨开过学术会议，跑了三个图书馆，列车在晨曦中进了北京站。安顿好之后，便径直前往中关村，26 日是星期三，国庆长假之前唯一的开放时间了。俗语说事不过三，这次倒是十分顺利，10 点到馆，10 点 12 分就拿到了书，于是按自己所定的程序，核对、阅读、抄录、拍照，有条不紊地开展了工作。到中午，任务过半，午休时在周边小街散散步，所见都是中国科学院属下的研究所，化学、电工、理化技术等，尤其是中国科学院学术会堂，状如缩小版的人民大会堂，很有几分庄严感，点缀上几尊科学家塑像，足以让人肃然起敬。下午的工作很快结束，因为 23 种中只看到 8 种，除前次打了 11 个叉叉、一个问号外，又被发现了两种抄本不能借阅，而《指迷医碑》已在上海中华医学会图书馆看过了。尽管如此，我还是很高兴，因为看到了 8 种，扫除了 8 个空白，还是很有成绩的。

（载《温州读书报》2013 年 9 月号）

附记：过了一年，2013 年 12 月的北京之行，17、18 日两个上午都在中科院。厉莉下月要退休，看起来没有前次那么厉害，我和她谈得还算投机。她得知我是中医师，很感兴趣地请我诊脉，还叫另一位女士过来，讲讲病情，这样就拉近了我们的距离。我抓了个空子,耍了个小聪明,填书单时有几本书只填索书号和书名、作者,故意不填版本。浑水摸鱼的结果是,看到了抄本《药王传》《药性便览》。人的思维方法是,按你给定的条件办事,就会忽视了另一个限制性的条件。

5. 令人神往的医籍宝库

在我跑过的三十多个外地图书馆中，中国中医科学院图书馆是跑的次数最多，花费时间最多，收获最为巨大的，可以说，近十年来我从事中国医学古籍目录学研究，中国中医科学院图书馆是最可靠的学术支柱。无论是已经出版的《浙江医籍考》《中国医籍续考》《浙江医人考》，还是已经成型即将出版的《中国医籍补考》，丰富的古籍珍藏成为不可或缺的学术资源，没有他们的热情支持，完成这些工作是无法想象的。

追溯往事，2005年4月在京参加"《中医杂志》创刊五十周年暨全国中医药发展高级论坛"之后，经中医科学院医史文献所老友朱建平研究员介绍，拜会古籍部裘俭主任，由此开始了我与中医科学院图书馆的交往。初次打扰，书目不敢列得太长，只是5种，但3种是丛书，分别是《泉唐沈氏医书九种》《田晋藩医书七种》和《莫氏锦囊十二种》，实际是30种，极为丰富了。这一天非常忙碌紧凑，不敢拍照，只是匆匆翻看，急急摘录，把会议新发的纪念笔记本记了厚厚一大叠。此行还有两笔意外的收入：一是，在古籍部购到一张《中华医典》光盘，小小的光盘竟然储藏了2.8亿文字，725部医书，深合吾意；二是，从朱建平处打听到国家科技学术著作出版基金的事，了解其资金来源、申报时间和方式、基本程序和要求，这成为我后来四次申报，三次得中的信息源头。

我揣摩了一下，2006年是来不及了，《浙江医籍考》2007年1月申报国家出版基金，此前要完成书稿，工作量极大，进度自然不得放松。2006年两次进京搜集资料，都是直奔东直门的中医科学院，馆藏的浙江古医籍是我的目标。古籍部的工作人员为我大开绿灯，开出的书单基本上有求必应。程英女士有点不苟言笑的样子，话也不多，我搜罗与阅读古籍过程中不知为她增添了多少工作量，造成几多的麻烦，而她以一丝不苟的敬业精神、认真负责的工作态度、有条不紊的工作风格，默默地为我的学术研究服务，令人感动并肃然起敬。每次都是成果累累，收获的资料都是仅存的孤本抄本，世所未见，首次披露，都是沉甸甸的无价之宝，自然为《浙江医籍考》增色。最让我兴奋的是找到南宋瑞安张声道的《注解胎产大通论》，此书一直以来都以为早已佚失，现在重见天日，不仅为《浙江医籍考》添上浓墨重彩，也成为温州医学史的重要资料。

按时完成书稿，2007年1月顺利申报国家科学技术学术著作出版基金，年底便收到国家科学技术学术著作出版基金委员会的通知，《浙江医籍考》立项，并获9.52万元的资助。这是我收获的最大一笔国家资助，令人兴奋不已，也为温州医学院开了个好头，因为相关部门并不知有这项国家基金，由此也多了一条寻求科研资助的路径。接下来的科研计划是，由《浙江医籍考》扩充而著《中国医籍续考》《中国医籍补考》。

这是更为庞大的计划，工作量之大足以令人却步，而我早在2003年便有筹谋，《浙江医籍考》不过是此前的尝试与样本。因此，中医科学院跑得更多更勤了，每次进京，熟门熟路地到东直门，住京东宾馆，在东直门医院职工食堂用餐，似乎有点程序化了。书单也越来越长了，2008年11月，三天62

5. 令人神往的医籍宝库

种；2009 年 8 月，三天 53 种；2010 年 6 月，五天 155 种，9 月，四天 112 种。三年四度，泡了 15 天，翻了近 400 种古籍，除了若干因破损不能出借，要看的书都如愿以偿，次次满载而归，所以我称其为医学古籍的宝库，这个宝库太珍贵了。2011 年，转而跑江南、西南各地，中医科学院之行才暂缓一时，仍托前往阅读的同事林士毅医师捎上《中国医籍续考》，我不敢忘怀这个无法代替的古籍宝库。

图 5　我在中国中医科学院大院的诺贝尔奖获得者与院士墙前留影。

讲两条小花絮。一是拍照之事，中医科学院图书馆古籍阅读是收费的，不贵，但拍照就掏钱多了。头几年经费拮据，不敢多拍，可是如山的古籍一时抄录不及，眼睁睁地看着也不是办法，为效率起见免不了要偷偷摸摸的。起先她们睁只眼闭只眼，也就过去了；后来偷拍多了，便喷有烦言，这就不好意思了，干脆明说，她们也就到此为止，不再深究；再后来，科研经费稍多，钱不大气也粗，问题也就解决了。实际上，她们从不查你相机，拍了多少张全凭你自己报数，这种信任也是难能可贵的。第二条小花絮，2010 年 9 月，算是最后一次跑中医科学院，新上任的李鸿涛主任出了个新规定，每人每天最多只能借看20种，这打乱了我的读书计划，于是与中科院、国图穿插起来，有一天干脆叫朱建平派一位学生亮下相，充充数，也就过去了。

现在，中医科学院图书馆正在大修，暂停开放已一年多了，我也有点久违的感觉。我向往这个心目中的神圣殿堂，思念这群认真负责的工作人员，怀念在这里度过的紧张阅读的日子，以及有点提心吊胆地偷偷拍照的趣事。

（载《温州读书报》2013年10月号）

附记：中医科学院图书馆大修，停止开放数年之久，我等得有点着急。2016年元月10日飞北京，次日先去中国中医科学院，装修过的图书馆大楼焕然一新，古籍阅览室仍在原来位置，紫檀色的装修风格显得古色古香。进门左边是两排乳黄色的阅读桌椅，色调似有点不合拍，右边窗下一排电脑桌。不巧，管理员程英老母亡故，看不成书了。我向办公室的李鸿涛赠送新作《浙江医人考》，他只讲程英请假无法取书，也不提可以借看电子版，我自然不知，白白浪费了半天时间。3月14日再到北京，住进中研宾馆已是3点半，稍歇，就前往图书馆。程英又不在，张伟娜耐心地指导我使用电子系统，看了《运气举要》《服食须知》，操作也熟练了。只是《黄帝八十一药注难经》未有正文，但简介所述内容已足敷所用。次日是正式的工作读书日，一整天都在中研图书馆看电子版，有《洗心篇》《曼公痘疹唇舌口诀》《扁鹊游秦秘术》等书，看到21种，得其允许后，照相机拍了33张照片，手机拍了19张，收获的材料很是丰富，整个工作很有效率，有意义。但是，还有6种没有电子版，我请程英取纸质原本，迟迟拿不

5. 令人神往的医籍宝库

到，后来又去过，还是难能如愿。程英说，每天不能超过3种，结果一种也看不成，原本的保护是加强了，看不成毕竟还有点遗憾。

总的感觉，图书馆重新装修了，古籍部上档次了，原来那种为读者服务，起学术支撑作用的态度似乎也有点淡薄了。倒是更注重收钱，进门每天20元，看书不超过3种，拍照片20—60元不等，就这么一天多的时间，花费"阅览费"720元，是多年来最高的一次。以前那种令人神往的境界似乎不复存在，心中庆幸，我主要的工作已在装修之前完成，今天恐怕是最后一次来此吧？

6. 大院里的小书店

说到中国中医科学院图书馆，不能不说说中医科学院大院内的小书店"全科中西医书店"。书店在针灸研究所院内，很小，没有店招广告，没有店门面，只有小小的"全科中西医书店"小招牌，单扇的门户，一个小办公室大小的样子，不过十来平方米，三面围着高高的书架，中间还用背靠背的两排书架隔开，成一个"E"形。书架上的书堆到天花板，书架下堆着成包的书，上面还摆着书，全部空间被书占据，过道连两人对挤都有困难，而小小的收银台挤在门边，正对着"E"字中间那一短横。里间则是邮购部，专门打包邮寄。

书店虽小，却顾客盈门，狭窄的过道常常被人挤满以致难以擦肩而过，营业员忙得团团转。我初次光临是2006年8月，巡视一圈，竟然发现我的《宋元明清医籍年表》《西医临床运用中医的思路与方法》都赫然高居架上，而书店印发的书目中《温州近代医书集成》竟高居畅销书排行榜，这完全在我意料之外，"毕竟中医科学院，识货的人多"，我不禁感叹。与营业员交谈，才知我的《丹溪逸书》《丹溪学研究》在这里也颇有市场。小书店的特色之一，便是快，新出的书要不了几天便可在此上架，其次便是邮购，专供各地读书人选购新书。我选了套《三三医书》，"会员价六折"，营业员说，"我不是

6. 大院里的小书店

会员，我是作者，还是畅销书作者，所以该对折。"大约喜欢与这个女营业员打趣，所以认真地讨价还价起来了，不意竟然真的谈成了，于是高高兴兴地带着沉重的三巨册的这套书上机场。还有四本一套的《珍本医书集成》，也是在此淘到。两书都是绍兴近代名医裘吉生先生所辑，多为各地医家收藏秘本，《珍本医书集成》收录古今医书九十种，《三三医书》则有九十九种，于我编著《中国医籍续考》大有裨益，半价购得，物超所值，当然很是高兴。

我很快发现，这个小书店对我还有一个重要价值，就是许多古籍的影印本、排印本，这里往往"捷足先登"，找到这样的书，也不啻于阅读古籍本身，还省事。例如，《医方辨难大成》，篇幅高达207卷，内容包括卷首医论十六辨，上集伤寒及杂证，附《寒温条辨》七卷凡一百零六卷，中集妇科十六卷、儿科四十七卷凡六十三卷，下集眼科六卷、外科三十二卷（其卷三十二为脉帖）凡三十八卷。如果在古籍部阅读，要给管理员制造多大的麻烦？而翻阅如山的线装本又是何等不便？结果在这个小书店发现竟然有上海中医药大学出版社的标点排印本，轻轻松松就搞定了。又如《戈氏医学丛书》，上海中医药大学只存残卷，扬州市图书馆一时还未列入跑读计划，而在此读到中医古籍出版社2008年出版的影印本，喜出望外有如"天上掉下个林妹妹"，一套丛书，四个子目，一举而得五条书目，小书店为我解决大难题，而在温州医学院图书馆见到此书则是一年之后的事了。两三年下来，在这个小书店里读到的古籍不下三十种，也顶得上某个图书馆古籍部的全部阅读量了。所以，书店虽小，价值不小，我的《图书馆纪行》专栏不能忽略这个小书店，这篇短文不能不写。

可是好景不长，2009年8月听说这一带要拆除重建，下次再来，已是一片废墟，在北新仓找到重开的"全科中西医书店"，自然今非昔比。店堂临街，面积也增大许多，也就不再拥挤，窗明几净不说，连营业员也换了个高挑漂亮的。我怀着某种亲切感进内，四处翻看，碰到中意的古籍印本，习惯地掏出相机拍摄。一声断喝"不得拍照"！我才如梦初醒，果真今非昔比了。

悻悻地离开书店，再也没有去过，有点怀念那个挤得转不过身的小书店。

（载《温州读书报》2022年11月号）

7. 未名湖和燕南园

对北京大学，我心怀敬畏，又似乎与国图、中科院有点不同，敬更多于畏，却说不出原因何在，加上要阅读的书目不算多，就一直压着，直到2013年底，北京其他图书馆差不多跑遍了，中医科学院图书馆因装修改造而谢客，所以，要跑一趟北京大学了。

12月17日在中科院读了半天的书，下午便去北大。北大距中科院不远，步行可到，进东门，不是我们熟悉的那个宫门和毛体牌匾，而是现代的电动伸缩门，迎面的五层大楼便是图书馆，现代建筑，戴着个中式宫殿的帽，一派威严庄重的样子。我举起相机拍下图书馆的正面，又请同行的中医科学院博士后高驰为我拍一张留影，随后进门。这时才发现，我犯了一个大错，把身份证给忘在中科院了，幸高驰带了，就用她的身份证办了临时阅览证独自入内。找到古籍善本阅览室，却又碰到一个问题，这里要介绍信才能借阅古籍，怎么办呢？正无计可施，幸得一位杨姓管理员支招，找出秦昌遇《脉法领珠》和叶桂《各证集说诸方备用并五脏六腑集论合抄》两种缩微胶卷，才不致空跑一趟。两书均为清抄本，均为二册二卷，前者明末清初云间名医秦昌遇编纂，又经陈继儒父子祖孙三代人之手校勘抄录，国内孤本。后者内容有三，《各症集说》汇集中风等内科杂证七十种，立论、述证、论治、注解；《诸方备用》载列小续命汤至三和汤共一百八十六方，为《各症集说》之用方；后列《五脏六腑集论》，引《内经》《难经》言以述五脏六腑。此书当属后人托名乾隆时温病大家叶桂之作，然《联目》和《大辞典》俱不载，很珍贵的一种抄本。4点45分完成，出门，绕图书馆大楼一周，参观并体会一下这个图书馆的庄严厚重。5点，高驰来，接我去黄庄，她请客吃火锅。

图6　怀敬畏之心，在冻结的未名湖前与远处的博雅塔合影。

后两天继续在中科院、协和医大看书，20日，高驰为我搞来一张介绍信，是以前她在上海中医药大学读博时医古文教研室的，于是再去北大，古籍部的管理员栾、杨二位也无异议。看书三种：亡名氏《诊家删要》为明抄本，按八卦分八

7. 未名湖和燕南园

册,抄录其引言、目录;刘文焕参订的《痘科醉缘》四卷,为清抄本,抄录其自序。此二书《联目》均不载录。郑大忠《痘经会成保婴慈幼录》九卷,日本内阁文库藏有明万历二十七年序刊本四册,国内无刊本,北京大学所藏为日本天明抄本,四册一函,珍贵可想而知,前有三序一传二跋,抄了许久,拍照三张。一张照片要50元,三张要缴费150元,还好,有发票。

中午,游览北大校园。大名鼎鼎的未名湖就距图书馆不远,从图书馆的高楼进入湖区,眼前豁然开朗,阳光映照已冻结成冰的坚硬湖面,闪亮发光,湖边的柳树剩下光秃秃的枝条在冬日的寒风中飘动,让我只能想象夏日绿柳荫浓的情景,夹杂其间的青松翠柏却仍是生机盎然。远处的博雅塔挺立,与北京难得的蓝天白云相映。我钦佩当年燕京大学,把一个可能大煞风景的水塔,点石成金,建成如此秀丽的十三级密檐的高塔倩影,成为未名湖一景。这种独具匠心的巧妙安排和精心推敲的严谨设计,给我们留下了大师的风范。湖对岸有几座中式建筑隐藏在翠绿的松柏之后,应是湖心岛的亭台楼阁,湖面有人在滑冰。漫步湖畔,有"重修慈济寺",尚遗留有一座门台,过去没几步,土丘上有美国记者埃德加·斯诺之墓,白色大理石墓碑是叶剑英题的字,我想,最有资格埋在这里的应该是司徒雷登,把毕生精力和才智都献给燕园的另一位美国人。唉,别了,司徒雷登!

在学生食堂匆匆吃过一碗面条,便缓步向南,寻访梦中的燕南园。过"百周年纪念讲堂",不远处便见一片低矮的小楼,隔着矮矮的围墙,但见古木参天,落叶的树干铁骨虬枝,直指蓝天。不得其门而入,绕墙走了许久,才在东边找到条小径,三五学生匆匆穿园而过。我拐进园子,迎面是一座中式平房，呈曲尺形，重檐筒瓦，红柱青砖，格子窗户，方砖走廊，门前青绿的柏树和玉兰，门锁着，窗帘垂着，看不见里面，转过另一边，几丛绿竹，却悄无人声。我不知以前居住过哪位大师，现在应是办公场所。再过去，又是一幢同样的曲尺形平房，门前是翠柏和一株落叶的梧桐，梧桐树下安放着陈岱孙的青铜坐像，双手扶杖，面带微笑。这位经济学泰斗就住在这里，也许久弃未用，房子略显陈旧，衰草枯黄，冬天的太阳在院子里洒下曲折横斜的疏影，令人不免一种莫名的凄凉。沿小径前行，有两层的青砖洋楼，风格迥然不同，门前钉着"中国书法研究院""北京大学中国画法研究院"两块牌子，引人注目的是一块小小的黑底白字的木牌：66号。我后来才知道，这是二十年代吴文藻、冰心的结婚新房，美学家朱光潜也曾在这里生活过。我有点后悔，来之前只知道查阅书目，未曾对这些小楼小院的来历，居住过哪位大师泰斗有所了解。马寅初住过的63号在"文革"期间成为聂元梓的造反司令部，周培元的"周家花园"是56号，冯友兰的"三松堂"在57号，语言学家王力的故居是60号，陈岱孙先生的55号李政道曾经入住……这些都是事后查阅才得知的。寻觅大师的足迹，先哲的风骨在这里长存，他们丰博的学识、闪光的才智、庄严无畏的独立思想与耿介不阿的人格操守，构成了一种恒久的魅力，融入燕南园的每一处风物、每一丝气息。曾经的辉煌灿烂恐怕难以再现，今日有幸来此一瞻，思绪万千，遐想连连，也为自己无缘得以追随左右……

重回现实，下午再去图书馆，《笔花医镜增补》因破损未能看成，即告辞回宾馆，附近的"历代帝王庙"还应当一往拜访。

（载《温州读书报》2015年2月号）

8. 首善之区
——首都图书馆读书有感

2013年底的北京之行，跑了首都与国图、中科院、北大、协和医院五所图书馆，最早的一个是首都图书馆。平时进京都住东直门的京东宾馆，就在中医科学院旁，看书方便。现在中医科学院图书馆装修两年未毕，这次便转移到了西四，因为前往北海国图、中科院、北大都比较方便。12月16日先去人民卫生出版社（下文简称"人卫社"），根据网上查得的线路，地铁4号线到马家堡，从C出口出，步行百余米即是51路公交站头，半小时到肿瘤医院站，人卫社就在旁边的绿色高楼里。与中医出版中心张同君主任谈妥《中国医籍补考》的出版事宜，又与责编陈东枢博士就《浙江医人考》出版交换意见，因为书前有习近平总书记的序，审批的程序特繁，我们干着急却无计可施，只能等着。我告诉他们，《中国医籍续考》获得了浙江省的两个社科优秀成果一等奖，破了温州医科大学这两个奖项的"天荒"，还得了温州市科技进步二等奖，"军功章里有我的一半，也有你们的一半"。

在人卫社用过午餐，告别张、陈两位，继续乘坐51路公交，十多分钟到了"首都图书馆"站，巍峨高大的图书馆大楼便耸立在眼前。首都图书馆的正立面恰似展开的长卷，呈圆弧状；立面中央则为巨大的牌楼造型，耸立在高高的台基上，颇具视觉冲击力。此时是 12 点半，离下午开馆尚有整整一个小时，正好仔细参观一下。首都图书馆全馆分 A、B 两座，进门是 A 座，平面取 1/4 的扇型，作展览、讲座之用；后边是 B 座，是阅览、外借部。我便逐层上行，参观 B 座各阅览室，很为藏书之富而动心。最大的感触是，全部阅览室全面开放，我可携包自由出入，这似乎全国所无，颇让人有几分惊奇与感动。顺手的收获是，从《明代职官年表》中找到福建建安滕伯轮的材料，为我正在审阅的"国家中医药管理局关于中医古籍保护和利用能力课题"书稿《本经会通》的作者考证，提供了有力的旁证。

在一楼大厅办了 D 级阅览证，押金 200 元，自助办理，很是方便。但我们只是临时阅读，到时又得退证退押金，稍嫌麻烦。历史文献部在 A 座的地下一楼，布置得很是典雅，桌椅书柜古色古香，一男一女两位工作人员，叫孙潇潇、朱伟慧，工作很是认真负责。碰到的问题与后来在北大、协和的遭遇相同，都要求单位介绍信，还好，只是善本要，普本还是可以看的。于是，先读《医述韵语》，有宣统元年己酉刻本，原书四卷，现存二卷，扉页、卷端均无署名，由自序可知，书乃淮川刘鎏编纂其父传授诸法暨历代医书而成，故作者当为刘鎏，《联目》误作刘銮，《大辞典》因之，纠正其误，自是一大收获。《辨难大成脉诀附撼全录》是抄本，岐阳庞志先编集，国内仅有的孤本，抄录其扉页、篇目、总论，又复印其三序一跋，将在《中国医籍补考》中披露。《中国医学入门》却是《中西汇通医经精义》之另名，一书二名，今天终究水落石出。三书阅毕，已近下班时间，要读善本书还须留待来日。

8. 首善之区

图7 首都图书馆的正立面恰似呈圆弧状展开的长卷，巍峨高大，颇具视觉冲击力。

再次来到首都图书馆，已是 2014 年的夏天，太原开过中华医学会医史学分会学术年会之后。火车到站是下午 1 点 13 分，坐地铁 10 号线到十里河出站，就在附近的"京成 138 快捷酒店"住下。这里离首都图书馆不过一箭之地，步行可到，于是即去历史文献部，当然得带介绍信来，借得《道元一炁》阅读。书有明崇祯九年方逢时刊本，分乾、元、亨、利、贞五集，乾、元、亨为内篇，利、贞为外篇，另有题名《保生秘要》，集各一卷，亨集则为上下二卷，凡六卷。这是善本，阐述道家修炼术，涉及养生、健身及修养性情的理论和方法，《联目》《大辞典》俱不载录，今天能够重见天日，不啻学界之幸。图书馆四点半收书，恋恋不舍放下，又上楼寻觅《故宫珍本丛刊》和《历代珍稀司法文献》，辗转多处不得，最后才在 A 座四楼的"库本阅览室"找到，已过了出借时间，只能明天再来，知道其踪迹所在，明天找起来就方便了。

次日，北京雾霾沉沉，晨八时，先去人卫，张同君主任因事外出不遇，与陈东枢谈《浙江医人考》出版事宜，一波三折，终究可得问世了。又与《中国医籍补考》的责编张科商议下月申报国家科技学术著作出版基金之事。诸事谈妥，即起身前往首都图书馆。很快读过《道元一炁》，还翻阅了《摄生总论秘授脉诀》，圈定部分内容交付复制，即上楼，在"库本阅览室"借得《故宫珍本丛刊》和《历代珍稀司法文献》。前者在南京、上海都读过，只是其中《仙传痘疹全书》有两页当时拍照欠清晰，故补拍若干；后者第九、十册载《洗冤录》注释、笺解、校正、集证的系列著作，有七八种之多，是法医学的重要材料，原来散布各地，颇难一一借阅，此时一网打尽，甚好。

结束首都图书馆的调研和阅读，购得晚上 23 点 20 分的京温 K101 次卧铺车票回温。外出两周，全球飞机失事三次，7 月 17 日，马航 MH17 在乌克兰坠毁；23 日，台湾复兴航空 GE222 在澎湖失事；24 日，阿尔及利亚 AH5017 航班在马里北部边境坠毁，再加上近日华东十多个机场大面积航班延误，是不敢坐飞机回家了。

（载《温州读书报》2015 年 4 月号）

附记：2015 年 5 月在浙江网络图书馆发现，早在 2004 年当时尚称北京图书馆的中国国家图书馆出版社出过《中国古代医方真本秘本全集》，煌煌 210 册，分战国至宋元、明代、清代、民国海外藏方四卷，中医方书可谓收罗全尽，但查遍全国各大图书馆，均无庋藏，甚至国图都未能开放借阅，幸发现

8. 首善之区

首都图书馆有藏可借。于是，就在下月 12 日，乘前往北京参加朱建平的"中医药基础学科名词术语规范研究审稿会"之机，先在协和读书半天。13 日开了一天的会，14 日就赶往首都图书馆，在四楼的库本部读书一天。事先在家已经开好书单，有近百种，临时填写四张单，卷各一张，附上书单即可。少顷，满满一车共 47 册推过来，一次发 10 册，看罢再借。9 点 40 分，我便开始紧张地工作，按照书单一一翻阅，马不停蹄，所幸允许拍照，抓紧拍摄诸书序跋、目录、凡例等，速度很快。到中午 12 点，已完成两轮 20 册，遂稍稍放慢，到下午 4 点完成全部书目，小小的照相机差不多都拍满了，共 435 张，又用手机加拍若干，真正可谓满载而归。回家整理了半个多月，剔除超越收录范围的民国书，共得 64 种。这些书号称"真本秘本"，确实多属少见书目、少见版本，孤本、抄本为多，效率既高，质量又好，非常难得的珍贵材料尽入吾囊中。此行收获可抵得上跑三五个图书馆，即将交稿的《中国医籍补考》由此质量更有一步提高，不能不令人兴奋不已。

9. 超载而归
——北京中医药大学访书

结识北京中医药大学图书馆的梁永宣馆长，是在 2009 年 12 月的山东济南"全国医史文献学术研讨会"上，同桌用餐。我一作自我介绍，她便连声"久仰"，称是"大家"，我的某本书对她又是如何深有启发，大有裨益云云，直讲得我不好意思起来。下午的分组会上，她刚刚作过《医史研究的新视野》报告，传授如何寻找、运用日本、韩国医学古籍的方法，我就直接从她的手提电脑拷贝了相关课件，授人以渔，毫无保留，这种精神令人感动。寒暄过后，我直截了当地询问，"贵馆古籍搬迁进展如何？"上年 11 月，我曾与前任馆长张其成教授联系过阅读古籍之事，因古籍部搬迁新居而未能成行。她马上表示"欢迎随时光临指导"，我很高兴，落实了北京中医药大学的阅读之旅。

次年 6 月初，专程进京读书，去过人民卫生出版社，在中医科学院图书馆泡过两天之后，9 日星期三，便前往北三环路的北京中医药大学。北京中医药大学大约是不多的几所未曾远迁郊外新校区的老大学，建筑不高，没有那些新大楼的宏伟壮观，而环境清幽，应是读书的好地方。早日与梁馆长电话联系

9. 超载而归

过,她已交代工作人员,转告古籍管理员邱浩,"他们会热情接待的",还为自己因当天将赴日参加学术活动而一再抱歉,"匆匆忙忙,多有怠慢,还望海涵"。邱浩言语不多,很认真,接过书单,询问一二,便进了书库。我留在古籍阅览室,突然发现邱的办公桌旁堆着一大叠崭新的书函,走近一看,不禁大喜,竟是新出的影印线装本《中医古籍孤本大全》,有二十来种,尚未登记入库。取过上面的几函,是《灵兰社稿》《伤寒易简》《医家赤帜益辨全书》,于是捷足先登,先睹为快了,很快便进入状态,沉浸于古籍之中。

少顷,邱浩推着小推车来了,半车古籍,清点一过,大喜过望,书单上查得书号的23种古籍竟然一种不缺,这是从未曾有过的大好事。就是到今天为止,我跑过三十多个图书馆,从未在某个图书馆能够找齐书单上所有的书,或是查无此书,或是有号无书,或是破损不借,当然也有像中科院图书馆那样过于珍惜不肯出借的。今天竟然碰上这等好事,真是天遂人愿,足以令人振奋。人一兴奋,动作麻利多了,迅速地翻阅,迅速地摘录,由于有馆长的大力支持,拍起照片来也更肆无忌惮,工作效率自然成倍提高。正当此时,梁馆长竟然来了,还带来两位年轻人,她嘱咐邱浩要关照我,介绍两位研究生结识我这个"大家",直让我受宠若惊。

23种古籍很快处理完毕,只能说是按我的程序核对、梳理完毕,当然谈不上阅读。使之能够在《中国医籍续考》《中国医籍补考》按目录学著作的要求介绍给读者,充当学术研究的阶梯,成为"辨章学术,考镜源流"的津渡,便是这项工作的意义所在。中午下班时,全部工作结束,超载而归了。说是超载,其一是查不到书号的五种中,邱浩竟又为我找到一种;其二当然是那一大堆的《中医古籍孤本大全》,总共有二十种之多，这完全是计划外的；其三，一个上午完成近五十种古籍，且都是少见的孤本，是从来未有过的高效率高质量，回温后一个月都不知能否整理出。在回东直门的出租车上，我想，我得慰劳慰劳自己，午餐得小饮一杯，下午放一个小时假，好好休息一下，两点半再去中医科学院图书馆。

(载《温州读书报》2013年11月号)

10. 闹市中的清静之地
—— 协和观书

中国医学科学院图书馆就在协和医院，居闹市，出地铁东单站 A 出口，向北没多少路便是协和医院，迎面的大楼就悬挂着"中国医学科学院、北京协和医学院图书馆"的大字招牌，只是深蓝色的招牌淹没在满大街的如海如潮的广告店招中，并不显眼。我就没有发现，进医院大门，三回四转才找到图书馆的小小进口，而直到第二次来协和，完成全部阅读任务之后，才在拍照留念时发现有这么个招牌。

第一次上协和是 2013 年 12 月 18 日，在中科院用过午餐，地铁 4 号线转 1 号线，来到东单。进门，办卡，上四楼，一出电梯就是古籍阅览室，遇到的第一个问题，便是要介绍信。这次来京像是遇上什么神咒，到处要介绍信，前天在首都图书馆，看古籍善本要介绍信，所以只能看普本；昨天在北大，也不能没这东西，所以只能看缩微胶卷；中科院跑过三四趟，算是有点面熟，不再问我讨介绍信了。可现在不太用得着此物，已不习惯携带介绍信，现在却碰到老问题，情急之下，向中医科学院医史所的博士后高驰求援。她昨天讲过，手头还有几张上海中医药大学读博时医古文教研室的空白介绍信，临时也只得以此救急了。我想，回去后首要的事情就是打印几张空白介绍信带在身边以备不时之需。

在等高驰的时间，先是查找书目，令人料想不及的是，堂堂的中国医学科学院，图书目录竟然还有赖卡片，况且拼音不规则，中医与西医混同，古籍与现代共存，杂七杂八的很不好找。不多时，高驰来了，我还只找到六种，填好递上介绍信，两位图书管理员刘贵英、郭青也就无异议。可惜，只取到三种，不过还是很有价值的，尤其绍兴高学山的《伤寒尚论辨似补抄》稿本，是国内孤本、珍贵的浙江乡土医学材料。我小心翼翼地翻看着，那工整的蝇头小字令人赏心悦目。乾隆二十八年的《资生集》，还有成于乾隆重刻于光绪的《伤寒类证解惑》，时代算不上古老，然而印刷精美，字迹清晰，也惹人喜爱。只是拍照费了一番周折，不允许自行拍摄，只能由馆方专人拍摄，再交费开发票。时间已是四点多，抓紧请馆方拍照，手续办妥，照片拷到 U 盘，已近下班时间。拍了 16 张，外加办卡费用，花了 165 元，还好，照片清晰，发票正规。告辞刘、郭两位，北方的冬天黑得早，已是满天繁星。

次年夏天，在山西太原召开"中华医学会医史学分会学术年会"，高驰当上学会"高管家"，忙于会务工作。她便生一心眼儿，把中国医学科学院图书馆的典藏部主任王宗欣安排与我同室。几天里，我俩同吃同住，一同开会，交流学术，得知我近年的研究计划，王主任表示赞赏与敬佩，又热情地邀我去协和看书，尽管找他，只是正值暑假，否则会议结束便可成行。

2015 年 6 月，中医科学院有个"中医药基础学科名词术语规范研究专家审稿会"，朱建平邀我赴会。我提前与王主任约定时间，把书目发去，6 月 12 日 7 点 50 分的航班，一早动身，中午抵京，下午便如约前往东单。

10. 闹市中的清静之地

有人就好办事，王主任早已将书目查好索书号，古籍阅览室的两位管理员也不讨介绍信了，不多时，大小不一的书函便摆到我的面前。遗憾的是，因相关人员请了产假，拍照无人，自拍不许，看看刘贵英难以通融的面孔，我不敢耽搁，也就只能抓紧时间自己硬抄了。《程刻秘传医书四种》，讲是程刻，却是抄本，三种已经读过，孙思邈的《玄女房中经》前后无序跋，写着"王相日：春甲乙，夏丙丁，秋庚辛，冬壬癸"，"月宿日：正月：一日，六日，九日，十日，十一日，十二日，十四日，二十一日，二十四日，二十九日"，然后是二月、三月，直到十二月，薄薄的两叶，说是每季一日及每月十日的"房中求子日"，有点玄虚，令人莫名其妙。晚清罗浮山人的《历藏篇》，汲取西洋的解剖知识，阐述"古导引家内视之术"，有自序有题弁，又有凡例，内容丰富，还附有当时广东流行的鼠疫病情，验方、辟疫方，足足忙了一个多小时才完成。最有意义的是清初吕鼎调的《小儿痘疮八十一论方》，竟是一部丛书，包含宋胡大卿《小儿痘疮八十一论方》《江湖经验方》《重刻元传陈氏小儿痘疹一宗方诀》三书，有从未听闻的宋元珍本，不禁惊喜异常，抄得头昏脑胀也不觉其苦，只为不能拍照感到遗憾。静静的古籍阅览室似乎只有沙沙的走笔声。

下午5点，结束全部阅读，收拾厚厚一叠笔记，谢过王主任，告别图书馆。在东单闹市熙熙攘攘的人流中回首图书馆大楼，这才发现深蓝色的"中国医学科学院、北京协和医学院图书馆"的大字招牌。收获颇丰，身心俱疲，于是不想挤地铁，缓步回归海运仓，耗时45分钟，权当散步，放松一下绷紧的肌肉。

（载《温州读书报》2015年10月号）

图8 "协和三宝"之一的中国协和医科大学图书馆竟然如此不起眼,简陋陈旧,其令人料想不到。

附记:此后未曾再来协和,与王宗欣主任的联系却不曾断开。2019年8月18日,我在扬州,他打电话给我说,《蕊珠居集论》国内诸目录学著作均无载录,亦无学者言及,唯我《图书馆纪行》中《书乡访书》有过描述,并询问此书有关情况。回温州之后,我通过E-mail将已经收入《苏沪医籍考》的《蕊珠居集论》条目及作者韦光黻自序、朱紫贵序等照片发给王主任,对其校注标点《芹澩医书》有所裨益。2020年7月,朋友邢斌询问力钧的《庚寅医案》《辛卯医案》,两书我未曾见,查阅无着。王主任致力于力钧研究多年,于是致信求教,很快收到回复,"《庚寅医案》甘肃中医药大学曾教授有藏,力钧其他著作首都图书馆有藏",《力钧文集》学苑出

10. 闹市中的清静之地

版社年内能出版问世。还随信附寄《崇陵病案》《皇上病案》两本珍贵古籍抄本的 PDF 文件。

2020 年 10 月,"浙派中医丛书专家论证会"在明代大医学家楼英故里萧山楼塔召开,会上喜逢老友,离别五年之后,又是瘟疫之时,自然分外高兴。我们一起谈书论医,一起游览古镇,并与中科院图书馆古籍部罗琳主任一起在"楼塔"名墙下合影。

图9 与中国医学科学院图书馆典藏服务部主任王宗欣先生(左)、中国科学院国家科学图书馆古籍部主任罗琳先生(右)在明代大医学家楼英故里萧山楼塔镇合影。

11. 他乡遇知音
——天津中医药大学读书纪事

2015年底，第四次获得国家科技学术著作出版基金的资助，元旦一过，便赴京与人民卫生出版社商议落实《中国医籍补考》的出版事宜。次日径直前往天津，要去天津中医药大学和天津图书馆。

1月12日，天气晴好，困扰京津多日的雾霾烟消云散，一片湛蓝令人心情舒畅。一早直奔北京南站，京津城际高铁C2209次列车仅半个小时便到天津站，按照事先查好的地址，坐地铁到吴家窑，以便前往天津图书馆，却已近郊区，只能住个寒酸的小店了。时间颇紧，也顾不上好坏，安顿妥当，匆匆吃过午饭，坐地铁到营口道，从滨江道站转867路公交，很快就到了天津中医药大学。

天津中医药大学尚未搬迁，仍在老城，公交车就在大门旁不远处停下。进门的大道右为实验楼，左为教学楼，都颇有些年头了，很是陈旧，样式当然早已过时，在瑟瑟的寒风中看起来有点苍凉。大道直行正面偏右处即是图书馆，同样有些老旧，古籍部在二楼，铁门紧闭，问过旁边的自修室，才知是午休时间，要等到下午2点方才开门。一看表，将近一点，尚有一个多小时，于是在校园内四处走走。图书馆后面是运动场，

11. 他乡遇知音

旁边是体育馆,再过去是学生宿舍,当然还有教学楼、实验楼,漫步一圈。

近2点回图书馆,有中年男老师正在开古籍阅览室门,递上介绍信,说明来意,他便连声说欢迎。入内坐定,询问尊姓大名,知姓谢单名敬,而他端详着介绍信,突然问:"你是刘时觉老师?""正是。"谢敬即起身在书架上取来厚厚的一本书,说:"写这本《中国医籍续考》,不容易啊!"我便乘机说明,前来贵馆访书,既为《续考》的姊妹篇《补考》寻找材料,也为《续考》之未见书目作补充。二人再次握手,在此得逢知音,我暗自窃喜。

少顷,谢敬已查毕拟读书目的索书号,另一位年轻的管理员常飞女士也来了,二人一起去书库取书,我便细细打量起这个不大的阅览室。若干精致的明式桌椅,四周围着老式的书橱书架,还有二十四史专用书柜,把整个阅览室挤得满满的,透过书橱的玻璃可以看到整套的《古今图书集成》。正当此时,谢敬、常飞二人捧着书函回来了,全部六种都在架,一种不少,一次发给我,不禁大喜。我低头看书,一一翻过,又问谢敬拍照之事。谢称不可,拍照要领导批准,要收费且没有发票。我知道找领导审批是极费时间的麻烦事,结果还难预料,便说,那就算了,我手抄好了。《喉风症》附于《痧症探源》,还有《痧症》《疯犬方》在其后,举一而得四,收获大了,只有一跋不长;《京城白喉外治三法》是光绪间印本,作者连自华之子连文冲有一识语,文字也不多,两书很快便抄录完毕。《医要三书》就复杂多了,名为"三书",分列三种,实不止其数,仅第一种《伤寒六经定法》就附有《瘟疫论》《痢门絮纲》《论吐血》《论虫证》等四种,要理清其间关系,找出原作者,颇要花费心思。责任者李镜春,扉页"镜"用俗字

"铧"取代,以至《联目》和《大辞典》均误作"李耕春",籍贯宁邑则另需斟酌考证。一边抄录其序,一边分析梳理诸书关系,推究原始出处,久久难以完成,眼见时间飞速过去,而阅书未半,不免焦急。《医学捷要》《医诗必读》的序跋不少,还有凡例、题辞,都是不可舍弃的宝贵资料,可文字密集,手抄的话没有一两个小时是拿不下来的,我决计要拍摄。当着谢敬的面不好意思,先翻好书页,作好准备,乘他离开的短时间,也不与常飞招呼了,拿出相机,说一声"来不及了",便管自拍摄起来。常飞似乎一楞,却也没说什么,走到我桌边,看着我拍照。九张照片三两下就完成了,坐下继续看书,常飞也回自己的座位上忙自己的事,一切恢复常态,似乎什么也没有发生。

《医要三书》很快就完成了,最后一种《济世津梁》两函八册,工作量最大,也最珍贵。说珍贵,因为是稿本,当然是唯一的,且字迹端正娟秀,特别可爱,还纠正了《联目》和《大辞典》记作《济生津梁》之误;说工作量大,则因其书实为一部小丛书,涉及诊法、本草、经络、瘟疫、妇儿各科及痘疹等,八册即八种,各有自序,由一而为九,当然工作量就大了。翻看全书,核对卷帙、作者、成书年代毕,抓紧时间,手不停书,也只能节录其诊法、本草、经络、妇科四篇自序,眼看着过了五点,天色渐暗,下班时间已近。我也顾不得多想了,拿出相机,与谢敬招呼一声说,"来不及了,只得拍几张",便管自拍摄起来。谢敬什么也没说,和常飞一起站在桌边,看着我拍照。

完成任务,紧张的心情松弛下来,我一边整理桌上的书籍,收拾笔记本、纸笔,一边与谢敬说:"这里是我跑的第五十三个古籍部,幸亏大家的热情支持,我才能够做一些工作,有若干成绩。真是太感谢了！"谢敬说："刘老师，你真确实不容易。""是的，是不容易，想做点事情总归要付出努力。但离不开大家的支持，没有这种支持我什么事情都干不成，感谢大家的大力支持。"这并非客套，各地图书馆的工作人员都是我的知音，了解我的工作之后，都能伸出援手，而今天谢敬知我在先，更是难得，更是知音。桌面清理停当，把椅子回归原位，穿好外套，伸手与谢、常二位握别，出门，繁星满天，冷风嗖嗖，我却心头热呼呼的。

（载《温州读书报》2016年4月号）

12. 两头奔波
——天津图书馆读书记

据网上查好的地点，地铁吴家窑站出 A1 口，在德才里站坐 47 路公交，便可径直前往天津图书馆。为图方便，我一到天津就住到吴家窑，离德才里很近，去过天津中医药大学之后，次日一早便来到德才里站，按站牌指引坐 47 路公交到天津图书馆站。远眺十几层的图书馆大楼，很是巍峨高大，样式与江西省馆相近，不大新，但有气派。

未到九点，已有十多位年轻人等在门口，稍停，开门进馆。在大堂的办证处询问历史文献部，却讲这是复康路老馆，历史文献部已搬往平江道的文化中心新馆。几位女士很热心地指点：再坐 47 路公交，到文苑北里下车即是，还一再关照，要坐单层的，双层的 47 路不到新馆。原来，吴家窑正在新老两馆之间，向西是老馆，向东是新馆，一条 47 路把两馆串了起来，可是这么复杂的乘车法叫初来乍到的人实在难以捉摸。还好，已经过了早高峰，车上乘客不多，街上行人车辆也不多，不多时便赶到平江道的文化中心。

新馆就在下车处的马路边，样式挺新颖，湛蓝的天空下，一片和煦的阳光，很是温暖。沿街的玻璃门面贴着咖啡座、简餐馆的招牌，不见"天津图书馆"五个字，来到门前还得问

12. 两头奔波

路。入内,偌大的大厅直通顶层,明亮宽敞,四周楼层立面却凹凸曲折,有点奇形怪状的,把整个空间挤压得支离破碎,不像国家图书馆那中央阅览室方方正正,给人以庄严肃穆的感觉。

办了证,直上五楼历史文献部,管理员王振女士很热情地接待,乘她查找书目,我则漫步参观整个楼层,一排排崭新的老式书柜,挂着老式的铜锁,安放着影印《四库全书》《续修四库全书》《四库禁毁书丛刊》等,开架处则有《清代硃卷集成》《中华历史人物别传集》以及众多的族谱方志,馆藏之富令人称羡不已。遗憾的是,古籍原书却仍藏复康路老馆,初闻我简直不信自己的耳朵,王振却耐心地画了一张图,告诉我打的从长实路后门进馆,在大楼前右边的小楼叩门,还说,这里是单行道,回程的47路不在原来站头,进老馆前门找历史文献部比较麻烦。于是打的回老馆,已是10点25分,幸好有这张详细的线路图,才曲径九折找到陈旧的历史文献部,认出字迹斑驳,模糊不清的木招牌,叩开紧闭的大门。

管理员王国香接过介绍信,领我上二楼,即去取书,五种之中除《运气口诀》外均存,道:"时间不早了,我们12点午休,来得及吗?"时间确实不早,已是11点,我抓紧时间翻看这四种来之不易的古籍。《古今良方》为袖珍本,却与《古今秘苑》共一函,每卷不过数方,篇幅很小,号称三十二卷,合起来也不过一二卷样子。"古人也会虚张声势",我暗想,"比曹操的八十三万大军水分大多了"。前面的小引短小,没几个字,抄录完毕,也已11点半了。时不我待,无法再拖延了,我拿出相机,先拍摄《禳蛊奇书》。"蛊"是一种带有神秘色彩的致病毒虫,是书传自游方道士,却托名李时珍,经浙江王一贞传授,云南赵子安重刊,有光绪三十二年刻本。我一

图10 天津图书馆已乔迁新址，古籍文献却深藏旧址大楼之后，一番曲折方才找到。

一拍下王、赵二序、目录、总论，取得全书完整的资料。坐在身边的古籍室管理员丁学松并不反对，看着我拍完这本奇书，又拍过第三种《急救良方》。第四种是《乾隆吴陵纪桂芳医学丛书》，国内大约无人看过，《联目》和《大辞典》仅载录有稿本藏天津图书馆，而不明其子目。经查对，此书为乾隆间稿本二函十册，作者江苏吴陵人纪桂芳，字次荷，全书三种十卷，卷首一卷，子目三种，《河间宣明论方发明》三卷，《河间保命集方发明》四卷，《次荷医案》二卷。这三种，学界无人知晓，沉沦于书库两百余年，今日经我之手可以昭然于世，功莫大焉。我强忍着激动，迅速地拍摄着卷首诸序、题辞、凡例，丁学松帮我按压着书页，一边说："慢慢来，慢慢来，不要遗漏了。"叹了口气，又说，"我们这里古籍多，很好，可惜没有人来读来看。"拍过卷首，拍诸书的内容、目录，完毕之后，意犹未尽，又把已经抄录过的《古今良方》的小引、目录、卷首拍了下来。

赶在下班之前完成了全部任务，一切顺利，除了早上来回跑了三趟，耗时两个小时，令人心焦，最后的结果非常满意，意外的顺利。

谢过王、丁两位，告别天津图书馆，我想，新馆王振女士的细心细致所表达的敬业精神，也是难能可贵的，不能不令人心生敬意。

又坐上 47 路，回到吴家窑的宾馆，午餐后直奔天津站，还来得及购买下午 1 点半的 G1254 次车票。四个多小时之后，傍晚 17 点 45 分抵达南京南站，地铁 3 号线到大行宫，入住中央饭店，明天是 1 月 14 日了，要去南京图书馆，开始下一轮的访书读书。

（载《温州读书报》2016 年 6 月号）

13. 东北访书

2012年9月，中华中医药学会"第四次全国中医学术流派交流会"在哈尔滨召开，具体地点就在黑龙江中医药大学，我便兴冲冲地参加了。在会议上宣传介绍永嘉医派是目的之一，醉翁之意更在乎其图书馆，以及顺道而过的长春中医药大学和吉林省图书馆，由此展开东北访书之旅。

新建的黑龙江中医药大学图书馆高大明畅，有十多层高，我尤其喜欢正门对面的大型青铜浮雕，以中医药为主题，古色古香，很有特色。与会议秘书长姜德友教授商议，请他帮我牵牵线，到古籍部看看书。尽管为会议事务忙得团团转，姜教授还是一口应承，他手下一位老师也是与会代表，正是图书馆馆长的儿媳，便热心地交托她负责落实此事。所以，两天会议之后，24日星期一早上来到古籍部时，管理员李晓艳早已得到馆长关照，热情接待。可惜6种书目仅得4种，尤其遗憾的是，找不到《冠悔堂募刊医书三种》，此书我曾四处寻求，全国所无，就是编辑出版者杨浚的家乡福建省图、泉州市图亦未见馆藏，此地所藏应是孤本，如今查无所见，那佚失的可能性就大了，可惜。但此行的成绩还是令人欣喜的，《联目》载有《白喉灵方等六种》，经查考原书，六种合订一册，其书封面有钢笔题写书名六种，然诸书刊刻时间、版式、字体、纸张、

13. 东北访书

出版人都不相同，甚至叶面大小各异，显然并非丛书。《医源总论》有光绪二十四年抄本，内容为医论医话和杂病总诀，《联目》列于《医史》之《通史》门，《大辞典》（以下简称《大辞典》）因之，亦列于《医史类》，均误。这两部权威目录出错在于未见其书，只凭想当然办事，焉不误事？四种之中，纠错两种，我辛辛苦苦四处奔波，也还是有价值的。与李晓艳交流看法，我建议拆分《白喉灵方等六种》，各自装订，分别编目载录，以明其版本源流，以便检索，亦免误导读者。她连声称谢。

图11　黑龙江中医药大学图书馆外壁的仿古浮雕别具一格。

立即告辞，直奔哈尔滨火车站，尚来得及购买中午11点58分的T310次票，14点20分到长春，即入住车站边的军供宾馆，打的前往吉林省图书馆。吉林省图坐落于市中心的新民大街，绿树掩映之中一幢东北常见的日式建筑，已经有些年头了,而闹中取静,环境清幽。古籍藏三楼历史文献内阅室,管理员陈莹颇为认真,为我一一找出已经查明索书号的古籍,共得七种。在小小的内阅室里,也赶在下班之前阅看完毕一种,拍得照片若干。下班之后,便在大厅的书目柜内慢慢查找,原来未曾找到的书目中,又找到《审证传方》《痘疹本义》等三种,合起来有十种。

次日一早从火车站搭乘市郊轻轨先去净月开发区,长春中医药大学坐落于开发区的博硕路,新建的图书馆大楼同样高大雄伟。古籍部阎桂银主任闻知我远道来此看书,颇觉诧异,说,本馆古籍管理颇为严格,并不对外开放,本校师生借阅也需申请批准云云。向馆长请示之后,仍是满腔热情地接待我,结果已查到索书号的十一种全部得见,未查到的她也为我找到《罗谦甫医案》《刘晓山医案》《保产育婴》三种,共得十四种。从 8 点 45 分起,按原定程序,有条不紊地开展了工作,紧张地核对、阅读、抄录,拍照则偷偷进行,不敢过于放肆,直到 11 点半,阅读翻看完毕,共拍照 42 张,抄录 4 篇序言,记了小半本笔记。末了的《幼幼集成枢要经验方》,时间已紧,内容又多,抄录不及,阎主任站在身旁,又不敢拍照,正焦急之际,阎主任却亲自动手打开拍摄古籍专用的摄影仪器为我拍了 8 张,并用 E‐mail 发到我的邮箱,她的热情支持、认真负责令人感动。

圆满完成任务之后,中午乘坐轻轨返回市区,又去吉林省图书馆继续昨天的未竟之事,陈莹热情如昨。下午的时间很充裕,轻松愉快地完成任务,共阅书九种,拍照 26 张,摘了 9 篇笔记。遗憾的是,《审证传方》书架上竟然空缺不存,查到书而未见书,且长春中医药大学有所藏亦查而未见,两处扑空皆不见,只能讲是双倍的遗憾了。

13. 东北访书

　　两天之间，跨越两省，跑了三个图书馆，阅书二十七种，成绩大大。归途在长春站购得当晚 10 点的 Z62 次直达特快车票，屈指一算，明晨到北京，26 日是星期三，正好赶得上中科院的古籍开放。

（载《温州读书报》2013 年 12 月号）

14. 泉城的丰收

　　2009年12月在山东济南召开的"全国医史文献学术研讨会"，于我是一次丰收的盛会：交流学术，宣讲自己撰写《浙江医籍考》的心得自不待言；当选新一届中华中医药学会医史分会常务理事，是一大收获；结识梁永宣馆长，为次年的北京中医药大学"超载而归"铺平道路；结识王振国、刘更生，更直接敲开了藏书丰富的山东中医药大学图书馆的大门；甚至，在离开济南的列车上，还"捡了个金元宝"，不可不谓喜事连连。

　　头天的会议在济南市区的千佛山宾馆召开，次日27日是星期天，会议移到长清的山东中医药大学新校区召开，就在图书馆大楼的学术报告厅举行。其间，会议代表参观医史文献研究所，对其规模宏大、藏书丰富称羡不已。归程，过灵岩寺，是全国重点文物保护单位，宋代彩塑罗汉非常精美珍贵。

　　星期一会议结束，代表离会，我才开始更为繁忙的工作。凌晨，四周还是一片漆黑，同室的贵阳中医学院杜江教授还在沉睡，我即打的前往经十路的原山东中医学院旧址，7点15分的校车，8点到长清新校，熟门熟路，直上七楼的古籍部。管理员高萍女士早已由刘更生教授与之谈妥，颇为热情利索，《翟氏医书五种汇刻》基本上把山东益都人翟良的医书囊括殆

14. 泉城的丰收

尽,而邯郸马之骐的《疹科纂要》一卷亦收录其中,还有《病机赋脉要》《医药家振》《痘科补阙捷响》等四五种书也属难得一见的珍贵要籍。紧张地翻阅、抄录,瞅准机会拍摄三两张照片,前后不到3个小时,很快便完成了任务。高萍说,学校规定要收费的。这倒不好办,人生地不熟,跑来跑去是很耽搁时间,临近中午,再碰上某个部门人手不齐,麻烦事不少,何况图书馆不开电梯,光是七楼上下就够吃力够耗时的。灵机一动,对高萍说:我的《浙江医籍考》于古籍部工作应是大有裨益的,我想赠送一部,权作缴费如何?高萍不语,我看她默许之意,便在扉页上迅速地题上"山东中医药大学图书馆古籍部惠存"的字样,双手递与,连声道谢。高萍一看表,说:校车11点有一班,刚好赶得上。

返城的校车上,我回味着方才阅读抄录的内容,庆幸诸事之顺利,感谢朋友们的热情支持,又谋划起下一步的阅读。校车驾驶员指点,前面这辆16路公交就直通山东省图书馆。校车超越公交,在一个站头停下,随即上了这辆16路。

山东省图书馆是新馆,位于济南高新技术开发区的二环东路高架桥下,气势恢宏,有一种坚实厚重的感觉,可惜当时未有撰写《图书馆纪行》的构想,因而不曾拍下照片,今天只得在其官网下载照片以供观赏。

此行的要点是阅读考证明代的《高濂气功著作十五种》。我有点怀疑,高濂撰写《遵生八笺》,可谓是明代养生学之集大成,再搞十五种气功著作,岂不是叠床架屋,所以急急想弄清楚两书之间的关系。可惜善本保管员临时离开不在岗,无法看到。不过,书单中另外四种已经足够我忙乎一个下午了。《增补麻疹心法》是明平湖陆道元所撰,此处所藏清刻本是唯一版本,《种子仙方》和《免劳神方》则是晚清印本,属于普本，需要摘录的内容不算太多。但《富春堂经验方书》就不同了，济宁马兆鳌所撰富春堂药店成药目录，前有三序，后有二跋，分十八门，门各有小序，非常紧张地翻阅、抄录，足足写了八九页，闭馆时才算完成。我牵挂着高濂，明天上午是唯一的时间了，一再向古籍部工作人员核实，得到明确的答复才算放心出门。北方的冬天暗得早，早已是繁星满天，幸来时已注意到，有110路公交直达千佛山宾馆。两头见黑，一身疲惫，而丰盛的收获带来的喜悦冲销了这一切。

29日，与会代表早已散尽，路径已是熟悉，时间就充裕多了。早餐后，结过账，只花了一元车资便在8点半开馆之前到了省图。很顺利地拿到《高濂气功著作十五种》，其书二册，封面未署书名，无扉页，前后无序跋，无目录，不分卷，比较简陋，而"气功著作十五种"之名应是后人所定。据其书口所列，有高濂《守庚申法》《八段锦》《治万病坐功图》《按摩导引诀》《延年诀》等十三种，另有青莱真人《八段锦坐功图》、陈抟《陈希夷坐功图》、苍屿道人《太清中黄胎藏论》、皇甫周《神咒录》，共十七种。又借了《遵生八笺》，以便对照两书，沉下心思仔细阅读。最终的结果是，是书内容大体俱见于《遵生八笺》之《延年却病笺》，两书全然相同者有《八段锦》《八段锦坐功图》《治万病坐功诀》等八种，一种包括《延年却病笺》中多篇者亦不少，如《按摩导引诀》就包括《左洞真经按摩导引诀》《太上混元按摩法》《天竺按摩法》《婆罗门导引十二法》《擦涌泉穴说》《擦肾俞穴说》等六篇，《服气法》包括《服日气法》《服月精法》《服日月光芒法》《拘三魂法》《制七魄法》《制三尸日》等六篇。《陈希夷坐功图》则分四时孟、仲、季十二则载于《遵生八笺》之《四时调摄笺》，如春三月有《陈希夷孟春二气导引坐功图势》

14. 泉城的丰收

《陈希夷仲春二气导引坐功图势》《陈希夷季春二气导引坐功图势》，内容全然相同。不见于《遵生八笺》者，仅皇甫周《神咒录》一种，故可视是书为《延年却病笺》之别本，或以为原始稿。

弄清了搁置心头多年的疑问，心情格外愉快，11点完成全部工作，坐118路公交去火车站，搭乘13点6分的D75次动车离开济南。后来，又发现国家图书馆藏有清钞本高濂《服气法等三十二种》，其大体内容、篇目与此类同，唯分篇计数略异，则是后话不表。

动车飞速前进，尽管泉城山水心向往之，然无缘"四面荷花三面柳，一城山色半城湖"的大明湖，未见"泺水发源天下无，平地涌出白玉壶"的趵突泉，就是宾馆旁边的千佛山也都未曾领略其风韵，我也只能留待日后。正当此时，手机响起，看到显示人卫社的张同君主任来电，我便知好事又来，满心喜欢地接起，果不其然，她告诉我国家科技学术著作出版基金已下，我的《中国医籍续考》得到资助10万元。这即是本文开头所说的"捡了个金元宝"。

满怀愉快地到达南京，次日先后去过南京中医药大学与南京图书馆后，晚间9点坐上哈尔滨至温州的K551次列车，在2009年的最后一天回到家，结束圆满的济南之行，丰收之旅。

（载《温州读书报》2016年2月号）

15. 从零陵路到张江
——上海中医药大学读书历程

　　我与上海中医药大学图书馆的交情，应当推算到整整三十年前的1983年。当时，正与福建中医学院的刘绍华女士一起搞一篇"朱丹溪著作考证"的论文，6月9日到黄山参加"第二次丹溪学说研讨会"之后，16日便绕道上海回温。上海中医学院在零陵路，人生地不熟，刘绍华介绍找她的学友针灸学硕士何金森，又得到图书馆马茹人的大力支持，看到了久欲一读的《丹溪纂要》《怪疴单》《丹溪手镜》《本草权度》等书，最重大的收获则是，发现了《丹溪心法类集》即是《丹溪心法》的最早版本"陕本"，作者杨珣就是杨楚玉，据此，后来写了颇有质量的一组论文。刘绍华是安徽中医学院的硕士，与我同年毕业，学位论文也是《朱丹溪学术思想研究》，所以才有学术合作之事。我们是神交笔友，书信往来，有过文字交流却一直未曾谋面，疏于音问今亦三十年矣。据老友何裕民教授说，她后来去了法国，亦不知其详。三十年了，愿她一切安好，平安幸福。

　　二十年之后再去上海，仍是为此《丹溪心法类集》，起因在温州市图书馆陈瑞赞先生。他发现了失佚已久的《丹溪治痘要法》，录以赐予，令人喜出望外；顺藤摸瓜，我又于《奚

15. 从零陵路到张江

囊广要》中找到丹溪亲著《风水问答》;加上这部《丹溪心法类集》,还有我已经知道线索的《丹溪医按》。这些书如能重见天日,实是学界之幸,如果编纂一部《丹溪逸书》,确有价值。于是,2004年5月,借参加上海"全国中医药文化学术研讨会"之机,又重读其书。其时,上海中医学院已从零陵路迁至浦东张江,改名上海中医药大学,图书馆宏伟高耸,规模今非昔比,马茹人、周士琴等当年工作人员别来无恙。16日、18日两天,从早8点到晚8点,几乎连头都没抬,硬是把《丹溪心法类集》给抄了下来。其间,段逸山馆长热情支持,古籍阅览室管理员恪守职责、热情服务,都使人感动。尤其是迟明娟小姐,本该4点半下班,却特意为我一个人加班至月明星稀,使我得以完成全书的抄录工作,至今想来仍是心怀感激。会议期间,捎带着与上海中医药大学出版社谈妥出版事宜,次年十二月,散发着油墨清香的《丹溪逸书》便摆上案头。

为《中国医籍续考》和《中国医籍补考》,我两年跑了三趟上海中医药大学。2010年4月是专程飞上海,我的学生薛轶燕博士和她的夫君一起开车来接,在张江打了两个圈也未能找到合适的住处,只得住到市内,宾馆就在苑平南路龙华医院边上。从19日到22日,每天一早搭乘龙华到张江的校车,整天泡在图书馆古籍部。不过五六年,古籍部却已物是人非,马茹人、周士琴退休了,迟明娟离职去了深圳,新主任姓陈,也非常支持。管理员王枫认真负责的劲头令人感动,长长的书单她很快就一一查明书号,《续考》153种中查到127种。《补考》37种查到32种,算上丛书子目,约有180种之多。她一一找出,用推车推到阅览室,与姚晨刚一一清点交接,一丝不苟。我当然不敢怠慢,非常紧张的四天,早出晚归不说,中午带上方便面、面包，随便就打发了，以节省前往食堂的时间。终于顺利完成全部任务，外加新线装本《中医古籍孤本大全》的《指南后论》《活人慈航》，拍了309张照片，记了大半本笔记本，真正是满载而归了。副产品则是，右侧臀部肌肉挛急掣痛，向下放散，不好，这是坐骨神经痛，有可能诱发腰椎间盘突出症了，起因就在这异常紧张的四天，久坐不动，全神贯注，疲惫不堪，腰椎为之突出。回温一查，果然如此。这次集中力量打了一场歼灭战，收获最丰，取得的材料足足可以供我整理一个月，《续考》由此基本成形。付出的代价也最为惨重，腰痛连股，举步维艰，后来休整了一段时间，牵引与针灸并举，理疗与药物齐行，折腾了许久才渐渐平复，只是稍为劳累偶尔还发作一下，以示警告。

图12　上海中医药大学图书馆宏伟高耸，远非零陵路昔时可比。

后来的两次便相对轻松多了，拾遗补缺，捉捉漏，扫扫尾而已。2011年3月苏州、镇江、扬州之后再去上海中医药大学，为当时查找不到的若干种书目补课，又读到19种，2012年5月去参加博士生高驰的论文答辩，又解决了《汪幼安医案》。日积月累，渐渐改观，这是尾声，自当后话，也有锦上添花的妙处。其间，我的学生周坚医师前往张江开会，又乘机请他查阅补充了若干书目资料，而周坚为完成"中医古籍保护和利用能力"课题，后又专程前往调研《医林绳墨》的版本，复制原书，也得到宝贵的资料。

从1983年起，从零陵路到张江，三十年间我与上海中医药大学图书馆结下不解之缘，前往的次数、阅读利用的古籍仅次于北京的中国中医科学院，我诸多学术成果都得力于此，可谓是学术道路上的良师益友。

(载《温州读书报》2014年1月号)

16. 上图印象

在淮海中路的民国建筑群中,上海图书馆的新馆显得格外高大宏伟,有点鹤立鸡群的样子,地铁10号线从下面穿过,车站就叫"上海图书馆",所以交通很是方便。从苑平南路缓步前行50分钟可到,8点30分开馆,所以我从龙华步行过去,时间还是很充裕的。这几天久坐少动,安步当车,走走路,活动活动筋骨,也是有好处的。2010年4月22日,结束上海中医药大学四天的阅读工作之后,23日早上便步行前往上海图书馆。

上海图书馆古籍书目不好查询,我在温州查过,大部分无法查到,到馆一问才知道,它用的是繁体字。这就不好办了,因为电脑汉字输入基本上都是简体字,尽管查询简介里已经说明用繁体,我在查询时哪里想得到有这么回事?后来专门安装了"万能五笔",才可以繁简并用。此时只得使用四角号码手工检索,效率自然就差了。效率差的事还多着呢,一是取书慢,等了一个多小时都还拿不到书;二是一张索书单四种书看过还后,才可递下一张,拉大了等书的间距;三是未到4点,递上的单子就拿不到书了。后来耍了个小聪明,不等还书,先递书单,书找到了,这批书也完成了,节奏也就快起来了,但远不能与中医药大学相比。

次日是星期六,是正常开放日,8点半进馆即交书单,直

16. 上图印象

图13 淮海中路的民国建筑群中,上海图书馆的新馆显得格外高大宏伟,有点鹤立鸡群的样子。

到9点50分才取到,四种之中,一是架上无书,一种取错了,还有一种号码填错了,只有一种是需要的,读毕,已是11点;再次取书,已是12点,读毕,又等;下午2点许得书,四种中又仅一种有用;至3点半,实在耗得让人心焦,遂起身离馆。算来七个小时,仅看了两小时二十分钟,整整三分之一,而三分之二的时间就白白空耗了。与门口的管理员闲聊,才知周六书库仅一位值班人员,根本忙不过来。所幸,空闲之后便东看看西寻寻,四处搜索,竟也有得,在电脑中翻到一个"抄本数据库",从中录得《秋室我闻录》《养性居士日记》《温疫论节要》《管见集》4种,外界所知不多,很是少见,有些《联目》不载,仅有稿本藏于上海图书馆,真可谓宝贵,仅此,便可谓不虚此行。回温之后,花了四天时间整理相关材料，又纠错四种：《联目》《杂病论辑逸》误为《伤寒杂病论合编》《张仲景瘟疫论》《杂病论辑逸》三书，分别载录于伤寒、金匮、瘟疫门下；《大辞典》误为两书，实则一书。还有，《心眼指要》为堪舆书，讲的是建屋造坟的风水地理，与医学无关，而《联目》《大辞典》均作眼科书，大约望文生义致误；《保婴合璧》戒溺婴，并非儿科书；《痧眼原由》应是《痧胀原由》，温病书而非眼科书，只是字形相近致误。所以尽管上图读书效率打了折扣，质量却是十分了得，足以弥补损失了的数量。

2011年9月，杭州"中医古籍保护和利用能力"版本调研会后，专程前往上海图书馆。这次当然是先查好书目，四天时间，善本翻遍，只有一种抄本不借，其余均能读到，很好；普本则随遇而安，能看多少算多少，看不完下次再来。上海中医药大学的博士生高驰也来帮忙，抄写了两篇叙言，还偷拍了若干照片，大有功。实际上，复印的价格不贵，但照片的质量好，以后作书影也好看，所以我也不阻拦。不过第二天她就不来了，大约是抄书抄怕了，确实，这项工作别人是难以承受，吃不消的。最后一天是星期六，照例是干不成事的，但昨日下午未读完暂存的书取出还快，电脑上阅读一些电子版并无大碍，又在书架上发现《故宫珍本丛刊》，将其中医书翻阅一遍，所以一个上午时间也还排得满满的。午后，即坐地铁直奔虹桥，坐动车回温。

2012年5月，高驰博士论文答辩，又在上海图书馆泡了一整天，阅书12种，补上前次未尽的书目，还在电子版上有额外的收获。上海图书馆的阅读任务至此告一段落。

过了一年，2013年5月，在北京参加"国家中医药管理局关于中医古籍保护和利用能力课题专家审稿会"，与辽宁中医药大学曹瑛教授闲聊上海读书心得时,我总结了这么几条:上海图书馆的古籍真是珍珠美玉,美不胜收;上海图书馆适宜静读、深读,不适宜我这种广络原野撒大网似的搜集书目阅读法;星期六万不可去。当然,检索用繁体字是容易忽略的细节,不能不提醒一下。

(载《温州读书报》2014年3月号,原题《上图访书》)

附记:2016年5月3日,前往上海的美国领事馆办理旅游签证,4日星期三上海图书馆访书,8种书目仅得4种,为《丹方抄》《单方随录》《伤寒论选注》《新刊外科微义》,《单方随录》原是两种,经查对,其实只是一种,分为二卷而已,而《医书记略》《医约》及另一种《丹方抄》因破损未能一见。好的是,允许复印且价格低廉,每叶仅2或4元。10点50分完成,却拿不出书了,只得结束。次日再去,等书时,先在电脑上阅读《经络经穴》电子扫描本,经比对,是书大体为陈会、刘瑾《神应经》之抄录本,虽无序跋、目录,仍为完本,《联目》《大辞典》谓为残卷,有所不确。9点15分,拿到《心圣图说要言》《窥垣秘术》两书,《窥垣秘术》即《伤寒五法》之易名,而《心圣图说要言》则《联目》《大辞典》俱不载录,而万历三十八年庚戌刻本还是很珍贵的,其书二册二卷,首载《心圣图说》,有图三幅,说三则,并论九篇,次《心圣要言》,阐述修心养圣之理。下册《却病心法》,除《陈希夷坐功图势》外,《林子却病功夫》为编纂者心得,述两百余证的气功意念治病方法,外附《修心真诀》。所以这本书是很珍贵的。

2019年4、5月间,两次上海、苏州访书,则记述于《春风又绿江南岸》一文中。

17. 独藏深闺
——上海医学会图书馆读书记

上海医学会图书馆，正式名称应是中华医学会上海分会图书馆，位于繁华的北京西路静安寺附近，可是独藏深闺人未识，平素少人问津。我从《联目》查到它所珍藏的古籍，所以2011年3月登门访书读书。

那天上午先是去张江上海中医药大学，碰巧古籍管理员王枫体检去了，扑了个空，马上搭乘轨道车至张江地铁站，转2号线直达静安寺，很顺利便找到中华医学会上海分会。图书馆规模不大，远不如地方的或高校的图书馆气派，但西洋式的建筑很有几分风格，古籍阅览室门庭冷落，并无读者，管理员陶镇庭独守空房。我一说明来意，他很高兴，马上热情地招呼古籍管理员杜建一，拿出厚厚的书目供我查阅书号。读者自查书号，似乎近时未曾遇到，大体上是网络或电脑查号，少数则是管理员人工查号，自己查号当然求之不得，因为可细细寻觅，以发现未见、少见的古籍，甚至人所不知的孤本、稿本。果不其然，21种计划书目中虽然查到并找到其书的只有15种，而计划外却寻得12种。如《京江蔡氏十三章》二卷，《中国医籍续考》未曾载录，此地所藏抄本乃是国内孤本；《危恶典言》《天地人三图大旨论》，《联目》《大辞典》俱不载录，世人并不知晓，我把它载录到《中国医籍补考》，不啻是让其重

17. 独藏深闺

见天日。突然想到辛弃疾《青玉案》的名句，"众里寻他千百度，蓦然回首，那人却在灯火阑珊处"，形容此时此刻我的心境，真是贴切不过。

埋首于堆积如山的古籍，我慢悠悠地翻阅，细细地体味，沙里淘金般地寻拣我所需要的材料，一一用相机拍摄下来。放松的环境使我紧张的心绪松弛，沉稳的心态自然放缓工作的节奏，似乎好久都未曾如此从容地享受读书、工作的乐趣了，这也与我平素外出访书读书搜寻资料时一贯的急切、紧张相反，我都有点惊诧于自己的变化了。

节奏不快，效率却不低，下午四时许，27种古籍都已翻读完毕，我又细细翻检那本厚厚的书目，惟恐有遗珠碎玉漏过了我的眼睛。寻得若干眼生的书名，又请杜先生取出，结果，《百尺楼医书》是民国二十六年的，《医学导窾赛锦囊》是民国三十七年的，都已超出《中国医籍续考》收书下限；《伤寒举踳》《六书三国药名方言考》《金鸡医谈》都是日本人的著作，则已超出我的研究范围。看来梳篦之下，漏网之鱼已经不多，于是我心满意足地起身，谢过陶、杜两位，告辞回宾馆了。

后来，我们医院林士毅医师参加"中医古籍保护和利用能力课题"，需要搜集《医林绳墨大全》的各种版本，我建议他到上海医学会图书馆。我说，这种服务、这种环境，于我而言真是前所未有，你也该去享受一下。

（《温州读书报》2014年11月号）

附记：2016年5月3日，前往上海的美国领事馆办理旅游签证，4日星期三，上午在上海图书馆，下午又到上海中华医学会图书馆。时过五年，陶、杜两位大约已经退休，接待的是一位女士,很热情地搬来著者、书名两套目录卡片,查了3种欲读书目,却找不到,又找了若干眼生的,结果仍是有目无书,不免有点遗憾。最后勉强拿了一册《种痘要览》,又是民国的书,看来前次的搜罗很是彻底,再无漏网之鱼。

18. 南图情缘

我与南京图书馆是有缘分的，南京甫归，这个想法益为强烈，以至于放着大堆的材料无暇整理，而急急欲一吐为快。

这个情愫、这种缘分自然是由于书。

缘分始于1985年。在重庆参加全国青年中医学术研讨会后，顺江而下，11月16日晨间到南京，一上码头直接去了成贤街，结果扑了个空，辗转来到颐和路，已过了9点。记得那是一座古色古香的旧宅，似乎上了一个阁楼，这便是当时的古籍部。虽是星期六也照样开馆，很顺利地借到《续易简方论》，包括《后集》共十一卷，厚厚一大叠。浏览全部内容，抄录全书目录，摘录部分章节，心满意足地从图书馆出来，已是繁星满天。此行开了我乡土医学史研究的初步，《从养胃汤看永嘉医派的学术思想》使沉睡八百年的永嘉医学先贤有了重新被人认识的机会。

十年之后的1995年，北戴河参加学术会议返程再到南京，6月24日熟门熟路地找到颐和路，却又扑了个空，追到虎踞路，清凉山下的一幢白色小楼，清幽雅洁，但总觉得有点低凹潮湿，似乎不是保存古籍的最佳选择。铁门紧闭，天又下起了雨，原是周末，连次日要休息两天，门卫占师傅很热心，不厌其烦地解答许多问题，还借伞给我这个陌生人。星期一一早就去，却找不到《续易简方论》，古籍部主任是位热心的女士，帮忙找了许久也无结果，只得怏怏而归。乔迁新馆，古籍一时整理不及，自是情有可原，这反倒让我有了游秦淮，逛夫子庙，参观江南贡院的机会。热心的主任和门卫，也足以令人感到温暖。此后，1998年12月，1999年7月，又两次专程前往南图，目标仍是国内孤本的《续易简方论》及其《后集》即《易简方纠诊》。根据原书目录与早已准备好的《医方类聚》抄得的原文，构成骨架，一一核对、补充、抄录，卢祖常的《易简方纠谬》和施发的《续易简方论》便成完璧；继而又把孙志宁的《增修易简方》大海捞针般从厚厚的古书堆中重辑；把王暐的《续易简方脉论》从海峡对岸的台北故宫博物院图书馆引了回来。当2000年5月《永嘉医派研究》出版之时，首先要表示敬意和谢意的，便是给我以莫大支持的南京图书馆古籍部，恭恭敬敬地寄去我的赠书。

　　事隔十年之后，我又一次登上南图的大门，目标却有所不同。以前是集中精力攻下《续易简方论》和《易简方纠谬》两书，这次为考证研究中医古籍书目，需要广泛浏览群书。为此，列出预备查阅的书目清单，一一在网上查得书号，我以为这是南京图书馆最先进之处，各地图书馆基本上难查古籍，更别提直接查得书号了（附记：现在基本上都能网上查书了，真是功德无量的大好事）。做好了充分的准备，在济南参加学术会议，又在山东中医药大学和山东省图书馆泡了两天之后，2009年12月29日傍晚又到了南京，入住汉中门的南京中医药大学金杏楼。晚餐后故地重游，借散步之机又来到清凉山下，但见虎踞路车水马龙，早非旧观，古籍部原址的白色小楼仍在，却不再清幽，清凉山小学的校牌告诉我，又一次扑了个空，自以为准备充分却百密仍不免一疏。次日先是去过仙林的

18. 南图情缘

南京中医药大学图书馆，午后便来到南图新馆。

图14　南京图书馆新馆雄踞中山东路与长江路之间，登上高高的台阶，近旁的总统府如同一个小牌楼匍匐在旁。

  新馆雄踞中山东路与长江路之间，坐西面东，登上高高的台阶，近旁的总统府如同一个小牌楼匍匐在旁，大行宫广场看起来小巧玲珑，远处的中央饭店就成了一个小小的民居，衬得新馆更为高大。进门第一事便是办证，简单的一个表格，出示身份证之后，便拿到一个阅览卡，令人惊奇的是竟然不收费！想当今中国，哪个地方哪个部门不在挖空心思捞钱？而南图放着名正言顺的费不收，着实给远道而来的读书人一丝温暖和感动。进得古籍部，便领教了南图的另一面，严格得似乎不近人情的规章制度：先是不得携带任何包袋杯子入内，这倒不难，这个充满书卷气的地方，想必简单的行李是安全的，就放到门外好了；其次是看古籍要介绍信，这有点难度，现在不太用得着此物，于是一番电话联系，从温州传真过来了；最难办的是第三点，湿度不够，只有20%，善本古籍不得出库，可我千里迢迢还不是为这善本而来么？但仍是不虚此行：先是读了计划要读的普本古医籍，更重要的发现是，装满五六个大书架的《中国本草全书》与《国家图书馆藏稀见古代医籍钞（稿）本丛编》，浙江全省无藏，而分散于全国各地的善本书很多集中于此四百巨册之中，这可是实实在在的大金矿呀。我决计春天再来，但愿不要天阴雨湿，善本古籍仍不得出库。

3月14日晨，在大雨中离开温州，动车抵宁已是傍晚，天阴阴的，但没雨，仍入住金杏楼，次日仍先去仙林，同样午后来到南图。遗憾的是，同样是由于湿度不够而不能出借善本及稿本、抄本，这就成问题了，我还担心过于潮湿误事，三月江南怎么就成了戈壁滩呢？顾不得理论，随后的一个星期，我便埋头于古医籍之中，每天在门外等开馆，进门领取第一号读者卡，直到下班时分才最后一个恋恋不舍地离开。很快，计划要读的普本医籍已告完成，国图的《稿本丛编》也翻阅一遍，但善本仍无缘一见，这终令人不甘心。先是找古籍部徐玉农主任，她额外照顾特批一册，再也不开尊口，无奈去找馆领导，全勤副馆长热情接待了我，当即吩咐馆办王主任处理此事。最后的结果却出人意料：古籍部可在全馆范围内挑选一个房间作善本古籍阅览室，安装专用设备以保持干湿度。我笑对徐主任说：我可大有功于你们古籍部了。峰回路转，柳暗花明，于是顺利地完成了阅读计划。

当我一身疲惫躺在返温的列车上，一种满载而归的满足感冲消了一切疲劳，一再回想，二十多年的交往，三段情缘，南京图书馆成就了我一系列的学术成果，我见证了南图一步步的发展历程。饮水思源，我无法忘怀在此度过的紧张充实的阅读时间，更对敬业、热情的几代南图人深怀感激和敬意。我知道我很快还要再来南图，这里的书海吸引着我，这种情缘在心中

18. 南图情缘

不断萦绕，还将不断持续下去，衍化为更多的友情和成果。

（载《温州读书报》2010 年 6 月号）

图15　2010 年 3 月 16 日，在南京图书馆古籍部搜集书目资料。

附记：此文作于 2010 年 4 月，虽未开"图书馆纪行"专栏，却是此系列随笔的第一篇。当年 9 月又曾一往，为《中国医籍续考》搜集资料，看书一天半，当然又是满载而归。2011 年，为"国家中医药管理局关于中医古籍保护和利用能力课题"，遭周坚、林士毅同赴南图，搜集《医林绳墨》的相关资料，同样满载而归。2016 年 1 月 13 日到南京，南图古籍部搬迁，看不成；同年 3 月 29 至 30 日，一天半全在南图，古籍不得借阅，有《医界现形记》以章回小说形式，分二十二回，讲述中西医学卫生知识，抨击当时医界种种劣迹乱象，揭露医德失范的社会根源。还有《晚清四部丛刊》，其第九编 81

至90册的十册之中,有医书不少;《江苏艺文志》以地分册,以人为目,实际上"著述人志",应当以四部分类,以书为目才称得上"艺文志"。文末的南图情缘"还将不断持续下去,衍化为更多的友情和成果",是实有其事,并非信口开河。

19. 三进仙林
——南京中医药大学访书

1985年来，我三番五次前往南京，目标都是南京图书馆，全力以赴攻下《续易简方论》和《易简方纠谬》二书，为《永嘉医派研究》取得最重要的资料。尽管多次住在汉中门南京中医药大学的金杏楼，却一直未曾拜访迁于仙林新校区的南京中医药大学图书馆。2009年12月，在山东济南参加"全国医史文献学术研讨会"后，于29日傍晚又到了南京，又入住金杏楼。这次计划要前往仙林，目标则是为考证研究中医古籍书目的《中国医籍补考》《中国医籍续考》二书搜寻材料。

次日早8点，校车从汉中门老校区出发，40分钟便到仙林，找到南京中医药大学图书馆的馆长，刚一开口就碰了个硬钉子：医学古籍概不供外单位人员参阅，一口回绝，毫无通融余地。说毕便起身称要开会去，连个再作申明的机会也不给，跟随她到电梯口，眼睁睁地看着电梯门"咣"地一声关上，毫不留情地给你一杯闭门羹。无可奈何，还是直接找古籍部试试，却峰回路转，三位女士热情非常，满肚不快顿时一扫而光。主任顾宁一仔细询问我访书要求，我便简要解释为撰写《中国医籍补考》《中国医籍续考》二书，需要调查现存医学古籍，她即快人快语：虽然不能直接提供善本古籍，但是可以回答是否存在、卷数、作者、版本等情况，还可以提供序跋的打印稿，不禁大喜。高雨挺着个足月的大肚子，为我的书单查找索书号；李群则忙着操作电脑，打出相关序跋。结果，史大受《史氏实法药性》《史氏实法妇科》查找不着；薛辛《家传产后歌诀治验录》有抄本无序跋；而谢文祥《救产全书》、孙斐然《痘疹一贯》、曹祖健《曹氏痘疹准则》、蓬橐子《青江修方案证》、法徵麟《医学要览》，核对过卷数、作者、版本之后，很快便打出了5种六篇序跋，其中《医学要览》还是原抄本的复印件，更为可靠。9种之中8种有了着落，唯有韦协梦《医论三十篇》一时未能查实。顾宁一主任发话了：留个邮箱，我们查到再发给你。整个过程之顺利，出乎意料。9点50分向三位热心的女士告辞，从容地坐上10点50分的校车，还赶得上下午去南京图书馆，真正是喜出望外。

回温已是2009年的最后一天，打开电脑，《医论三十篇》一序一跋四张照片赫然在目，感动之余，寄上我的《浙江医籍考》《宋元明清医籍年表》《四库及续修四库医书总目》，既表谢意，也希望于她们的工作有所裨益。

三个半月之后，2010年3月14日晨，在大雨中离开温州，动车抵宁已是傍晚，天阴阴的，但没雨，仍入住金杏楼。次日一早仍搭校车去仙林，熟门熟路找到古籍部，此行目的主要为刚刚拿到国家科技学术著作出版基金的《中国医籍续考》调研清道光后的医籍书目。顾宁一主任仍是满腔热情，一看我的书单，便道：这些书尚未电子扫描，也未载录其序跋，需要动用原本。虽面有难色，也还不忍拒绝，高雨坐月子去了，她亲自动手查找书目。不多时，李群拿来《辟阴集说》《保身便览》《良方便检》《养生诀》《眼科撮要》五书，虽有3种查找无着，我已很是满意，且无所顾忌地用手机拍摄相关序跋，大大地提高了速度，很快便完成了任务。顾主任说，只能至此为止了,我可不敢太放肆了,要吃批评的。稍得空裕,我在古籍阅览室四处走动,发现有台湾新文丰公司影印的台北故宫珍藏善本,于是翻阅了《戴思九临证医案》《医方便懦》等书,收获多多。更意外的是,顾主任又拿来沙书玉的《疡科补苴》,直让我觉得有"天上掉下个林妹妹"般的高兴。不好意思让顾主任太为难,我告辞回城,决计下半年《中国医籍续考》交稿之前再来一趟。

9月初,访书苏杭,7日傍晚在滂沱大雨中抵达南京,又入住金杏楼,时雨止云开,凉风习习。8日又去仙林,时校车已取消,门前的地铁直达"南京中医药大学"站,下车,步行20分钟到图书馆。这次访书之行收获最丰,阅书11种,拍照37张,其中《曾女士医学全书》包括子目6种,《疡医蛾术录》虽阙失《痈疽内篇》二卷,仍存子目《痈疽外篇》《痈疽经方录》《痈疽药性录》《痈疽禁方录》4种,合计共得书21种,为《中国医籍续考》补充了真切明确的内容;而《史氏实法药性》《史氏实法妇科》三次查找不着,确已佚失,也有一个着落。

三进仙林,满载而归,访书37种,为我考证研究中医古籍的研究项目取得珍贵的第一手资料,令人愉快;更深切地感受到图书馆工作人员的热忱和敬业尽职,她们对远道而来、素不相识亦无关联的读者满腔热情,认真负责,确令人如沐春风。

(载《温州读书报》2016年12月号)

附记:2021年4月,应山东中医药大学之邀,为"中华医藏编纂出版项目第三次技术培训"作《图书馆纪行——中医古籍目录版本调研》专题讲座,听众反响强烈,纷纷要求解答问题，互留微信，以便联系，更高兴的是，遇甘肃中医药大学图书馆殷承鹏、南京中医药大学图书馆卞正、高雨，老友旧雨共忆当年访书事，分外亲切。9月22日，卞正邀我加入"中华中医药文献发掘"微信群，介绍群主"常熟翁氏中医药古籍"翁振鹏，遂有后来虞麓山房访书之旅，既寻访搜集到许多宝贵的书目资料，又结识了新的爱书读书的朋友。

20. 从敬文到炳麟
—— 苏州大学的读书行程

　　苏州读书之旅始自 2004 年，早一年的 3 月，就寄信苏州医学院图书馆，查询《丹溪医按》的下落及借阅办法；11 日去信，十天后，21 日就收到苏州大学医学院图书馆线装书阅览室薛维源先生回信，《丹溪医按》书存，不能外借，需亲往查阅。

　　做好充分的准备工作，主要是搜集我所能够搜集到的丹溪医案，按病症分类、打印。2004 年 3 月 17 日凌晨到苏州，风雨交加，在黎明前的黑暗中找到苏州医学院，却已成了苏州大学的南校区，医学图书已全部转往东校区。马上打的前往，却又碰上"东环路"修路封闭，一翻周折，天已大亮，将近 7 点到了原东吴大学旧址，现在的苏州大学东校区。在苏大校园内找到住宿点，匆匆洗漱一下，在学生食堂用过早餐，8 时许来到敬文图书馆。先是拜访薛维源先生，送上我赠他本人与苏州医学院图书馆《丹溪学研究》各一册，随后便借到《丹溪医按》，开始紧张的阅读、誊录工作。

　　这时，事先准备工作的重要性便充分体现出来了，除了序跋目录、题词识语必须手抄之外，各类医案只须在我的打印稿上找到，一一对照文字，补充增减，编上序列号，便成为《丹溪医按》了，只有我所缺如、无法对照者，才需要老老实实地全文抄录,但不多。这样安排的好处,首先在于提高效率,不必一一照抄,等于事先在温州已经抄录了主要内容;其次是编序、核对的过程,也就是校雠的过程,全书抄好了,校雠也结束了,两书之间的异同便全部明明白白地摆在稿纸上。此后,每天早上8点,直到晚上9点45分,全力投入工作之中,幸得图书馆中午闭馆两个半小时,否则真怕累坏了身子。《丹溪医按》尽管与现在流传的丹溪医案并无大的差异,只是使用第一人称,语言通俗口语化,还遗留许多方言词汇,这也成为后来考证医案真伪的重要依据。这些特点也似乎表明,原始记录,少后人修饰,原汁原味,更接近原貌,这也是这批医案最宝贵之处。紧张工作两天半,抄下《丹溪医按》全书,19日中午告别薛先生,离开敬文图书馆;回温之后,又花半月时间整理成书,并撰文考证。全部完成之后,又请我的学生薛轶燕再去苏大,全文校核一遍,才算最后定稿。这部分材料成为《丹溪逸书》的中心内容之一。

再次去苏大,已是2010年9月,事先从网上获悉医学书籍包括古籍均已从敬文图书馆移藏独墅湖新校区的炳麟图书馆,所以一到苏州便直接到三元坊,住在苏州市图书馆与原苏州医学院之间的"天伦之星"酒店。次日一早便搭从苏州医学院出发的校车,不多时,炳麟图书馆便如一朵巨大的含苞欲放的白莲花耸立在眼前,宏伟壮观。早已与薛维源先生通过E-mail联系好,所以事情进展非常顺利,送上赠书《丹溪逸书》,他便安排管理员张若雅接待。长长的书单早已查好索书号,41种之中得阅33种,80%的比例也还算不错。令人高兴的是,无意中发现了《侍疾要语》《侍疾日记》二书,这是很少见的中医护理学著作,前者《联目》不载,医学界少人知悉,在《棣香斋丛书》中发现;后者《联目》仅载录民国十

20. 从敬文到炳麟

图16 苏州大学炳麟图书馆犹如含苞欲放的白莲花，居"全国最美的五十座高校图书馆"之首。

六年版本，实际上早已收录于光绪十八年的《桂林梁先生遗书》中，正在《中国医籍续考》收录范围。于是，高高兴兴地补充于书目之中，自以为其价值不菲。

原计划两天的工作早早完成，未到傍晚，谢过张若雅，告辞薛先生，满载而归，明天就可以去苏州市图书馆和苏州中医医院了。

今年（2014）7月，收到温州市图书馆卢礼阳兄微信：《全国最美的五十座高校图书馆》，居首便是炳麟图书馆。据介绍，炳麟图书馆曾获国际鲁班奖、鲁班奖高校图书馆类世界榜首，又是全国唯一获得国际造型设计世界金奖的环球型图书馆。我觉得实至名归，也为我能亲眼一睹名列榜首的最美图书馆之芳容而高兴。

（载《温州读书报》2014年7月号）

附记：2019 年 4 月上海、苏州之行，12 日、15 日，两次前往苏州大学独墅湖校区，在炳麟图书馆有过愉快的读书经历和丰硕的资料收获，记述于《春风又绿江南岸》一文之中。

21. 天堂读书记事

苏州读书之旅跑了两趟,却一直未能好好领略一下天堂美景,实在有负天堂美意,留下一丝遗憾。2004年3月,在苏州大学敬文图书馆阅读《丹溪医按》,三天之间,未出苏大校园半步,只是归程在出租车上"走车观花"般地游览一下市容,当不得到此一游。2010年9月,到苏州是中午,住在三元坊,附近便是沧浪亭,亭外清池,波光倒影,小院内曲栏回廊,石径盘旋,古树葱茏,藤萝蔓挂,步移景换,变化出无穷的景致来。这是第一次领略苏州园林的意境,还捎带着游文庙,欣赏附设的书法、石刻展览。次日在苏大炳麟图书馆满载而归,给自己的奖赏是当晚夜游护城河,但见灯火璀璨,流光溢彩,水波荡漾,琴声时而慷慨激昂,时而喃喃私语,船舫笙歌,吴言侬语,有一种让人心醉的感觉,令人怀疑,当年辛弃疾是醉里听得吴音媚好,还是媚好吴音听得人醉。

第二天早上前往景德路苏州中医院,先找医院办公室,院办的同志听说我从温州专程来此看书,惊得一愣一愣的,连说有这么回事?自然大力支持。我找到医院图书馆时,院办的电话早已来过,可惜医院近日要搬迁新址,图书都打包待运,看不成了。马上转回三元坊,上苏州市图书馆。古籍馆独居绿荫深处,名"天香小筑",粉墙古树,长廊曲径,阅览室在一楼，明式的桌椅透出清幽文雅，真不愧为园林城市的园林式图书馆。接待的金虹女士很认真地核对书名、书号，我未能查到书号的三种，她又请古籍室管理员孙中旺来，一起再三查核，确实馆藏所无，才算了结。十二种之中抄本、稿本竟有十种之多，且多为苏州人著作或抄录，是宝贵的医学资料，也是宝贵的地方文化史料。我对明清的苏州医家怀有一种特别的敬意，因为苏州医学之繁荣，傲然挺立于中国的前列，与杭州、徽州一起构成一个时代的中心地带，余波所及，就是现在上海的中医药大好局面也有其一份功劳。在这样的环境中读这样的古书，人就很自然地神闲气定起来，若是焚上一炉幽幽的清香，伴着一曲悠悠的琴韵，那真正是"只应天上有，人间哪得遇"的绝佳意境了。今年（2014）4月，《温州读书报》卢礼阳先生造访苏州图书馆，传回来的照片告诉我，"天香小筑"竟然成了全国重点文物保护单位，他的微信说得好：国保，就在苏州图书馆的新馆里面。我很是喜欢这座小小的古色古香的古籍阅览室，喜欢这里清幽的环境，古雅的陈设，现在是国宝，确实出乎我的意料，有种"情理之中，意料之外"的惊喜感觉。

　　看完书，回到了"人间"，我便告辞苏州，前往南京了。所以，第三次的天堂读书之旅便安排在周六出发，只为星期天有个游览苏州的机会，2011年3月19日晚又入住"天伦之星"酒店。

　　一夜听雨，早就以为计划要泡汤了，谁知天遂人愿，早餐后雨却渐渐停了，就在宾馆门前的三元坊公交站搭上2路公交车，到底是"吴中第一名胜"虎丘，常规游览之后，便沿七里山塘缓步返阊门。七里山塘，大体与温州的南塘街相似，沿河沿街是相连的民居，粉墙黛瓦，面街枕河，石砌的埠头，石板的路面。唐人杜荀鹤描绘苏州，"君到姑苏见，人家尽枕

21. 天堂读书记事

图17 苏州图书馆的"天香小筑"独居绿荫深处，清幽文雅，真不愧是全国重点文物保护单位。

河。古宫闲地少，水港小桥多。"正是眼前七里山塘的民居特色，也与昔日温州南塘街大同小异。路上行人不多，商铺也不多，只三两间日常生活用品小店，倒是古迹众多。方离虎丘，左手边便是李鸿章祠，可惜被学校占用，不得入内一瞻；后有南社纪念馆，清末陈去病、柳亚子等人在此雅集，成立南社，既是文学结社，也是反清的政治力量；读过张溥《五人墓碑记》，都知道"激昂大义，蹈死不顾"的血性英雄葬于废弃的魏阉生祠，这便是"五人之墓"，绕祠一周，不得其门而入，颇为遗憾；还有山东会馆、徽州会馆、陕西会馆，众多会馆似在叙述昔日的商贸繁华。一路行来，微风细雨，嫩柳泛绿，春水生暖，原汁原味的姑苏景致，浓郁的江南气息，惹人生爱。渐近阊门，游人渐多，整修一新的商铺，高悬的店招，成排的大红灯笼，人声喧闹，商风铜气扑面而来。这是刚刚花巨资开发的"七里山塘景区"，相比之下我还是喜欢未开发的，还算好，街巷建筑尚保留原状，还算是七里山塘。想想温州南塘街，搞成个不中不西，不土不洋，不商不农，不伦不类，大而无当的四不象，有联不成对，有字无书法，充文雅而尽显俗气，讲是"南塘印象"，与真正的南塘风马牛不相及，我真羡慕苏州人摊到个好领导。过了乾隆"山塘寻胜"御碑亭，出新建的"山塘胜迹"牌坊，便是阊门，到苏州城区了。

又是一夜听雨，次日在大雨中到沧浪新城的苏州中医院，同样先找医院办公室，还打扰了主管副院长，然后才是图书馆。管理员曹雄华已是老相识，有劳她从破破烂烂的登记册中查找书目，又从书库中一一取出古籍，太费心费力了。一番周折，看到书已是10点45分，离中午下班已没有多少时间，下午1点半上班，34种拟读书目中完成一半，曹雄华却不肯再取书了。想来今天已不能完成，反正还得再跑一趟，也就不再坚持。一念之差，铸成大错，11月遣学生周坚医师再去，医院方面却是180度大转弯，坚辞不借，也就看不成书了，令我后悔莫及。一个地级市的中医院，所藏古籍竟然吸引专家学者千里迢迢前来寻宝，确不寻常，也只有苏州才有如此境界，如此魅力。

返回市区，时间尚早，又到市图书馆，金虹女士仍认得我，合作自是愉快。任务只是《攒花经验方》一书，亦是吴人抄本，读过之后，正到下班时间，告辞。

整整一天的雨没个歇，但不影响全天的工作；而昨天阴天，除短时间有点毛毛细雨外，竟连小雨也未有，又不热，真是天公作美。

次日，告别苏州，开始"烟花三月下扬州"的旅程，狮子林、拙政园、网师园、留园等美好的苏州园林,留待下一次天堂之行再去拜访吧。

(载《温州读书报》2014 年第 8 期)

附记: 2019 年 4 月,又有苏州图书馆的访书之行,记述于《春风又绿江南岸》。

22. 烟花三月上扬州
——访镇江、扬州图书馆

完成苏州中医院与苏州市图书馆的书目阅读，次日3月22日，便开始"烟花三月上扬州"的旅程。昨天下了一天的大雨，今儿却是个大晴天，高速铁路只花了一个半小时便送我们到达第二站镇江，不过11点。

下午先忙工作，在镇江市图书馆查阅古籍，任务不重，仅10种，查到7种，也算不错。其中《沈芊绿医案》《杂症须知》是抄本，国内仅此有藏的孤本；《检骨图说》是法医学著作，《联目》和《大辞典》俱不载录，学界知之甚少，发掘面世，自有其意义；《医理略述》是早期西医理论著作，岭南尹端模翻译编纂，潘鸿仪序赞誉"其书于生理之盛衰、性质之变化，条分缕析，可谓言之成理者已"，也是很难得的。

公事已毕，次日游金山寺，白娘子水漫金山的故事家喻户晓，因此就有了独特的魅力。寺院依山而建，绚丽精巧的建筑群，楼上有楼，阁中有亭，亭台楼阁层层相连，殿宇厅堂幢幢衔接。北固山北临长江，远眺"大江东去，群山西来"的胜境，更因辛弃疾"何处望神州，满眼风光北固山"而闻名；甘露寺则因《三国演义》刘备招亲的故事而妇孺皆知，可惜大门紧闭，不得一瞻，只能匆匆而过，不胜感概。此外，焦山

22. 烟花三月上扬州

图18 镇江图书馆古朴。

瘗鹤碑、摩崖石刻,还有定慧寺、万寿塔,足以让人流连忘返。

还须一提,去金山坐2路公交,打了个大圈,游览半个镇江市容,旧城为主;返程从焦山坐4路公交,又打了个大圈,游览另半个镇江市容,主要是新城,合起来几乎把个小小的镇江城跑了个遍,也是蛮有意思的。

从镇江过润扬长江大桥到扬州,我们在车站附近住下后,24日下午去扬州图书馆查阅古籍。网上的信息并不可靠,去年中科院阅书,八月底查询还是一周五天,九月初就变成每周二、三,害得我扑空;昨天在镇江查扬州图书馆在维扬路,今日中午在扬州查,却在文昌路的新馆,今天不查一下,岂不如同中科院要白跑一趟?阅读的《济生录》是真州诒縠山庄辑刊的善书,汇辑萧山蔡氏"神授保产经验简便良方"及多种催

行万里路　读百家书

图19　扬州图书馆洋气。

生药方，内容广泛，遍及胎前、临产、产后保护诸法和医治初生小儿、保产护婴良方等。昔时之人积德行善，刻印善书，普及医学常识，供人应急及不时之需，是行善的重要一环，此书便是明证。扬州的工作任务不重，一个小时解决问题，随后参观图书馆旁的扬州博物馆与雕板印刷博物馆。扬州博物馆的镇馆之宝是元青花梅瓶，曾吸引法国前总统密特朗不远万里来此

22. 烟花三月上扬州

一瞻风采,自然不可错过;雕板是古医籍的主要印刷方式,我也是兴趣盎然,只可惜时间不多,匆匆一过,早已到闭馆之时,只得告辞。

正当此时,接浙江中医药研究院盛增秀先生电,30 日星期三下午拟在杭州召开"国家中医药管理局关于中医古籍保护和利用能力课题浙江项目组"的专家会议,商议校订整理四百种古医籍之事。这是个重大任务,不能不去,原计划周六回温,只得改变行程周日去上海,在上海中医药大学和上海中华医学会各待一天,周三再去杭州。这样,有机会在此美好的烟花三月,在此美好的扬州古城多逗留一天,也是美事。

瘦西湖是一条曲尺形的瘦小水道,似是古时护城河的遗迹,瘦小而清秀,位于扬州的北部。三月的瘦西湖春意盎然,湖中有小金山、钓鱼台,五亭台是由 5 座金碧辉煌的亭子组成,桥下有桥墩,构成大小 15 个桥洞,洞洞相通,好似各个洞都有一个月亮,15 个桥洞交相辉映,银光荡漾,可与西湖三潭印月媲美。不远便是二十四桥,新修的复古景点,杜牧的名句"二十四桥明月夜,玉人何处教吹箫",还有姜夔"二十四桥仍在,波心荡,冷月无声。念桥边红药,年年知为谁生",都足以引起人们无尽的遐思。25 日一天就交付给了瘦西湖。次日游大明寺,就在瘦西湖西北的蜀岗峰上,平堂山、鉴真纪念堂即在大明寺内,鉴真东渡的故事给寺院添上浓重的文化色彩。归途游个园。个园位于扬州的东关街,初为清代名画家的故居,园内种竹千杆,因竹叶形如"个"字得名。入园门迎面花坛种竹,竹间立石笋,内有"宜雨轩"。最具特色的是春、夏、秋、冬四季景色的假山拔地而起,设计精心,用料精美,山间有古树,山顶有小亭,山下有曲桥流水,犹如一幅美妙的画卷,淡雅质朴,优美和谐。出了个园,漫步在东关明清古街，直到运河边上的东关古城遗址，仿佛走出了漫长的时间隧道。

3月27日告别扬州，9点15分的汽车，10点到镇江，10点41分的高铁，一个半小时到上海，入住宛平南路的金朝之梦。这里靠近龙华医院，去上海中医药大学较方便，而上海的工作主要在此。

（载《温州读书报》2014年10月号）

23. 无锡会书友

2011年3月江南访书,由苏州而"烟花三月上扬州",过无锡而不入,原因便在无锡市图书馆并非《联目》参与单位,所以我的访书行程表也就暂付阙如。年末,收到无锡一名超市员工的 E-mail,却使我产生强烈的兴趣,并促成了今年(2016)1月的无锡之行。

这位工人叫杨帆,爱书,尤爱古籍,业余还爱好中医和道家道教的书。他在 E-mail 里说,读到我的《中国医籍续考》后,关心《补考》的写作和出版,给我寄来《苏常二府名医著书录》和自己的藏书目录《金匮存书知略》之医学卷。这于我自然是颇具价值的支持,还有《无锡图书馆藏民国前道教文献》,道与医有密切联系,也有参考意义。此后,我们时常电邮往复,交流读书心得与书籍信息,他曾向我咨询道教文献如养生、导引、房帏之类和祝由符咒,提供过日本早稻田大学图书馆所藏中医古籍和日本江户医学资料,还直接寄来清代顾鼎臣的《医眼方》。联系日多,便产生一会书友,看看他的"金匮存书"的想法,可就是我的访书计划实在太庞大,要跑的地方太多,一直排不上号,也就不能不一再拖延。2015年底,第四次获得国家科技学术著作出版基金的资助,元旦一过,便赴京与人民卫生出版社商议落实《中国医籍补考》的出版事宜，归程经天津、南京，满载而归之际，方才兑现拖延多次的访书会友的无锡之行。

1月14日，完成南京的阅读任务之后，11点48分的G7133次高铁用了不到一个小时就送我到达无锡站。在车站边的"维也纳"酒店住下，先买好16日回温的车票，便按杨帆的提示，坐上760路公交，七折八拐开了半个多小时，来到"中联新村"站，杨帆已在站牌下迎候。杨帆是72年生的中年人，稍胖，头已见谢顶，他领我穿过整个小区，前往19号402室的家。说是新村，已是陈旧不堪，颇大，无人带领可不大好找。其家不大，拾掇得颇为清爽，据他的《金匮存书知略》，藏经史子集四部1600余种。两个小小的书柜，线装古籍都用旧报纸包好，堆垒其间。他自嘲，"小子偏学无用之文，好藏无用之书"以为雅兴，"二十载春雨秋雾，青蚨渐而碧葵馨，上清淡而方册宽"。一张床榻占了书房很大面积，上有一几，可两人对面盘腿品茶，一角则是小小的书桌，摆放着电脑。

我带来《浙江医人考》作为见面礼，对杨帆的藏书也是有备而来，主要是冲着不登大雅之堂的符咒药签之类书籍。这些书只是流传民间，许多不见于《联目》和《大辞典》。应当讲，符咒和灵签仙方为民间信仰的表现形式之一，方剂有其特点与功效，求签求方也有强烈的心理暗示，未可简单地斥为迷信，深入探求或有其意义所在。《萧治斋师秘传隔瘟法》《孚祐帝君觉世经》《西乌石岭头观音药签》即是藉此防病治病，诸目录不载，而杨帆所藏者填补了我的著作的一项空白。意外的收获亦甚多，长沙叶德辉曾辑佚房术古书多种，《中国医籍续考》已经著录，而叶氏自著《于飞经》十卷，目录书不载，我并不知，是杨帆提供与我。还有一组明末志士、名医傅青主

23. 无锡会书友

纂录其师卢丹亭真人的修道养生系列著作，包括《卢丹亭真人养真秘笈》《丹亭悟真篇》《傅青主丹亭真人问答集》《丹亭真人玄谈集》四种。原书藏于台湾"国立中央图书馆"，1975年收于萧天石主编的《道藏精华》，台湾自由出版社影印出版。我未曾听闻，更未曾见过，今日得见，尤觉可贵。这不仅于医学有意义，于明末清初的历史，于傅青主的经历学术，都具研究价值。此外，同样收载于《道藏精华》的《仙术秘库》四种四卷，为清初古杭玉枢子所撰，则是我们浙江医籍医人的重要资料。

我翻阅着诸多古籍，一边从容不迫地拍摄下相关资料，一边与杨帆闲聊。得知其出自书香人家，而没有多少藏书遗留，全是自己多年渐渐积累，许多是从孔夫子旧书网上拍得，花费不薄。近时地方经济不景气，他已不在原来的超市谋事，赋闲在家；而这么多年机缘不遇，仍是孑然一身。我打量着其家略显寒酸的朴素装潢，堆了一地的旧书黄卷，一时觉得不知说什么好。

天色渐暗，夜幕降临，我的工作也告尾声，便提议去找个馆子一起吃饭，我做东。两人在小区昏暗的灯光下走了许久，才到一个不大的菜馆，点了三两个简单的菜肴，一小瓶白酒。他不喝酒，也不健谈，两人所议不外乎书，却并不轻松。我有意说到，明清江南藏书之富，可谓空前，其与文化学术的关联当然不容置疑；不过藏书家大体都是退休官宦，或富商巨贾，没有个家财万贯是无法支撑起藏书的巨大开支的。他表示赞同。想想，我实在是忍不住了，干脆摆明了说：靠微薄的工资购买若干切用之书并无不可，却不宜经史子集全面开花；建议他选定目标，有选择有目的地做些研究工作，再购买合适的书籍。杨帆并无异议，继续表示赞同。我讲：先安居乐业，再谈进取，要有家有业，无后顾之忧，再追求形而上的东西。

时近9点，无锡街头已显冷清，我坐11路公交回火车站方向的宾馆，心情多少有点沉重，说不上是感动、钦佩，还是遗憾、同情。他给我发来微信，热心地建议我明天该去看看无锡著名的古迹，还排出了线路、行程。

回温后，我在《中国医籍补考》的前言中，补上这么一段话："无锡书友杨帆多年来孜孜汲汲地搜寻收藏古籍，不惜节衣缩食，付出常人难以想象的代价，与他的交往我不仅得到许多有价值的书目材料，更真切地感受到那种热爱传统文化、追求心灵理想的精神境界。"

（载《温州读书报》2016年8月号）

图20 到无锡，不能不拜访东林书院，见识一下那付对联。

附记：无锡归来，我们仍多联系，1月18日，杨帆发来E-mail，将其书目资料做成了word版本，以利我的工作，包括《辑佚古医著作》《七十二翻》《月令采奇》《离欲上人遗

23. 无锡会书友

方》《重订修改石道人青囊秘诀》《保生大帝吴真人药签》等；6月间，又将原来的《苏常二府名医著书录》，重新修订和增补，改为《苏常医人著书录》。这些资料于我而言，自可宝贵。2018年7月，我参阅《苏常医人著书录》，为我的《苏沪医籍考》增补了许多材料，部分缺乏出处，还向他咨询相关依据。2017年2月《中国医籍补考》，2019年2月《宋以后医籍年表》出版之后，我都高高兴兴地寄上赠书。2020年10月14日，杨帆又发E-mail，重新整理《女医芳名录》，增补96人，邀我"有空费心看看"。我提了若干意见，也指出了一处失误。我们围绕书，成为多年的老朋友，交往不断，微信往来，至今不衰。

24. 再访无锡
　　——无锡图书馆觅书之行

　　去年（2016）1月无锡访书友而未曾前往图书馆，原因在于无锡并非《联目》参与单位，故我的访书行程表也就暂付阙如。刚刚几天之前，我却专程前往无锡图书馆访求医古籍，原因正在于无锡虽不属《联目》参与单位，其藏书或有《联目》所不载者，正可补我《苏沪医籍考》之需之缺，更重要的是，书友杨帆与图书馆古籍部颇为熟络，经他牵线自有方便之处。

　　3月6日到无锡，已是中午时分，即与杨帆联系，一讲来意，他满口答应，不多时即发来微信：已经联系妥当，明早9点去图书馆找历史文献部王主任，带好介绍信。少顷，又发微信来：火车站坐地铁1号线到太湖广场站，图书馆进门左侧电梯上五楼即是；并建议，下午可去附近的东林书院，或薛福成故居参观，毕竟同是读书人，知我所好，东林书院如雷贯耳，不可不去。

　　次日坐地铁到太湖广场站，从3号出口出，横过清扬路，问明方向，沿永和路向西南，不多时即见一大广场，远处造型别致的建筑是无锡博物馆。穿过广场，绕过博物馆，图书馆即在眼前，正面是微凹的弧形立面，"无锡图书馆"五个繁体楷

24. 再访无锡

书字很是端庄沉稳，七八层高的建筑在周围高耸的大厦压迫之下，似乎有点局促。入内，按杨帆所示，从左侧电梯上五楼，即是历史文献部。半途，杨帆曾来电话，说有朋友孟明锋正上班，万一王建雄主任有事不在，他可接待。一进阅览室，有一男一女两位工作人员，那女士正想发问，男士即说，你是温州医学院来的吧？我知是孟先生，忙说：正是。他领我去见王主任，我告知来意：查找未载录于书目的医学古籍，尤其是稿本、抄本。王主任要书单，我说，这次是专抓"漏网之鱼"而来，并无书单。他说的情况却让我有几分诧异：藏书只有书名的四角号码卡片，并无分类、著者索引，查找很是不易；这些年配合国家的古籍普查，已登记了一批，但仅供内部使用，未向社会公布。我颇感意外，无法运用电脑索引，那么只得使笨功夫翻卡片了。

图21　无锡图书馆古籍部沉重的书库铁门旁悬挂着"荣氏文库"牌，这里的古籍与当年的中国首富有直接的关系。

孟先生领我上七楼，一间颇大的工作室，十多张办公桌还显得很是宽敞，一排卡片柜依墙边摆放，沉重的书库铁门旁边贴着"荣氏文库"字样,我料想,这里的古籍与当年的中国首富荣氏家族有直接的关系。在卡片柜中查"醫"字开头的"7760",查到相关书目15种,再请工作人员电脑查找,仅得6种,另有3种则是意外收获,共得9种。李洁抱着一大叠书函来,一一清点交付与我,共8种,另有《医部通辨》一种,因是善本,须请示领导。不多时,王主任来电话同意了,再请示馆领导,很快也同意了。于是李洁进内取书过来,一册,很工整清晰的字迹,惹人喜爱。我与李聊了一会儿,主要谈自己的科研计划和方法,也讲到多年来跑过全国54家古籍部,得到图书馆工作人员的大力支持。顺便也提到,搜寻古籍,整理相关材料,最好要有序跋、凡例、目录的照片,尤其是有图书馆藏书章的第一页。一则说明我确实看到此书,这是证据;二则此书所出有自,有助读者查找;三则由序跋知其由来,由凡例知其写作要义,由目录知其大略内容。李洁表示理解,同意我少量拍照,这真是意外之喜,工作起来更是快捷顺当。

9种古医籍,《联目》均不载录,《大辞典》仅载一种,还是"已佚",属国内仅存的孤本,自是一大收获;其中8种稿抄本,珍贵自不待言。如《医宗要略》,康熙二十六年《常熟县志》载录为李维麟石浮纂辑,《大辞典》以为已佚,而发现的六册稿本署为"古吴李约介亭父,弟维麟石浮父同纂";又如《医方启蒙》,不仅其论药性、诊法及各病证治的经验可贵,封面有"荣德生先生遗命捐赠""大公图书馆藏"二篆章,对其收藏、流传亦颇具意义,"荣氏文库"并非浪得虚名。昆山潘道根是道咸间名医,我已经收集到他《吴又可温疫论节要》《外台方染指》《临证度针》等书,这次发现的《昆山潘道根医案》则使其学术形象更为丰满,卷末短短的附言:"道光壬寅孟冬中浣七日,饭香潘道根录于徐村隐居之善

24. 再访无锡

补过斋，时年五十有五"，对于了解其人其事也是重要资料。唯一的刻本《医理信述补遗》，虽是光绪十年的版本，算不上特别珍贵，但有咸丰十年重刻序，确定其成书时间应远在1860年前，而推断《医理信述》应当更早；但是《联目》《大辞典》不载《补遗》，载录的《医理信述》为光绪二十五年，年代误差有数十年之多；其内容为痘疹、麻疹，又纠正了《黄岩县志》谓其"专论痢疾"之误。

完成了全部书目，时光早已过午，心里骤然放松，却觉得格外疲劳，有点体力不支的样子，这大概由于饥饿，也与过于紧张兴奋的工作状态有关吧。

交还书籍，收拾笔记，整理桌椅，与李洁道谢告别，又下五楼，与王主任、孟先生一一握别，再三致谢。在地铁站附近的快餐店匆匆吃过，发微信给杨帆，告知上午收获并致谢意，特请他再向王主任等图书馆人员转致谢忱。我想，一个"醫"字头，即可有如此收获，今天旗开得胜，再仔细设计推敲一下，必定还有更大收获。江苏各地市的图书馆应当还有很多可寻觅、可挖掘的宝藏，下阶段如有条件，应该巡游江苏各地图书馆。

杨帆又回信过来，建议我们明天去梅园，那是无锡实业家荣德生、荣毅仁的私家花园，正是梅花盛开时节，值得一游。次日，暖日晴空，满园梅花怒放，游人如云，正届三八，美女红梅相映，分外艳丽动人。看到门前树立的"全国重点文物保护单位荣氏梅园"的碑牌，我突然想到，从"荣氏文库"到"荣氏梅园"，我此行得益于荣氏多矣，而荣氏造福桑梓，无锡满城人民得益于荣氏又岂浅鲜哉？地方出如此一位大富豪，真属有幸。

（载《温州读书报》2017年4月号）

25. 三九常州

  2018年1月11日，寒潮过后刚刚放晴，G7586次列车下午1点到常州，三九大寒天，即使正午的太阳照在身上也毫无暖意。去年三月从茅山下来，曾来过常州，游览过淹城遗址，去图书馆，却逢周一休息，只得径往无锡。这次再来常州，自然熟门熟路，出火车站，对面便是维也纳大酒店，入住1023号房。推窗南望，整条街道都被隔板围起，正热火朝天地修地铁，远处，解放军一〇二医院的屋顶广告很是醒目，再过去不多路，就是常州图书馆了。

  稍事休息，二时许下楼，匆匆吃过快餐，步行去图书馆，本来不过十多分钟路程，可现在要绕个大圈子，就很不方便了。上了四楼古籍部，有二老者在翻阅民国旧报纸，一中年男子则是工作人员。我递上书单，他看了看，说，有几部并不是医书。这并非意外，我在家通过《江苏省常州市图书馆古籍普查登记目录》寻找书目，当时的原则便是看题名，凡有与医药相关者宁滥勿缺，所以就不免鱼龙混杂了。电脑显示，《折肱录》谈山水画技法而不是三折肱成良医，《负薪记》是戏曲并非论述疾病的负薪之忧，《刘氏传忠录》尽管与张景岳《传忠录》同名，却是自家传记，与张氏与医学毫无关联。还有两本与疾病有关的——《病榻梦痕录》《病榻述旧录》，从

25. 三九常州

书名也知是病中述旧，应属笔记野史之类的，为免遗珠之恨，也先记录在册，现在也清楚了，一是汪辉祖生病时的口述年谱，一是曾国荃幕僚陈湜述太平军旧闻，都非关医学，自然不是我的访书目标。

最令人高兴的是，拿到了魏祖清的《卫生编》。据《联目》记载，此书有丹阳魏树蕙堂刻本藏苏州中医院，可苏州中医院闭门谢客，无法得读其书，我数年来跑遍各地，踏破铁鞋所见皆是另本的长白石文爌同名书。魏是丹阳人，抱着在其故乡找书的希望，果得如愿。其书品相良好，扉页、二序一跋、目录完好无缺，内容亦完整，自然令人兴奋不已，马上拿出手机，一一拍摄下来。其次是《禁吸鸦片烟刍议》，管理员以为是谈禁烟政策问题，我讲可能离不开医学。果不其然，他取书来时就说，作者是日本帝国大学医学毕业，基本都是讨论鸦片在生物学方面的作用、危害。其书内容包括：正名、抵瘾、祛惑、制药、原性、原病、兴医学、创药局、善后、烟叶、结论等篇章，非常丰富完整，自然于我有很大的价值。

天色渐暗，冷风嗖嗖，返程便从和平路旁的小道穿插而过，绕过修地铁的路段，自然快捷多了。次日九时冒寒再去常州图书馆，刚刚开门，继续昨天的工作。《景岳新方诗括注解》以诗释方，再加注解，常州所藏为最早的版本；《救荒活民补遗书》补宋代董煟《救荒活民书》之遗，虽属农书类，也与医药相关。两种日本人的著作也都有价值，《乐善堂药单》是日本人开在上海的中药店的处方目录，载千金保真丸、徐福玉壶丸、神仙无忧散等成药 35 种，附插图 14 幅；《齿牙养生法》则为牙科科普读物，国人译述、校阅，光绪间宁波文明学社铅印出版。搞清楚了咸丰冯桂芬的《中星表》，与陈虹的《中星图略》并无关联；《常州先哲遗书》79种子目中并无医书，确无漏网之鱼了，工作始告完成。收获的副产品则是，看到新书《中国古今地名对照表》，于是把苏、沪、浙、皖四省市的内容拍下，以便为下阶段的工作预备资料。

告别了古籍室管理员朱隽，上五楼，访"常州人著作馆"，青年管理员童心为我取来《孟河四家医集》《孟河文化》《常州五学派选萃》《常州五学派文选》等书，虽是现代版本，也包含有不少的古医籍资料。结束常州图书馆的全部工作，收获颇丰，时近中午，到附近的常州中医院，问明"孟河医派博物馆"所在，便径上七楼，找到医院办公室，自报家门，自我介绍，要求参观博物馆。办公室工作人员先是讲博物馆不对外开放，我讲同行参观，自是好事，更可宣传贵院传承工作成绩；又说无法核实身份，我拿出身份证，说，上百度搜一搜，就可核对确定。他果如此办理，验证之后，自我介绍说是曹震，领我去见院长张琪。女院长握手之后，我报上身家，她马上同意了。

谢过院长，曹震为我打开博物馆大门，亮起照明灯，我霎时便被眼前的场景震撼住了。只见乳黄色的柔和灯光下，"常州孟河医派博物馆"端庄厚实，旁边是孟河医派发源地孟河古镇的沙盘模型，仅凭此大手笔的开端，便可揣测整个场馆的规模。我与曹震边参观边谈论，我尤注意展厅布局的思路、流程、纲要，没有时间细细阅览，只能用手机尽量详细地拍摄展览内容，待回去慢慢消化。博物馆的全部内容按医派之源、之成、之杰、之盛、之流、之继六部，自古迄今，从天时地利的外界环境到人文历史的人和关系，从家族世系到名医传承，从著作学术到思想影响，气度不凡，规模恢宏，其深度、广度出人意料之外，工作的细致深入令人钦佩。参观完毕，曹震热情

25. 三九常州

图22 常州中医院孟河医派博物馆梅、源、杰、盛、流、继六部整体展示孟河医派

邀我题词存念，盛情难却，我略一思索，便题上：孟河医派，国医瑰宝。

（载《温州读书报》2018年4月号）

26. 书乡访书

常熟是藏书之乡，读书人心目中的圣地，我前往这个县级市的图书馆访书，却抱着朝圣般的虔诚心理。临行之前，特请《温州读书报》卢礼阳先生为我联系好常熟图书馆李烨馆长，并带上礼阳赠李馆长的《籀园受赠书目汇编》。10月25日下午离南通到常熟，入住美豪酒店B-968室，旁边不远就是书院街。我们晚餐后散步书院街，街对过即见常熟图书馆，背靠虞山，隐蔽在绿树丛中，柔和的灯光打在素净的月洞门上，似乎散发着清雅的幽香。

次日九时到图书馆，两层的楼房典雅古朴，与环境非常协调，古籍部更是古色古香。找到馆长李烨先生，呈上卢先生的赠书，说明来意，他便满口答应，领我到古籍阅览室，交代主任傅凤娟。少顷，工作人员王曦虹拿出厚厚一大本古籍登记册，我即埋首查阅医药书目。过程非常顺利，翻遍全册，得医家类十三种，其中抄本七种，不巧的是，另一书库管理员王珏苏州公出，下午才能回来，于是先行告辞，游览虞山。

图书馆旁就是"言子墓道"，即孔门十哲的子游，虞山人，死后归葬于此，门前石牌坊称为"南方夫子""道启东南"，足见其功业丰厚。周边还有吴姓始祖、吴地始祖仲雍墓

26. 书乡访书

图23 常熟图书馆背靠虞山，掩映在绿树丛中，素净的月洞门似乎散发着清雅的幽香。

及第五代吴王周章墓，有昭明太子读书台，具有浓郁的文化氛围。转而沿书院街向南，到翁氏故居，为清末重臣翁同龢居所，三轴五进，其正屋"綵衣堂"为全国重点保护文物。故居以状元为主题，巷口立"状元坊"，门厅悬"状元第"，中庭有"状元石"，旁刻"连中三元"，还有"状元井"，后堂挂"状元及第"，赑屃驮着"独占鳌头"的石碑。翁氏在近代史上的地位似乎与张謇不同，是不是状元关系不大，还是康有为称之为"中国维新第一导师"比较准确。翁家巷对过是"南赵弄"，10号是明代赵用贤、赵琦美旧宅，也是全国重点保护文物，现在是"虞山派古琴艺术馆"。我对古琴艺术的人、事、历史、传承兴趣不大，匆匆一圈转过，找到"脉望馆"。藏书楼已经不存，一小间平房，门楣上悬挂"脉望馆"

三字,"一榻春生琴上月,百花香集案头书",突出的主题仍离不开琴。馆内介绍赵氏世系及赵用贤、赵琦美事迹,还有几个玻璃柜子,陈列着脉望馆编辑刻印的书籍,他们的业迹长留,于医家而言,脉望馆编辑刊刻的《仲景全书》是最好的版本之一。

下午再去图书馆,很顺利地拿到书,一次两种,阅毕调换,还允许拍照,只不过每书不超过五张,这于我已是足够。结果,十三种书目取到十二种,命中率已是极高;十二种中,《赠药编》是诗集,非医书,《保赤全编》《笔花医镜》《三指禅》已经收录,阅读的八种,有七种《联目》《大辞典》不载,可以说是孤本,例如,《蕊珠居集论》有道光刻本,载论医药、养生、医与仙佛道关系等论说八十九则,作者为清中期文人韦光黻,工诗画,精书法,善鼓琴,其于医,方志仅"兼通医理"四字概之。由于《联目》《大辞典》不载,此书医学界不知,文化界恐怕也知之不多,作为"兼通医理"的实证材料,可以全面勾画其人,文而兼医,则其于医有更为广阔的视野,尤其医药与儒仙佛道的关系,就较一般医生见识要高。再如《脉学津梁》,有民国十二年的石印本,《联目》以为成书此年,《大辞典》则以为成书年代不详,其实有宣统三年江阴王肇基序,成书年代是明确的,还可据此序判断作者陈长庚是常熟人。八种之中抄本五种,均不见书目载录,且多具地方色彩,因此更为宝贵。例如,常熟南沙大树坡徐氏为医学世家,我已经收集了《徐养怡方案》及《徐氏第一世医案》直至《徐氏第四世医案》一系列临床经验性著作,这次又收集到《徐实函先生秘传脉诀》,则使徐氏医学更为丰满。其他如《秘方》《方论汇粹》《外科医案》《妇科症治汇编》等书,

26. 书乡访书

作者姓名佚失，年代不详，封面、扉页、序跋、目录均无，却是国内无二的孤本，有丰富的内容，有的还有独特的地方色彩，突显了学术价值。

来常熟不能不走访藏书楼，已经去过脉望馆、翁氏晋阳书屋，可惜钱氏绛云楼、也是园，毛氏汲古阁等现已不存，张氏爱日精庐原址在虞山镇的西门大街，现在迁到梅李镇了，古迹一搬迁，历史韵味全失，于是决定明天去铁琴铜剑楼。次日一早，就在宾馆不远的"街心花园站"上了10路公交，一元车资，二十六站，近一小时的行程前往古里镇。古镇很干净清静，街道很宽很新，看起来就不像是古镇了。铁琴铜剑楼坐北面南，面前是一大广场，三间的门房青砖黛瓦，江南大户的传统建筑式样，正中悬挂楚图南书写的"铁琴铜剑楼纪念馆"木牌，字体似隶似楷，很是古朴，亦没有装饰，一片素雅，与整个建筑非常称称。进门堂屋上悬"琴剑流芳"牌匾，中堂一巨幅山水画，陈列着著名的铁琴与铜剑，展览瞿氏世系、业绩；二进正屋履庆堂，除瞿氏刻印的书籍外，我们最感兴趣的是那几方藏书章：铁琴铜剑楼、瞿氏鉴藏金石记、铁琴铜剑楼审定印、瞿绍基印等。后面才是藏书楼，一般性的介绍之外，藏有书版，还有复原的刻书作坊场景，令人疑惑的是，楼前并没有如天一阁、文澜阁的兼作消防之用的水池，铁琴铜剑楼是明清四大藏书楼之首，这不应该疏忽。藏书楼后是花园，铁将军把门不得入，我意犹未尽，绕了个圈到后边，原来还是建筑工地，有亭已成型，有池只是个土坑，或许建成后就可兼作消防之用，也不知这是原样，还是今人的设计。

藏书楼失去藏书，便失去灵魂，余下的躯壳可作景点，可作展览，也可借作别的文化馆舍，我们只能在此凭吊古迹，发一番思古之幽情。可是，藏书在现代图书馆里，无论保存条件，还是开放程度，都是传统藏书楼无可比拟的，否则，我在常熟也无法看到这些古籍，也就没有此行，没有这些收获，也没有一系列的学术成果了。

（载《温州读书报》2018年6月号，原题《常熟访书》）

27. 再访书乡
——常熟虞麓山房之行

2021年4月，应山东中医药大学之邀，为"中华医藏编纂出版项目第三次技术培训"作《图书馆纪行——中医古籍目录版本调研》专题讲座，听众反响强烈，纷纷要求解答问题，互留微信，以便联系，更高兴的是，遇甘肃中医药大学图书馆殷承鹏、南京中医药大学图书馆卞正、高雨，老友旧雨共忆当年访书事，分外亲切。9月22日，卞正邀我加入"中华中医药文献发掘"微信群，介绍群主"常熟翁氏中医药古籍"翁振鹏，玉环人，旅居常熟二十余年，民间从事中医药文献搜集、影印、发行。我马上回复："好啊，常熟是藏书之乡，正是做这项工作的地方。""现在还热心古籍影印工作，大不易，能结识这样的朋友，大幸。""非常高兴能参与到这样的群里，与朋友们交流心得。"入群之后，又与群主翁振鹏建立微信，其"虞麓山房"收藏古籍几百部，以江苏五大中医流派的抄稿本为主；他又用5个PPT介绍其古籍影印出版工作，有我未闻未见之书数十种；还推荐介绍苏州中医学会秘书长俞志高先生、常熟余听鸿曾孙余信先生、"得一堂"及孟河书院顾书华会长，都有一定数量的稀有本子，可以作为考察对象。我的回复四个字"相见恨晚"，《苏沪医籍考》最需要这样的古籍，为此我跑遍了江苏各地市图书馆，2017年就到过常熟，可惜现在定稿了，出版社都已经二审，无法增补到其中，只能道一声遗憾。

想想又不甘心，《苏沪医籍考》交稿都已两年多了，迟迟不能出来，二审也拖了一年，到底几时能够校阅清样，一点数也没有。如果抓紧整理一批书目，也许还能插进二审电子稿，那就锦上添花，大有价值。真来不及的话，则结识书友，接触珍稀古籍，也是一件美事。虽疫情此起彼伏，此行的吸引力实在太强，我从他的5个PPT中整理出长长的一个书单。10月8日我在微信上对翁振鹏说："深为虞麓山房及常熟、苏州诸大家藏书所吸引，我想下周到山房拜访，未知方便与否？"得到肯定答复，14日便再次踏上常熟书乡访书访友之旅途。

14日是星期四，上午延生堂名医馆坐诊，下班后学生潘志远开车送我去温州南站，时间还非常充裕，12点41分的G7592下午16点56分到苏州。翁振鹏遭苏州医生顾珂溢接站，17点13分便上了网约车，一路北上。顾是个阳光帅气的年轻人，南京中医药大学研究生毕业，临床是主业，也对深厚的吴中医药文化抱着强烈的兴趣，一路谈论，很是投缘。车到常熟李闸路，夜幕四合，华灯初上，翁振鹏已在路口等候，一番寒暄问候，一起步入小巷深处。虞麓山房在李家桥80号，一幢普通的三层江南民居，外墙嵌着白色的墙砖，略显陈旧，二楼窗外罩着不锈钢栅栏，而山房就在一楼。门楣悬挂"虞麓山房"木匾，署"乙未春，汪瑞章题"，提示翁振鹏的事业应有六年历史。客厅向餐厅的正面装修成一座大门，上悬"吴中中医药古籍馆"，两旁"千杯酒""万卷书"，道出主人的真性情；墙边三个书柜，摆放着一叠叠线装书，是山房复制的古籍；两张沙发，茶几上摆着一套茶道用具，提示来客频

27. 再访书乡

频,而两张木桌有点杂乱,堆放着书籍和打开的函套。我取出已题签好的《中国医籍补考》,双手递上,"不成敬意,请多指正。"再次握手。玉环大麦屿也通行温州话,乡音交谈,很快拉近了初次见面的距离感。他谈虞麓山房近年搜集吴中五大医学流派的遗书墨迹,用"古法樠印"复制古籍的经历,那些珍稀版本,孤本稿本,一一道来,如数家珍,我听得津津有味,也讲讲自己的访书心得,著书成绩,洽谈甚欢,相见恨晚。

图24 虞麓山房的客厅,悬吴中中医药古籍馆的牌匾,"千杯酒"、"万卷之书",道出主人真性情。

少顷,又有客来,是江阴市中医院的花海兵副院长,下班后赶了七十多公里来此,翁振鹏邀来一同畅谈。接风的家宴很是丰盛,一大盆橙红色的阳澄湖大闸蟹尤引人垂涎,打开有"虞麓山房"浮雕字样的青瓷酒罐,黄酒清洌飘香,于是持螯把酒,谈书论医,兴致勃勃。翁曾在俄罗斯从事有色金属生意若干年,也曾为新诗写作神魂颠倒,然后转到发掘中医药文献之事。他说,"我收藏的中医药古籍孤本、抄稿本为多,古法复原,原汁原味,提供有关机构和同道以为补阙。"最得意的成就是,钻研出仿古影印之法,宣纸线装,足可乱真。他说,"我印的古籍泡水里一天,捞出晒干,字迹不走样。"很有几分自豪感。下一步的计划,他说争取一年出一百种书,完成吴中地区的医籍之后,要回浙江作贡献。我钦佩他对于医古籍的古道热肠,以一己之力为此文化大事业,确实难得。抚摸着崭新的函套,翻看着线装本的蒋趾真《医法指南》,余景和《余注阴证略例》《余听鸿医案賸稿》等书,不能不为之叹服。

酒兴谈兴俱浓,不知不觉夜渐深,第二天花海兵还要赶往南京参加为抗疫牺牲的史锁芳医师葬礼,先行告辞。我也有点吃力了,翁振鹏却兴头十足,极为健谈,拉着我不让走,直到11点出头才好不容易打断话头。送我到1.6公里外的"森林大酒店"住下,又闲扯了许久,我实在没有精力应付了,也不记得他再说了些什么,熬过午夜,12点50分他才依依不舍地辞别回家。洗沐之后,1点10分才上了床,早过了平素的入睡时间,疲惫至极,却迟迟难能入睡。1点半竟然发起了房颤,胸闷心悸,服5片心律平不见好转,还持续了7个小时,早餐后8点半才得复律。

夜间下了雨,晨起仍疏疏落落地掉雨滴,8点50分出发,沿珠江路到李闸路左转,9点10分到李家桥,敲门不应,打电话翁振鹏才醒来,下楼开门。按早已预备的书单找书,散发着油墨清香的橅印古籍都有"虞麓山房"的牌记,以干支表明刊印年代,多数是己亥、庚子、辛丑三年,且多数都有"首刊"字样,则表明刊本源自稿本、抄本。我一边翻阅,摘

27. 再访书乡

录，拍照，一边与翁聊着，翁讲，我的孤本抄稿本每种限量复制十本，最怕的被人窃去出版了，那就损失惨重了。我很快发现，他的复制古籍只有一个牌记，或有自己"落枫簃主人"落款的封面、扉页能够表明版权，便说：假如把牌记这些撕去，便与你虞麓山房毫无关系了，你想保护自己的版权，总要有明确的标志，有与内页密不可分的印章之类。还有，我讲，每书之后最好搞个跋，谈一谈书籍的来龙去脉，介绍作者、抄录者、收藏者的基本情况，亦有利于体现书籍的价值。谈得投机，他又领我上楼参观古籍原本的藏书室、复制古籍的工作室，书架上正好有我的《宋元明清医籍年表》，他取下，要我题词，想了一下，我在扉页写下：访虞麓山房，见有拙著在架，谨请落枫簃主人指正。吃过午餐，工作已近尾声，三时许，工作告竣，我俩在"虞麓山房"门匾下合影留念，便告辞回酒店休息。五点半，翁振鹏与乐清商人杨乐森开车来接，前往附近的"栗桂雅苑"晚宴，同席有常熟工会陆国锋、常熟中医院几位主任，好几位则因事缺席，最遗憾的是，我亟想一见的俞志高、余信、顾书华诸先生都未有机会拜识。酒席颇丰，惜仅七人，稍显冷落，我上日喝过三两杯，今日不敢再放肆，美好的"虞麓山房"酒只是沾沾唇。九点半席散，秋雨三两点，气温骤降，有点寒意，回宾馆，翁振鹏意犹未尽，与杨乐森三人在酒店大堂的茶座饮茶闲聊。茶是当地名品"黄金叶"，60元一杯，我亦品不出其佳，两个小时，我疲惫已极，该说的似乎都已说过，好不容易结束，握手告别，急急回房洗沐休息，一夜无话。

　　早晨醒来，秋雨稀疏，秋寒料峭，穿上带来的长袖衣，赶10点41分的G3731次列车。我不知常熟已在2019年通了高铁，来时凭老经验买苏州的车票，返程则直接从常熟站上车，方便了不少。从森林大酒店出，横穿虞山北路，在对过的梅园宾馆站坐上5路公交，半个小时即到常熟站，候车时，我发微信给翁振鹏，"即将告别常熟之际，感谢您的热情款待，谨祝虞麓山房越办越好，为中医药事业作出更大贡献"。到上海虹桥是11点36分，转12点整的G7591次列车，车行中，翁振鹏发来微信，说，我赠您的吴迁本《金匮要略方》您忘了带上，要交顺丰快递寄上。我说，段逸三先生已赠我校注本，重复浪费，婉言谢绝。15点46分到温州南站，转24路公交回家，路

图25 与"落枫簃主人"翁振鹏在虞麓山房门匾下合影。

人尚穿T恤衫，虽微觉凉意，但比起常熟的气温变化还是晚了一整天。早早休息，安睡一夜，次日开始整理此行的书目资料。

第一本是缪希雍的《诸药治例》，经核对，正是缪氏《神农本草经疏》卷二之上半部分，告诸翁振鹏，他说，山房还有一册与缪氏有关的五凤楼抄本。即请拍照发来，两书字迹完全相符，应是同一个人书写，纸张的颜色、质感也相近，内容也能上下承接，正是卷二的下半部分。马上告知："肯定是《诸药治例》的下半部分，两相结合，凑成完整的《本草经

疏》卷二",并建议尽快把下册也"古法樰印",以成全璧。次则《余注阴证略例》一卷,金代赵州王好古的名著,清代江南名医余听鸿注释,《联目》《大辞典》均无载录的孤本,自可宝贵;清中期蒋趾真、费承祖编辑的《医法指南》二卷,同样是不见载录的孤本,蒋还是孟河医派的开山祖师,对孟河医派的研究极具价值,翁对此书非常钟爱;青浦何其伟《何氏杂症》有抄本藏苏州中医医院,因其闭门拒客,一直未能得见,《中国医籍续考》只得遗憾地标示"未见",在虞麓山房见到卓若氏抄本及"古法樰印"本,终遂夙愿。大量的材料里边,医案类书籍占了多数,不少只有光秃秃的正文,前后无序跋,亦无目录,难以确定年代,有的甚至连署名都不全,实际上只是随诊学生的临症笔记,只能讲是书籍的半成品,就很难采录补充到《苏沪医籍考》。惟《梁溪王氏外科医桉》,扉页有恨石居士题签,书前有民国缪鉴序,又有目录,卷端署名除无锡王旭高著外,还有江阴包昭兹先生校,很是完整,我最喜欢。五天时间,整理全部书目毕,又在《虞麓山房中医药濒危古籍古法樰印本总目》中看到《绣像翻症》光绪二十九年树德堂刊本,马上回忆起 2020 年初在台北故宫博物院图书馆翻阅藏书目录所见,是书《联目》《大辞典》均不载录,海峡两岸各藏一本,马上与翁振鹏联系,他随即发来相关资料,顺利成文,可以增补到《苏沪医籍考》。

今天,2021 年 10 月 26 日星期二,撰写此篇将成,翁振鹏又发来《虞麓山房已出之〈王旭高医书未刻九种〉》的介绍性资料。医学古籍把我们深深联系到一起,何止是"结识书友,接触珍稀古籍"的初衷,再访书乡,真不虚虞麓山房之行。

(载《温州读书报》2021 年 12 月号)

附注：2022年元旦，收到刚刚刊出的《温州读书报》，我便告知翁振鹏，并请编辑部专寄一份给虞麓山房，翁振鹏很高兴。他告诉我，2021年发掘古医籍近百种，另撷拾到未整理抄稿本计有两百余种，可谓成果累累。我们通过微信不断联系，三月间他在群里发布：被中医目录学注明已佚的明代庄履严《医理发微》，经江阴中医院花海兵院长多年寻访，终于从《庄氏宗谱》中发现，虞麓山房抢救性发掘，得以复出。《苏沪医籍考》载录此书已"佚"，得知消息，我兴奋不已，翁振鹏提供了《医理发微》的书目资料，3月28日整理成文，寄交出版社。我向翁致意："这条太宝贵了，我争取要在《苏沪医籍考》中体现出来。"《苏沪医籍考》2019年交稿，拖延三年，"难产"不得出，倒也给了增补书目的机会，"坏事变好事"，也是辩证法的神威。七月初，翁振鹏在微信群里激动地宣布，仅有抄本藏于国家图书馆的海内孤本《本草搜根》，已经复制成功，出了二十来部。其时刚好收到人民卫生出版社的清样，我愉快地在《苏沪医籍考》本条按语中加上一句："常熟虞麓山房2022年有'古法樵印'本。"就这样，虞麓山房对《苏沪医籍考》的支持一直持续到"呱呱坠地"前的最后一刻。

28. 春风又绿江南岸
　　——重访上海、苏州

　　《苏沪医籍考》进入最后的冲刺阶段，2019年3月底与人民卫生出版社签订出版合同，约定5月初交稿，于是4月9日再去上海、苏州搜寻书目。

　　刚过清明，天气渐暖，尽管天阴欲雨，仍是令人心情舒畅，路上接到上海中医药大学段逸山先生的邮件，他推荐我出任《中医文献杂志》新一届编委会编委，索要我的电话号码。10日上午正在上海图书馆忙着，又接到杂志社工作人员的电话，通知5月7日召开编委会换届会议事，于是很愉快地接受了赴会邀请。

　　上海图书馆已经来过多次了，计划要读的书目也都读过，《图书馆纪行》也曾写过文章，这次又来，纯属拾遗补阙，书目来源有二，一是《联目》所载相对冷僻的书目，二是其他渠道发现的藏于上海的书目。10日再来上图，自然熟门熟路，古籍部的工作人员也不面生，所以工作起来分外顺利，至下午3点半，观书12种，10种普本，《联目》不载者三，而通过翻阅电脑上的"馆藏钞稿善本数字书库"，竟然得到《脉经辑要》和《经史秘汇》二抄本，不仅《联目》不载，而后者竟还是六种六卷的小丛书，除已载录的单行本，又得《法古宜今》《景岳十机摘要》《受正玄机神光经》三书，算是意外的惊喜了。上海图书馆有个奇怪的规定，古籍可以复印，但不可拍照，可谁都明白，复印的强光有损脆弱的古籍，从保护的角度出发，应该允许拍照而不得复印。这时似可为华为手机打个广告，拍照竟然不闻"咔嚓咔嚓"的声响，在静悄悄的古籍阅览室偷偷拍了二三十张照片，不仅没有惊动管理员，就是旁边座位的读者也毫无知觉。午餐时，看到甘肃中医药大学的殷承鹏邀我入"中医古籍文献学社"的微信群，大约算我年岁高吧，殷向众人介绍是"前辈""高人"，要我发几张图片以饷，于是把刚刚拍到的《陶心邨先生医案》封面、《法古宜今》的卷首、《俞氏医学经论》序言，三张珍贵的照片作为见面礼供大家欣赏。可惜阴天，善本书不出库，稍带遗憾，留待下月《中医文献杂志》编委会时会议再补；前次看不成的《医书记略》《医约》，仍因破损看不成，这两种可能要抱恨无涯，再也看不成了。上海的事儿告一段落，第二天便前往苏州，继续"春风又绿江南岸"的旅程。

5月6日，晨间下了雨，临出门时雨已渐止，G7368次列车于十二时正点到达上海虹桥，已是风和日丽，一个可爱的大晴天了，不由喜出望外。终于借出了二册善本，明版《刻内照经抄》和《医要见证秘传》，《联目》不载；尤其可贵的是《汇集分类临症方案》稿本，竟然有四十八册之多，封面、卷端署：云间鹤沙鹿溪医士傅思恭颜庄汇集，傅氏还是南沙医学研究会会员，从光绪二十九年到民国十年，花了近二十年时间，汇辑上海地区名医沈鲁珍、程绍南、钱胜公、刘意亭、李惺庵、华南村、乔助澜、钱杏桥、华步云、梁云洲、顾天祥等人医案。四十八册分五十二门：卷一至卷三十二为内科杂病；卷三十三至卷三十八为妇科调经、崩漏、带下、胎前、产后；

28. 春风又绿江南岸

图26 2019年4月10日，作者在上海图书馆古籍部紧张地抄录古籍资料

卷三十九至四十三为外疡门；卷四十四、卷四十五为咽喉；卷四十六为幼科；卷四十七为眼科；卷四十八为伤科、急救。各门以医案居首，后附古方汤头、备用经验良方，各症论说、病机发明、拟用诸法，参以药性串解。图书馆以之属于普本，在我眼里可是无比贵重的珍本，是清末民初上海名医临床经验之集大成。内容丰富，时间局促，无暇细看，已近下班，于是交代管理员暂留阅览室，后天会议结束继续努力。告辞，步行1.8公里前往肇家浜路的好望角大酒店报到，参加《中医文献杂志》第六届编委会会议。

会后第二天，5月8日，8点离店，缓步当车，到上海图书馆也不过25分钟，8点半开门，便坐上古籍阅览室那熟悉的座位。先是把前天未竟的《汇集分类临症方案》完成，相关内容一一细化；又看过《金匮要略纂要》，也就是《金匮要略》原书的摘抄。有铅印《不缠足会章程》，是光绪三十年湖北民间专门成立组织，宣传妇女不缠足，联想到光绪二十七年端方奉慈禧懿旨，撰写《劝汉人妇女勿再缠足说》，唐成之有《缠足受病考》，由是得知，即使解放妇女缠足的小事，也得经由民间、官府的思想动员，加以多年努力方得实现，并非辛亥革命一声炮响就能解决问题。最有价值的，是清末民初王丕显、王丕熙等人辑录《名医方案集订》稿本，有十二册之多，仔细整理，分出子目九种，有陈莲舫医案三种，还有《竹簳山人医案》《萧氏外科医案》《巢崇山医案》等，还有亡名氏《名医方案集》二册，王丕熙《名医方案集订》三册。有意思的是，《名医方案集订》为多人医案，却只是处方笺的合订本，未经整理，年代跨度亦大，看起来内容杂乱，却原汁原味，除记录患者姓名、性别、年龄、病情、诊断、处方等一般内容外，还详细列上诊治医生、侍诊门人、子侄、诊室地址等，使小小的处方笺带上极为丰富的信息量。我想，上海中医药大学或者别的什么机构出面把这两本书整理一下，应当是非常有意义的事。

刚过了立夏，气象学意义上仍属春天，天气令人心旷神怡，两次的上海图书馆之旅收获多多。话说回来，4月11日从上海前往苏州，继续我的"春风又绿江南岸"的图书馆之旅，也同样是收获多多，还很有一些意外之喜。

4月11日中午到苏州，入住温德姆花园酒店303室，午餐后即步行去三元坊的苏州图书馆。古籍部旧貌依然，管理员金虹却换了个小姑娘范玄。小姑娘刚来，一脸稚气，基本上一问三不知，什么也不懂。因为要迁馆，古籍都打了包，看不成，查阅索书号，七种之中三种已有电子版，电脑中却调不出来，只能叹一声无奈。翻阅影印本大丛书《稀见清代民国丛

28. 春风又绿江南岸

书五十种》，找到《麻疹形色要略》《妇科秘方》《食谱》《经脉分图》等书，最可喜的是，从《中国古籍珍本丛刊》的《中山图书馆卷》找到杨拱的《新刊精选医方摘要》十二卷，此书追寻多年不得，今日无意中发现，实在欣喜万分，仅此就觉得不虚此行。最后还在《上海图书馆善本题跋真迹》发掘出不少珍贵资料。访书觅书，需要机遇和运气，也要有心有眼力，才得以从山穷水尽处，发见柳暗花明时。我很是喜欢这座小小的古色古香的古籍阅览室，喜欢这里清幽的环境，古雅的陈设，几年未见，自当刮目相看，2013 年竟然成了全国重点文物保护单位，现在是国宝了，确实令人惊喜。5 点结束，游览"天香小筑"及后花园，古木修竹、楼阁庭院、石径小亭，在暮春的斜日晚风中透露出一抹轻淡的诗情画意来。我敢说，世上最好的工作地点就在这里，或杭州孤山的浙江图书馆古籍部了。

次日，4 月 12 日，星期五，一早 7 点半上了 146 路公交，一小时到苏州大学独墅湖校区，春日和煦，在蓝天白云的映衬下，炳麟图书馆有如漂亮的莲花熠熠生辉。据说，炳麟图书馆曾列国内五十家最漂亮的高校图书馆之首，确也名不虚传。上六楼，古籍部是两位新人，女士孙琴，年轻小伙王志刚，薛维源已经退休，张若雅不在。书目不多，得普本三种：唐宗海《伤寒补正》抄本，即其《伤寒论浅注补正》，早已载录；萧山陆成本《经验良方》，大兴邵绶名增订，有咸丰三年北京恭寿堂刻本。最有价值的当属《脉法汇编》三卷，是虞山葛效绩字宛陆者纂辑程式、李中梓、李梴三家脉法，故名"汇编"。《联目》《大辞典》作程式撰，笔者《中国医籍补考》因未见其书而沿袭其误，今日得正其误，自然是愉快的事。还有，李梴是个名家，江西南丰人，著《医学入门》，影响颇

· 127 ·

广。《中医大辞典》《大辞典》《联目》均以其号健斋为其字，而从是书卷二、卷三端署名"南丰李梴仙根著，虞山葛效绩宛陆纂"，知其字仙根，而健斋则为其号。只是善本管理员不在，另有两种善本未能借阅，孙、王二位则一再说，下周一如果天气好的话，可以再来读善本。于是，10点半辞别，不多时坐上146路返程车，在宾馆稍事休息，下午便搭900路公交前往沧浪新城的苏州中医院。

再去苏州中医院纯属碰运气，因为他们不肯借阅古籍在国内的中医文献学界已小有名气了。回想八年前的2011年，同是春风绿遍江南的3月，经医院办公室同意，主管副院长批准，各级各部都是大开绿灯支持，管理员曹雄华也还尽责，一番程序下来能够顺利看到书，而且有十七种之多，收获很是不错。可11月再遣学生周坚医师去，医院方面却来个180度大转弯，坚辞不借，毫无通融余地，也就看不成书了。当时，国家中医药管理局组织"关于中医古籍保护和利用能力课题"全国大协作，各地来此借阅古籍者众多，却纷纷吃了闭门羹，败兴而归，苏州中医院坚持不借阅古籍的恶名由此遍传国内。事过七八年，是否有点松动呢？这样的希冀有点渺茫，果不其然，曹雄华退休了，新管理员姓陈，推托要找院长批准，又跑了趟院办，不得要领，于是连介绍信带书单一起交给陈，又认真地说明了自己的研究计划和成绩，也不客气地批评他们过于小家子气的作派。后来陈来电话说：书单13种书目中查到9种，另有4种未见，还一再申明她的为难。当然，我是不会怪罪于她的。

苏州来过多次，却没有时间好好游览闻名于世的苏州园林，次日是周末双休，足可弥补这一缺憾。清晨，就在宾馆附近的乐桥站坐上9路公交，九时许便到了远在西郊的寒山寺，

28. 春风又绿江南岸

寺院不大，一首《枫桥夜泊》使之名闻于世，现时春日和煦，春风送暖，虽无"月落乌啼"的夜半景象，游人尚少，发发思古之幽情也还有点余地。随后去留园、拙政园，旅游团已经纷纷出动，各处园林游人如织，摩肩接踵，到处熙熙攘攘，人声鼎沸，有如小吃街、菜市场，江南园林清幽宁静的神韵全失，叫人兴趣索然，美好的想象荡然无存。星期天便转向乡下的甪直古镇，早上7点半办了离店手续，寄存行李，随后坐上1号线地铁到东边的终点钟南街，转528路公交，经21站直达甪直。水巷长廊、青堂瓦舍、小桥石径，营造了水乡小镇的整体形象，游人不少，分散于小镇四面八方也就不显拥挤，商业气氛尚不算过于严重，总体印象还是挺不错的。最值得一往的是保圣寺，有精妙绝伦的唐代彩塑罗汉，是难得一见的国宝，有唐诗人陆龟蒙、现代教育家叶圣陶墓，所构筑的文化氛围相比别的江南小镇绝无仅有。小镇边上还新建了个文化广场，有牌坊楼阁、舞榭歌台、绿水假山，时或有歌舞表演，锣鼓喧天，热闹非凡，我不太领情，总觉得有点画蛇添足，反而有美中不足的感觉，其不足就是破坏了小镇的古朴和宁静。

坐528路公交踏上返程，在金家堰站换乘170路，到中国人民大学苏州校区，入住敬斋酒店。晚餐后漫步人大校区，开放式的没有围墙，似乎在国内大学不多见，绿草如茵，杂树生花，幢幢校舍掩映在绿树丛中。南边的校门外隔着大马路便是苏州大学，夜幕降临，炳麟图书馆华灯初上，远远眺望，又有别样的风情。

星期一上午，一早便去了炳麟图书馆，终于看到了两种善本《钱氏家宝》《小儿杂症秘传便蒙捷法》。两书均无序跋、目录，内容丰富却不分卷，摘录整理大不易。《钱氏家宝》抄本三册，分一百六十门，各有序号，收方一百七十余首，条理尚属清晰。《小儿杂症秘传便蒙捷法》四册稿本，仅第一册前半部分是《小儿杂症秘传便蒙捷法》，有明确的来源、作者，其余部分则为儿科诊法、病症，第二册药性、杂症、妇科，第三册虚劳虚损、急救方、外伤科方，第四册外科为主，内容杂乱，并不完整。故是书仅一小部分为《小儿杂证便蒙捷法》，甚至并非儿科著作而为临床综合性医书。花了九牛二虎之力，好不容易把其间的结构关系梳理明白，一一记录在册，总算完成了任务。

辞别孙、王二位，即回敬斋，整理行装，稍歇，下楼结帐，11点半坐上146路，先去乐桥到温德姆花园酒店取了寄存的行李，马上转地铁4号线到苏州站。已在"去哪儿网"上订了13点58分的G7583次列车，取票，午餐，几乎是马不停蹄地赶往杭州。江南春色，正是读书好时光，不失时机地展开下一轮图书馆之行。

（载《温州读书报》2019年11月号）

附记：上海、苏州虽已有专篇《上图印象》《天堂读书记事》，2019年春天的两次再访，内容丰富，收获良多，"春风又绿江南岸"是个既贴切又富诗意的标题，于是成此专篇。

29. 南通的三代图书馆

2017年10月的苏北访书之旅，从盱眙到盐城，到如皋，22日下午跨过长江，到了南通，入住市中心的亚朵酒店。1115号房朝西，窗外便是钟楼广场，广场中心是谯楼，与温州的谯楼一样，有如城楼般古朴厚实；紧挨着的便是鼓楼，却带洋气，四周有西式的窗户，下面有小小的阳台，高一层有一圈跑马露台，顶上还有明窗。华灯初上，柔和的灯光下，一中一西迥然不同的两座建筑却和谐地靠在一起。

从苹果手机的高德地图查得，南通图书馆就位于濠河边的启秀路，紧挨着南通博物苑，只有一公里多路程，很是方便。次日一早，沿繁华的南大街直下，过桥，又沿濠河向东，很快到了启秀路，一拐弯，南通图书馆到了，整个路程也不过十多分钟。始料不及的是，吃了一份闭门羹，一条铁链子搭在旧铁门上，问过门卫，得知早已迁往新址，"有二三十里地呢"，还一再关照，星期一闭馆，明天再去好了。我有点懊恼，高德误我，打量着陈旧的铁门，门口郭沫若题写的"南通市图书馆"六个铜字也显得有点陈旧了，门后是打扫得干干净净的院子，旁边中西合璧的三层楼房也很是陈旧，墙面多有剥脱，洋式的窗户上支着简陋的遮阳棚，与额面的精致浮雕一点也不相配，只是楼前的两棵棕榈树青翠挺拔，生气勃勃。

图27　南通的第二代图书馆位于濠河边的启秀路，中西合璧的三层楼房包含着深沉的历史。

次日早晨，在宾馆边上的钟楼站上了22路公交，45分钟到"市行政中心西站"，经江宁路，很快便到南通图书馆。图书馆新馆很是气派，高大恢宏自不待言，蓝灰色的铝合金墙面在阳光下熠熠生辉，馆名题写仍用郭沫若的字，却没有郭的签名，令人不舒服的是，下注的是英文"LIBRARY"而不是汉语拼音。古籍部在四楼，接待的女士听了我的来意，说：《联目》的书目大约是从别的渠道得的二手材料，不可靠，时常并无藏书而有载录。我说，藏书与书目所载不合颇为常见，多年的消耗，文革的损失，三番五次搬迁的混乱，破损尚未修复，都是原因，总有一些书看不成的，有三分之二或70%能看到就谢天谢地了。她查了电脑，说，《徐滋德堂药目》没有查到，我想了想，说：您打"徐滋德堂"试试。因古籍常有封面、扉页、卷端、书口所标书名不一致的情况，果然找到，题为《徐滋德堂散汇集》，而书口作《徐滋德堂药目》，扉页题签则是"寿世长春"。同样的道理，程洛东的《眼科秘笈》《眼科方药》实为同书，封面作方药，扉页作宝笈，为光绪甲午年京江宝善堂刻本之自省堂抄本，《联目》载为两书，《宝笈》为京江宝善堂刻本，《方药》为抄本。

两书均为孤本，非常珍贵，古籍部不允许拍照，只好一一抄录，幸篇幅不大，内容结构也清晰，序跋不多且简短，字迹也端正易认，找到好书的兴奋大大提高了效率，所以工作起来颇为顺利，一个多小时便告全部完成。问明工作人员名叫杨丽，记录于册，又征得同意，把两书封面、扉页连同书签纸拍了三张照片，以为抄录依据。

归程坐 15 路公交到"电视塔站"下车，循濠河步行，但见河水清澈，微风吹拂，碧波荡漾，绿柳依依，足以令人陶醉，忘却所有的烦恼与疲惫，真羡慕南通人竟然还保留着这么美的河川。濠河边有张謇纪念馆，原是张謇晚年住所"濠阳小筑"，中国传统的住宅建筑风格，又不像温州"三退屋"那般森严，室内装饰又参有西方的手法。回廊曲折，庭院深深，花墙漏窗、园圃池沼，更多呈现园林艺术的韵味，清新舒畅。我想，这位晚清状元主张实业救国、教育救国，居所的意境也大不同于那些深宅大院。沿濠河行不多远，有明代医学家陈实功纪念铜像，他写的《外科正宗》是中医外科学名著，《四库全书》称其为"列证最详，论治最精"，清代还有张鹜翼重订本、徐大椿批注本，共有七十多种版本，流传极广，影响极大。很感谢南通人能为医家塑像纪念，阳光灿烂，树影斑驳，与他一起合个影。

这些年来，各地的博物馆、博物院走了不少，印象中称

"博物苑"的,仅南通一家,还是一百多年前张謇定的名,能沿用至今,也是个奇迹。不过,绿树园圃、假山亭阁、临水台榭,也名副其实当得上这个"苑"字。我们从濠河边步入,正是博物苑的历史区,游览苑区,参观北馆、中馆、南馆三大老馆,西边的濠南别业也是张謇故居,门前有张謇铜像,室内陈列有张謇旧物和事迹展览,五十年代初曾一度为南通图书馆馆舍。继续向南,右边有白色二层小洋楼,门前的铭牌表明是南通图书馆旧址,细看说明,乃张謇创办于民国元年,是中国早期公共图书馆之一。虽铁将军把关不得其门而入,从外边打量这座绿树掩映下的建筑,在当年绝对称得上豪华、时尚,也可想象其规模。其后扩建,"乃拓地馆西为楼,亦十有六,筑复道以迎,庋书之架楑,凡三百三十",藏书十四万卷,先后费银二万六千余元,每年日常开支银二千四百元。不能不由衷钦佩张謇对图书馆事业的杰出贡献。

　　在南通,随处可见张謇的身影,有形者如狼山有謇园,濠河有纪念馆,有研究中心,博物苑有专门展厅,而啬园则是他的墓园;无形者则深入于南通的实业、教育、文化等诸多领域。张謇对南通影响之深之远之广,由此可见。历史人物对于桑梓之地的奉献是否有与之比肩者,我寡闻少见,实不知有第二位。

(载《温州读书报》2018年5月号)

30. 清明泰州

　　选择四月初去泰州图书馆搜寻医学古籍，我有一个小小的私心打算：泰州千垛景区的油菜将在清明前后进入盛花期，这是闻名全国的5A景区，正好公私兼顾。先于4月3日电话联系，接电话的是很好听的女音，说，按国家规定办，清明过后，8日星期天照常开放，不过星期一只是上午。

　　千垛景区就是大片的农田，铺天盖地的大片油菜花。金灿灿的油菜花田被密布的水网切割，河道有长有短，有宽有窄的，四通八达，菜田则大片的小块的，一直延伸到水边，一色的黄澄澄的亮丽色彩，一块块一垛垛犹如飘在水面上的小岛，倒映水面，在粼粼的波光中浮动。清明时节，正遇上寒潮南下，天阴雨湿，花枝招展的油菜花仍是随风摇曳，婀娜多姿。极目远方，天边雾气氤氲，灰蒙蒙的，也给鲜明的黄花增添有韵味的背景。

　　随后，6日到泰州，入住鼓楼南路的嘉銮大酒店1103室，7日游览溱湖湿地公园，8日是清明小长假后的第一个工作日。按百度地图的指引，一早在酒店门前的"市委党校站"上了10路公交，一直向南，很快便到"交通管理局站"，遥望前方一排摩天大楼，楼旁绿树葱茏，隐约露出灰黄色的房屋轮廓，路人指点，那便是泰州图书馆。穿过广场，先是博物馆，随后便是泰州图书馆，赵朴初题写的馆名浑厚端庄，很是耐看，大楼正面为玻璃幕墙，外框是灰黄色的墙面砖，像个老式收音机的造型，大约五六层高，也够巍峨高大了，可在高耸的摩天大楼面前，竟然如同鸡立鹤群般的可怜。

图28　泰州图书馆足够巍峨高大，可在摩天大楼面前竟然如同鸡立鹤群。

上三楼，迎面是"地方文献阅览室"，管理员是女士，我说明来意，她即领我前往里边的办公室，招呼一红衣女士，称是颜萍主任。我与之握手，并说明清明节前曾电话联系过，她答应一声，便领我去古籍阅览室。阅览室不大，右边的书柜排列着《四库全书》，左边则是《泰州文献》，当然都是影印本的。颜主任拿来古籍登记册，崭新的繁体字打印本，看着就很舒服，子部医家类有十多页，并分小类，所以查找也很方便。首为丛书，都是普通的常见书目，发现了几个错字，"本经"

误为"木经","素问释义"并非"素问译义"等，征得同意直接在登记册上改过；其次是医经，内难经部分亦无所获，而伤寒、金匮、温病有所得，有抄本、石印本等。然后是本草、方书、临床各科，还有医史、杂录，最终找到十四种书目，其中有四种抄本的索书号是"P331"开头的，多一个"P"，我推测可能是善本，看书会有麻烦，后来证明果真如此。

年轻的古籍部管理员张劲很快取来一大叠书函书册，十种全在，无一缺失，令人高兴。可很快就高兴不起来了，全部的刻本、石印本、铅印本包括《天年医社日记》《伤寒论新注》《金匮要略新注》《温病赋》《三衢治验录》《摄生论》六种，竟然全都是民国书籍，这就超出了我所搜集的范围，只有《温病条辨歌括》《证治权衡》《医案随笔》和《医书残存》四种抄本，无序跋，无明确的成书年代，图书馆登记为"清末抄本"，勉强可以进入我的搜集范围。我抓紧时间翻阅、摘录，好在允许拍摄照片，这就大大提高了工作效率，很快完成了工作。于是向张劲抱怨，怎么都是民国书呀？要求通融一下，借看"P"字头的四种善本。张劲说，要请示主任，要馆长批准，根据淮安图书馆的经验，我觉得还是有希望的。小张出去了，我翻看书柜的《泰州文献》，见有武国良《药证学》稿本，正高兴着，小张回来了，说，武国良是我们馆的第一任馆长，当了二十多年，这书自然是民国的，想想也是的，称什么什么学的，很难是古籍，空喜欢了一场。小张又说，《祝由科》《保产金丹》这些善本书都送南京图书馆修补去了。这是绝妙的推托之辞，我就没了再说第二句话的机会，就此结束了泰州图书馆的全部工作。

为写作《苏沪医籍考》，去年（2017）曾两次前往苏北，从徐州、连云港到淮安，又从盱眙、盐城到南通，又过长江到常熟，我已经跑遍江苏全省各地除了宿迁之外的图书馆，泰州之行收获无多，深感江北地区医书存量不多，中医药文化尚属薄弱，与苏南的差距颇大。这样一想，初创于1975年的宿迁图书馆似乎只能使人更为失望，扫除最后的空白点也就少了劲头，姑且留待日后再作考虑吧。泰州还有号称"淮左第一园"的日涉园，又名乔园，有保存完好的学政试院，都是全国重点文物保护单位；纪念地方文化名人，则有梅兰芳的梅园、孔尚任著《桃花扇》的桃园，还有柳敬亭的柳园，难得到此，再为滞留一天，好好游览欣赏，也是一大乐事。

（载《温州读书报》2018年7月号）

31. 巡游苏北，觅书徐州

2017年3月初的无锡之行旗开得胜，收获多多，不禁令人浮想联翩：江苏各地市的图书馆应当还有很多可寻觅、可挖掘的宝藏，下阶段如有条件，应该巡游江苏各地，访书觅书，为《苏沪医籍考》添砖加瓦。《中国医籍补考》交付出版之后，这项国家教育部的人文社科课题便成为眼前有待完成的最重大任务。尽管资料齐备，初稿已成，但再发掘一些人所不知的原始材料，自可锦上添花，进一步提高质量。于是商之于温州图书馆卢礼阳先生，他主持《温州读书报》，交游极广，于各地图书馆颇具人脉，卢先生向我推荐了徐州的中国矿业大学图书馆都平平女士。

6月1日中午，G64次动车在雨中离温，卢先生联系之后，我便直接向都女士发出短信：都老师您好，我是温州医科大学刘时觉，卢礼阳的朋友。明天早上想去徐州图书馆寻访医学古籍，有劳您帮助联系，十分感谢。都女士非常热情，她先是询问火车到站的时间，到时来接，我自然连声谢绝；又问所住宾馆，明天请同事开车偕往徐州图书馆，我声称只要有图书馆朋友的联系方式便可，可以自行前往，不敢过于打扰；她却讲：江苏师大的汉园宾馆距图书馆颇有距离，并直接定下：明早8点出头来汉园。眼看三番五次推辞不得，我只好回复：却之不恭，只好从命，明天见，谢谢。事情落实，心中颇感温暖。晚9点多，动车停靠徐州东站，时夜幕四合，灯火点点，北方的五月让人感受到仲夏的火热。

次日8点15分，都平平已到宾馆大厅，一个热情干练的职业女性的形象，初次见面，三言两语自我介绍罢，她邀我上车，开车的是她的同事邓志文。汽车沿解放路走不了多久，向右拐进泰山路，右边郁郁葱葱绿树成荫的云龙山逶迤向南，左边却现一片荷塘水榭，牌坊楼阁掩映在绿柳丛中，车子便在湖光山色间行进。图书馆背靠云龙山，不高，也不太新，三层，顶上"徐州图书馆"五个大字浑厚有力，与整个环境很是融洽，进门的大厅、过道旁摆放着各色山石，营造出一种典雅的气氛。周脉明先生在社会工作部，他热情地接待我们三人，不多时，历史文献部的王仁同主任亲下二楼来接我们。历史文献部在三楼，进门便是一股浓郁的樟木香气，宽大的书桌上摆放着翻开的线装书。王主任领我们参观古籍书库，一溜九排崭新的书橱是樟木香气的来源，透过玻璃橱窗我看着一函函、一迭迭的线装古籍，便询问子部医家类何在。王主任回答说：我们的古籍不是按经史子集存放，而是按索书号排列，医书混杂其中，并无专门橱柜。如何是好？王主任又说：这几年配合国家古籍普查，我们已经搞了书目，国家图书馆出版社刚刚出版，可以按此查找。说罢，拿出厚厚的一本硬面精装书来，是《徐州图书馆古籍普查书目》。我翻了一下，照书后的笔画索引可以查阅全部的书目，便对王主任说：你们这项工作已经走在无锡的前面，无锡图书馆只是完成登记，未能整理成书，离正式出版尚需时日，浏览索引比翻看卡片便捷多了。我决计遍翻这本普查书目，把徐州图书馆的医学古籍筛过一遍，找出所需要的书目来。都平平闻说，一再观照王主任给予方便，还不

31. 巡游苏北，觅书徐州

放心，又叫邓志文留下电话号码，有事随时招呼；周脉明也一再说，我就在二楼的社会工作部，有事尽管招呼；王主任自然满口答应，还要我留 E‐mail 地址，他要把整本《普查书目》的电子版发给我，以便随时查阅。他们的热情令人感动。

送别都平平众人后，我便埋头于这本书目，从笔画索引的后边倒过来向前查找，因为醫、藥诸字笔画不少。首先挑中的是《臞仙肘后经》，臞仙名朱权，明太祖第十七子，封宁献王，却于三教九流、医卜星历无所不通，著有医药、养生书数种；经名《肘后》，晋葛洪有医药书《肘后方》，或有些许关联？王主任一笑，说：这是国家级的善本古籍，刘教授好眼力！我说，我不在意版本珍贵与否，主要搜求医书。取出一看，原来是卜筮堪舆之书，教人择吉日良辰、选风水宝地，与医学并无关联；后又有《筮吉肘后经》，书名已示大致内容，查阅的结果正是《臞仙肘后经》的康熙间重刻本。先后查书九种，陈维崧的《妇人集》是记妇女诗文逸事的，与妇科无涉，只有六种医书，却又打了折扣，载为刘元琬的《证治百问》其实是石楷的著作，刘氏不过写了个序言，我早记录在册；《戒淫功过格》重在道德说教，附带的一二涉医内容，算不得正式医书。有两种回温之后一对照，原来已经载录，重复了；真正有价值的只是两种：一是《医学堂内经讲义》，《联目》不载，虽是湘乡潘让的著作，未能为我的《苏沪医籍考》添砖加瓦，却实实在在是人所不知的原始材料，自可宝贵；亡名氏的《眼科真传》，《联目》载有抄本藏天津、贵州中医药大学，可属民国三年，并不在我收录的范围，此则清抄本，虽未明具体年代，也可宝贵。

翻遍厚厚的《普查书目》，医书虽不少，却大多曾见曾读，少有"养在深闺人未识"，更不见当地人的稿本、抄本之类的奇珍异宝，未免有点淡淡的失望；回温之日，王主任已经把书目的电子版发到邮箱，再细细搜索一遍，确实无漏网之鱼，深感苏北中医药文化尚属薄弱，与苏南的差距并非一日两日。

时已近午，告辞王、周，两位一直送我到大门口，我们就在"徐州图书馆"的招牌下合影。此行承蒙他们的热心支持，工作异常顺利，我非常感谢，这张照片值得珍藏。

沿泰山路北上，路旁的荷塘水榭、曲径小桥开放式地展现，牌坊上书"彭祖园"，此地古名彭城，彭祖是长寿名宿，以此名园，亦得其所，如果兼有中医药、养生之类内容，那就更贴切了。在绿柳丛中，"徐州名人馆"诉说着汉王朝龙祥之地的悠久历史。游园观景，欣赏湖光山色，即使五月的骄阳似火，2.6公里的路程也在不知不觉中完成，穿过江苏师大幽静的校园，回到汉园宾馆。

图29　与王仁同、周脉明先生在"徐州图书馆"门口合影留念

我即给都平平发了短信：都老师您好！承蒙您和邓先生的鼎力相助，承蒙周、王两位的热心关照，上午查阅古籍九种，其中医籍六种，很有价值，大有收获。非常感谢您的支持，谢谢！这致谢也就是告别，谁知不多时她又发来：其他需要我做什么，您说一声。第二天又一再发问，她的热心真是难得，我回复：徐州图书馆的任务完成了，非常感谢您的帮助，

31. 巡游苏北，觅书徐州

今天上午去了龟山，下午想去户部山，体验一下徐州的汉文化，随后便前往连云港了。谢谢！徐州之行，我收获了满满的热情热心，太多的支持和帮助，令人难忘，令人感动。

接下来是周末，跋涉云龙山，漫步云龙湖，游览户部山的古民居、楚霸王的戏马台，拜谒刘氏宗祠，参观徐州博物馆、彭城王陵及龟山汉墓、楚王陵，其汉画像石、汉墓、汉兵马俑号称"三汉"，所展现的浓浓的汉文化，与徐州人的古道热肠一起震撼着我的心，成为此行的最大收获。

（载《温州读书报》2017 年 8 月号）

32. 巡游苏北，访书淮安

6月4日是星期天，上午游徐州狮子山楚王陵、汉兵马俑博物馆，颇为神奇的是"水下兵马俑"，旋转楼梯通向幽静平和的湖面之下，精美的骑兵俑列为严整的方阵，湖畔还有画像石长廊，展现浓郁的汉文化。旁边不远便是汉唐建筑风格的刘氏宗祠，刘邦石刻浮雕像危立中堂，下供列祖列宗牌位，四壁是刘姓名人画像，颇为庄严肃穆。拜谒过后，拍照留念，随即回宾馆，稍事休息，下午2点半的汽车，傍晚时分即到连云港，入住明珠大酒店的1707室。

星期一照例是图书馆的休馆日，于是去了久负盛名的花果山，感觉其实难副，无论是山巅玉女峰，还是山腰水帘洞，景色平平，都算不上特殊，可一处的门票价就超出徐州三天的全部，性价比太低，空拉了孙大圣的虎皮吆喝人而已。次日一早，在蒙蒙细雨中前往苍梧路的连云港图书馆，图书馆不大，古籍归"参考咨询部"管，工作人员张永奎很是热心，可惜馆藏并没有几册古籍，疏疏落落的几个书柜缩在阅览室一角，便是古籍书库的全部家当。子部总共只有17部书，医部仅《幼科证治准绳》《食品集》两种，《洴澼百金方》是兵书，无关医学，问到当地作者的著作、馆藏抄稿本之类，更是阙如。唯一值得关注的是朱权《臞仙神奇秘谱》，虽只是明刊本

32. 巡游苏北，访书淮安

的现代影印版，是音乐书，古琴曲集，非关医学，有人如果对这位通晓三教九流、医卜星历的宁献王感兴趣，联系徐州的《臞仙肘后经》一并阅读，还是很有价值的。

快快归宾馆，与昨天游花果山一样的失望，匆匆收拾行装，也顾不得午餐，随即赶往汽车站，购得12点的车票，13点40分到淮安。在北站下车才知，淮安图书馆、淮安府署、周恩来纪念馆、故居都在楚州，离此有二十多公里之遥，遂直接打车沿着长长的翔宇大道前往楚州，入住金陵国际酒店，早已是饥肠漉漉。稍歇，已是2点半，随便吃碗面条充饥，步行前往周恩来纪念馆参观。

次日一早，在金陵国际酒店门前的古末口站坐上有轨电车一号线，很迅速地到达大剧院站，远远望去，造型别致的建筑，正面的"淮安市图书馆"六个红字很是醒目。存了包，上楼，四楼的古籍书库却是铁将军把门，进旁边"地方文献及工具书阅览室"，却说古籍自搬此新居一直未曾开放，建议到三楼查查电子数字书目，看是否有点办法。无奈下三楼，数字阅览室的工作人员听了我的诉说，很热心地招呼我稍坐，一边打电话四处联系，少顷，便径直领我上四楼，古籍部俞小杰主任已经在门口迎候，他为我打开了古籍书库的大门。峰回路转，眼前一片柳暗花明，我简直有点受宠若惊了。书库不太大，排排书橱整齐有序，透过玻璃橱窗，俞主任向我介绍按经史子集四部放置的一函函、一迭迭的线装古籍，看来藏书颇丰。我关切的自然是子部医家类，书籍不少，与连云港不可同日而语，而比起徐州来则存放有序。我查看书柜，察看书函，绝大多数是《东医宝鉴》《医宗金鉴》之类常见书，问及当地作者的稿本、抄本之类，答曰：并无其书，所有医书已经全部在此了。细细查找，终于发现曹炳章的《鸦片瘾戒除法》二卷,还是宣统三年的铅印本。曹炳章是我们浙江的医学大家,学术活动多在民国,校注编辑出版古籍无数,而署名撰著的却不多,成于清代的就更属凤毛麟角了,此书自然很可宝贵。其书四编四十一章,从鸦片流毒沿革史说起,谈及产地、成分、生病理作用,又及烟毒成瘾原因、病状、鉴别、戒烟注意事项种种,最后才是中西处方,甚为全面详尽。我的《中国医籍续考》和《浙江医籍考》未曾载录,可以填补两个空白,仅此便可谓不虚此行。其他如《保生三种合编》,本已载录丛书及一种子目,这次得读,补上《小儿急慢惊风证治》《小儿点种牛痘》两种,遂成完璧。《传家必读》及所附《应验良方》,《大辞典》不载,《联目》载有光绪二十二年北京永盛斋刻本,2004年收于《中国古代医方真本秘本全集·清代卷》第110册影印出版,撰辑者佚名,又无序跋;而这次发现道光十二年刻本,有编辑者万邑王正朋署名,又有自序、姚薰南、刘用仪等序及同治二年章寅重刻序,时代大大提前,明确了原作者,解决了若干疑难问题,材料亦丰富扎实多了。

图30 远望淮安市图书馆,正面巍峨宏伟,侧面也新颖别致。

32. 巡游苏北，访书淮安

俞主任与马晓峰、陶曙红两位女士还一再请我这位外来专家"多多指教"，大约好为人师的生性使然，我也毫不客气地指出若干不足之处：书函封面的书名用简体横排，不合规则，看起来非常别扭，应改用繁体竖排；若干文字有误，如《韓园医书六种》误为《纬园医书六种》，《理瀹外治方要》误为《理论外治方要》等，这是对书籍本身不熟悉的缘故。他们一一记下，一再道谢，十点半结束，俞小杰主任还亲自送我下楼，在大门口挥手相别。

随即返回旧城，昨日已参观过周恩来纪念馆，今天先去驸马巷的周恩来故居，后游览淮安府署，这是国内现存最为完整的府衙，与河南南阳的齐名，还有总督漕运衙门遗址、镇淮楼，名胜古迹不少，一天的时间排得满满的。我感兴趣的还有吴承恩故居、吴瑭医药博物馆，值得一游的去处多多。浓郁的文化氛围、徐淮人的热心诚挚，给我烙下深刻的印象。

尾声：过了一个多月，7月28日，突然接到淮安图书馆程慧女士来电，为图书馆征集藏书，我爽快地答应了，在厚厚的《中国医籍补考》扉页题上"淮安市图书馆惠存"的字样，交付顺丰快递寄往周总理的故乡。

(载《温州读书报》2017年10月号)

附注：后来发现，国家图书馆出版社2015年6月曾出版《江苏省金陵图书馆等六家收藏单位古籍普查登记目录》，其中包含《江苏省连云港市博物馆古籍普查登记目录》，原来连云港的古籍收藏于博物馆而非图书馆，走错了门故而颗粒无收。时机已失，再去一趟难能成行，只留下深深的遗憾了。

33. 盱眙观水，盐城观书

相比北京的明十三陵和南京的明孝陵，沉没在洪泽湖底三百年的明祖陵尤令人兴趣盎然，于是把 2017 年的第二次苏北之旅的首站选为盱眙。10 月 16 日是星期一，傍晚时分上了 K348 次列车，一夜无话，天明到南京，从北出站口出，即是小红山长途汽车站。购得 9 点的汽车票，两小时到盱眙，入住泗州饭店的 2206 室。

图 31　淮河满溢，河心二弯月状小洲被细细的田塍分隔，堤塘有如剪纸般纤弱。

推窗即是淮河，河水满溢平岸，对岸的树木林带有如飘浮

33. 盱眙观水，盐城观书

在水面上，只见沉沉一线；河心两弯月状小洲很为奇特，满满的河水被细细的田塍隔成若干块水面，堤塘有如剪纸作品般纤弱，生怕一不小心就会被浪头吞没。深秋时节，在此洪泽湖边的小县城，也切实感受到大水的威力和锋芒，若春夏雨季又该不知是何等浩浩荡荡的惊涛骇浪。怪不得明代泗州董炳所著医方书题作《避水集验要方》，《四库全书提要》谓"其以避水名者，盖隆庆丙寅淮水决，炳避居楼上以成是书"，可惜《四库全书存目丛书》未收是书，倒促成了我的盱眙之行。午餐后稍事休息，就在饭店前坐上1路公交，穿过老城，直达"图书馆站"，横过马路便是盱眙县图书馆。图书馆不高，只有两层，进门一问，竟然连古籍部也没有，工作人员看我怅然若失的样子，便说："你可以看看府志、县志，可能有需要的材料。"我知道，康熙十八年黄河夺淮，泗州城沉没于洪泽湖之后，就再也未见此前的泗州方志，有缘一见，亦为幸事。于是上楼，找到馆长汪德胜，汪馆长快人快语，说，盱眙县图书馆七十年代才建立，并无古籍入藏，更无医学古籍，《避水集验要方》更是闻所未闻；近几年致力于地方史志，已经整理印行《泗州通志》《盱眙县志稿》。说罢，便与办公室许力宁主任一起领我去"地方文献部"。

果不其然，地方文献部全是整齐的现代新版书籍，许主任从一排崭新的深蓝色线装书函中取下两个。《泗州通志》为康熙十一年泗州知州李德燿主持，邑人戚玾纂集，在洪水围困中修成，未及刊刻而泗州城即陷于灭顶之灾，故是书几无流传，小小的盱眙县图书馆竟然有能力搜寻到存世稿本并影印成书，着实不易。遗憾的是，原书三十卷，偏偏阙失我最需要的艺文、杂辨二卷，只在卷二十八的《方技》找到董炳著的《避水集验要方》及其他医事，还有唐常伯熊、明刘顺、清宋武的零星医事记录。另有一函光绪《盱眙县志稿》，其《艺文》并无医药书籍载录，《人物》则有少许记载可用。

次日拜谒明祖陵，汽车所过，不见园圃稻田，但见一片远及天边的虾塘池沼，便明白此地成为"小龙虾之都"，实属地势使然。明祖陵沉没水下三百年，近年才重见天日，陵前神道那21对石兽石翁仲高大雄浑，雕刻精致，保存完好。穿过享殿遗址，供桌之后、封土之前，竟是一个半月状的水池，祖陵地宫的墓门就淹在水面下，只露出拱券顶上一点点；池边的树枝上挂满人们祈福的黄色绸条，可也不想想，自家的金身还泡在水里，又能够保佑你什么呢？

19日，经淮安东站转盐城，一番周折，午后入住"逸酒店"8331室，次日上盐城图书馆。

图书馆在南边的新城，从酒店门口上60路公交，6站到"紫微花园西"，从"府南路"向西，右边的市政府大楼兀然耸立，威严地俯视着眼前的一切；左边则是一个大广场，草圃绿树、池沼芦苇，一派生气，一个下沉式的商场嵌于其中，却是冷冷清清，悄无一人。远望西边便是盐城图书馆了，从地理位置看，恰像是人民大会堂拱护着天安门一般；稍稍走近，刘海粟题的"盐城市图书馆"六个大字端庄厚重，一侧则以百家姓的篆字漏窗作为装饰，倒有几分别致。

古籍阅览室在三楼，有中年女士在，我说明来意，想查看一下贵馆的医学古籍，她爽快地答应了，拿出厚厚的一本登记册。这是按入馆时序登记的流水账，并无经史子集的分类，正觉得难以着手之时，她又拿出厚厚的一册精装本，是《江苏省金陵图书馆等六家收藏单位古籍普查登记目录》，全国古籍普查的成果汇编，盐城之外还有东台、昆山、扬州邗江区、连云港博物馆等。经过徐州查书的实践，对此《登记目录》的

33. 盱眙观水，盐城观书

图32　盐城图书馆自习大厅宽畅明亮，篆体成语构成漏窗又饱含古趣雅意。

运用早已驾轻就熟，不多时便查到了结果。最感兴趣的应是题为《医案》的清抄本，撰著者亡名氏，正符合我寻觅流散各地未登诸书目的亡名氏著作的目标。其书无封面、扉页、序跋、目录，正文字迹清晰，娟秀可爱，名为"医案"，实载眩晕、血症、痉症三门证治及《备用杂方》《温病格言》，似为抄辑者读书笔记而非临证验案。还有《育婴堂征信录》，为光绪初年浙江镇海同善育婴堂的资料汇编，有抚浙使者杨昌濬、宁波知府宗源瀚、镇海知县于万川、南通州判吴铃等"各级领导"的序言题记，有创建、运作育婴堂的镇邑各界同人的募建启事、设计图纸、具禀批文、堂规章程，还附有《每年敬呈征信录疏文》及历年收支明细账目，可以明晰了解当时慈善事业取信于人的诚心和规则，今天仍有其参考意义。两书内容一一拍照留存，待回温再慢慢整理研究，仅此便是不虚此行了。其余则非所需，《辨似》辨的是文字字形之似而非证候；《尚友录》录的是诗文友朋而非医家；《吴氏医学述》三种六卷,只不过是吴仪洛的《本草从新》而已,我早已载之于《浙江医籍考》《中国医籍补考》。

得书两种,我已心满意足,询问女士尊姓大名,她说姓丁,我马上接口:晓得,晓得,丁鲁宁,我在网上查过,不过一直以为是男士。告辞出门,想想当拍几张照片留作纪念,又折回,先拍门口的牌子,后是阅览室,这才发现旁有"周克玉将军藏书纪念室"的匾额。我不知周将军为何许人,想必不会有医书,也就不再打扰。后来查百度,才知将军是盐城市阜宁县人,官至总后政委、衔封上将,喜读能诗,有儒将之称。

(载《温州读书报》2017年11月号)

34. 两访安徽馆，瞻仰包公祠

大名鼎鼎的铁面黑包公是庐州人，旧庐州城南护城河边的香花墩有包孝肃公祠、包公墓、纪念建筑清风阁，这一段护城河便也称为包河，这一区域便称作包公园，现在已成了合肥最为著名的旅游景点。安徽省图书馆就坐落于这个清幽宜人、富于文化氛围的环境之中。

上篇

第一次去合肥是 2013 年 4 月，15 日下午在火车站附近的唯客宾馆住下，16 日一早便打的前往包公园。安徽图书馆的主楼是一座中西合璧的建筑，正面的大圆柱托起突出的门楣，"安徽省图书馆"六个镏金大字在阳光下熠熠生辉；灰白的立面透露出温润高雅的主调，高悬的圆形红色馆徽内接白色三角形，"书"字的变体有点像医学标志的蛇杖，沉稳中带着一股灵动；屋顶则是传统的斗拱飞檐，覆以青绿色琉璃瓦，显得庄严古朴。两翼的墙体间以赭红，从中轴对称展开，两端的东西楼烘托主楼，合围成中心广场，形成具有中国传统建筑空间形态的建筑群落。

历史文献部在西楼五楼，宽敞明亮，两位管理员刚刚做完卫生，湿漉漉的木地板还能反映出明式桌椅的倒影。我向一位高大的男管理员递上书单，他一边在电脑上查找书目，一边说，"我们馆有规定，抄本、稿本以及乾隆前的刻本一律不借。"结果，15种书目只能拿到7种，也顾不上说什么，先埋头读书。还好，7种中有5种都颇具价值：《仁寿镜中方》二卷，主要内容是清宁丸方起死回生之功及其在临床各科的配伍运用，并非妇科专书，《联目》却归之于妇科门，误。《麻科简要》咸丰九年刻本，《联目》误"麻"为"痘"，搞错了书名；四川省图书馆藏此书光绪间刻本，序跋、内容完然相同，却因原本缺扉页，书口又不载书名，遂以首篇《痘麻临症辨论》为题载录，可谓是无奈之举，《联目》因之，载为"倪向仁《痘麻临症》，光绪四年刻本"，亦误。纠正了权威书目的错误，自是一大收获，心中颇喜，而《元和篇》的考证，更是得益多多。

《元和篇》的卷数，《联目》与中国科学院不载，《大辞典》作四卷，安徽图书馆载为二卷，各不相同。检阅其书，分二册，各列页码1至79、1至99，安徽图书馆以为二卷，自然有理；目录下又有"一、二、三、四卷目录"的字样，这应该是《大辞典》分卷的依据；可这四卷目录之下，卷各分三，为一至十二卷，又附录《易筋经》《金丹四百字》为第十三卷，检阅正文，正作十三卷，与自序"都为十三卷"合，故当以十三卷为是，诸目录俱无此说，今得补正，是一喜也。卷，是书写作"弔"，音樛，即《说文》"纠"字，道经借为卷帙之卷，一般医书少用此字。其书作者，卷端署"因觉生编辑"，因觉生何许人？考证的结果应是合肥张士珩，字楚宝，号弢楼，又号因觉生、冶山居士等。其父张绍棠是李鸿章麾下将领，曾重刊《验方新编》《验方续编》，和医家有缘，其母为李鸿章长妹，则张士珩是李鸿章外甥。甲午战争后张氏被革职，赋闲南京冶山，得暇辑道书丹经而成是书，符合此时的心境，不便表述真名实姓而署为因觉生，也可理解。

完成了七种书目，古籍出库要每册6元的调阅费，拍照也是每张6元，拍了19张，花费144元，有发票，收获已丰，很是高兴。与曾涛、王昕伟两位管理员商量，能不能再看被卡的那几种。大个子曾涛说，馆里有规定，我们也无法；想了想，又说，你填的表格说是国家社科课题，向领导汇报一下，是否可作为合作单位借书。这听了让人不快，我辛辛苦苦稿了这么多年的项目，仅仅为了借阅几册图书而与人分享，有点不甘。去旁边的办公室找石姓女主任，她说，2010年的课题，也该结题了，似乎不感兴趣。她拒绝了，板着个脸不再开腔，我也无话可说，临别时对两位管理员发了一通议论：日本早稻田大学等单位早已将古籍挂在网上，任人阅读，中国人的思维方式大约还停留在藏书楼阶段，以为奇货可居，惜不得与人共享。其间有女子是古籍书库的保管员插话说，此举乃为保护古籍，以后数字化了就好云云，我说，中国人大约难有这样的肚量，数字化了也不可能发到网上任人查看，叫我当图书馆长可能也差不多。不过，像贵馆这样乾隆朝的书都不让人看，全国也是绝无仅有的，太小气，古籍部差不多成了近代部了。尽管对曾、王两位的工作非常满意，尽管当日的读书收获多多，总还有点不爽，发一顿牢骚出出气，便无可奈何地告辞。后来，撰写《中国医籍补考》的《摘录景岳杂症论》《医经提纲》等条目时，分别在按语中注上："经查，其书尚存，因是乾隆以前刊本，安徽图书馆不予借阅"，或"有抄本藏安徽图书馆，该馆规定抄本不予借阅，因此无法阅读，亦无可奈何，遗憾"。既是实情，也有几分借孔子写《春秋》的曲笔要批评一下，深知无人因此而惧，更不会有什么作用，也只能做到这一步了。

　　下楼，匆匆用过午餐，图书馆旁就是包公园。暮春时节，晴日高照，合肥的气温高达30℃，热如盛夏，包河清波涟漪，两岸绿柳依依，给这大热天带来丝丝凉意。蓝底金字的"包孝肃公祠"庄严地高悬，进祠，抬头可见迎面殿檐下"高风岳立"隶体匾额，两侧有联：凡吾辈做官，须带几分骨气；谒先生遗像，如亲三代典型。包公的镏金铜像端坐正堂之上，堂前悬"色正芒寒"正楷大字，即是包公高风亮节的写照，左右分列威风凛凛的王朝、马汉、张龙、赵虎，旁边安放着龙、虎、狗头三口铜铡，让瞻仰的人们肃然起敬，不知会不会让贪官污吏不寒而栗。祠东有六角亭，内有古井号"廉泉"，意喻清正廉洁。中国百姓一直视包公为清正廉明的偶像，把公平正义廉洁的希望寄托于清官身上，于是，祠内有"无丝藕"、"铁面鱼"的传说，这是百姓崇敬之心的体现。可一个铁面黑包公又能够打几枚钉呢，千百年来又有几个包公这样的清官，而又有多少贪官污吏在横行霸道呢？寄希望于清官只能落空，只有建立一个让官儿们不敢贪、不能贪、不想贪的制度才有希望……正遐思逸想间，猛然一惊，日头已经偏西，下午的正事还该忙呢，急急辞别包公祠，前往安徽博物馆。

下篇

　　再次前往合肥已是五年之后的2018年，目的有三：一是与朱建平的博士生、安徽中医药大学的许霞教授谈谈《安徽医籍考》的合作事宜；二是再往安徽图书馆，争取完成前次未竟之事，读到此地所藏的孤本古籍；三是走访合肥市图书馆、安徽博物院，扩大访书觅书的范围。10月16日，下了一夜的雨渐渐停了，一早去赶8点16分的G7670次，只五个半

34. 两访安徽馆，瞻仰包公祠

小时便到合肥，马上打的前往芜湖路，就在安徽图书馆对面的安港大酒店住下。稍歇，下楼就近吃一碗东北饺子充饥，已是3点半了，穿过芜湖路，漫步前往图书馆。主楼的外墙似乎重新粉刷过，有焕然一新的感觉。

西楼的五楼，历史文献部仍是那样古朴典雅，只是两位男管理员不见，有一位娇小的姑娘值班，后来问明，她叫周亚寒。递上书单，小周在电脑上忙开了，我得暇便四处走动，细细地打量这个古籍文献阅览室。阅览室很高，南边上下两排的窗户提示原来应是两层，而右边正分为两层，一张小木梯上二层的长廊，一长列的房门钉着古籍书库的木牌，廊下安放着一长串的紫檀色的书柜，透过玻璃可以看到众多的各种目录书籍。这个布局颇为别致，使整个阅览室显得特别高阔，充满阳光，也使暗色的明式桌椅敞亮，西端的墙面上悬挂着菊、竹、兰、梅四条屏，回首东墙则是四幅书法相对应，素洁而又典雅，真是绝好的读书环境。

不多时，周亚寒抬头说：找到了三种，是抄本，目前不可出借，正在数字化，以后就可以看电脑上的了。我说，我可是坐了五个半钟头的高铁专程来此看书的，哪能等到这寅时卯月的？她说：也是的，可那要主任批准的。在旁的葛小禾说：按规定，主任批准古籍才可以出库。我嘴上说，也是的，也是的，按规定办，想起当年事，那女主任的冷面孔可不大好看，心里隐隐担忧。又对小周说：那些注了"无"的书目，换个主题词，或改动一下书名再查查看，或许可有收获。她一边填写索书单，一边回答说：我把书名、作者都查过，有四种查不到。我说，书名有时封面、扉页、目录、卷端各异，所以要多拆分一下。于是又找到两种，小周说：《采搜奇方余氏家藏》分几段查过，实在找不到了；《秘传眼科龙木论》也找不到，

图33 2018年10月17日在安徽省图书馆古仆典雅的历史文献部阅读医学古籍。

抱歉啦。我已是很满足了，少顷，小周又说，《小儿急慢惊风专治》查到是《小儿急慢惊风痘疹》，怎么办？我说，可能全书有两部分内容，原书目只载其惊风而丢了痘疹，当然要的。

小周填好索书单，跑去找主任了，正担心着，她已回，径直上楼去书库了。下楼跟我说：稍等，书库管理员找书要一会儿。我便问以前两位管理员王昕伟、曾涛的现况，小周回答说：他们两位辞职，另有高就了。那他们做什么工作呢？一位当律师，一位作美术设计。我说：律考是国内第一难，这两项工作的专业底子可真了得，图书馆确实是出人才。停了一下，我又说：你也该找个专业方向好好努力一下，在这里可真是得天独厚呀。当年毛泽东也是图书管理员呀。说话间，书库管理员拿了几册大小不一的书下来了，我便坐下展书细看。

34. 两访安徽馆，瞻仰包公祠

先是《秘传湖州府双林镇蔡寄寰眼科秘要》抄本，细细观看，无序跋，有目录，将正文一一对照，其内容实有许多独到之处。全国仅此有存的孤本，当年写《浙江医籍考》无暇来此阅览，后来不予借阅又无缘得见，《中国医籍补考》只能仍归"未见"，今日得读，满心欢喜。周亚寒早就交代，不得拍照，只能埋头苦抄，也顾不上辛苦了。到四时四十分闭馆收书时，还读过《摘录景岳杂症论》，效率尚属满意，明天继续努力。

次日八时半，赶在开馆时间到阅览室，赭红色的木地板还湿漉漉的，刚刚搞过卫生。我习惯性地脱下外衣搭在椅背上，周亚寒拿过书来，关切地说，我们这里天冷，光穿衬衫要小心着凉。我道过谢，马上开始工作，《秘传育婴杂症论治》《小儿急慢惊风痘疹》二书原来未有收录，这四种抄本都可填补空白，唯一的刻本《医经提纲》更是收获多多。此书《联目》《大辞典》等所有的医籍目录均归于"医经类"，实际上是一种歌诀体的综合性医书，包括药性、经络并运气、脉诀、伤寒、内科、女科、幼科、麻痘、眼门、外科、针灸等多方面内容，共十一集四十七卷，诸目录大约未见其书，仅是望文生义而误入"医经"；全书一册五卷，只是其"伤寒"一集，严格来说，书名应作《医经提纲·伤寒集》；作者王大斌，诸目录形近致误，作"王大斌"；其书自序、凡例、总目齐全，虽非第一集，却应是全书最早也可能是唯一付梓的一集，其余各集未见刊本，也未见任何书目载录，或许未曾刊印。这样的例子不少，岳甫嘉《妙一斋医学正印编》十六种，现仅存《妙一斋医学正印种子编》一种，其子岳虞峦跋谓"先出《种子》一卷，为杭民广嗣，馀亦渐次公世"，其余并未刊刻；董庆安的《喉科得一录》原计划嗣续刊行下卷《医弊举隅录》，结果亦胎死腹中；徐定超有《素问讲义》《灵枢讲义》的写作计划，却无传本；陈葆善拟著《湫漻斋验案》三种，也只印行《燥气验案》，而《外感》《内伤》二验案未曾刊行，我们就无以得见。所以计划中的著作未完成，或完成而未刊印，不足为奇。

  临别，向周、葛二位表示，要向主任表达一下自己的谢意，葛小禾说，真不凑巧，主任今天开会不在馆里。那你们两位代我向他问好、致谢，这是礼之常情，不可欠缺。顺便问道：主任是男是女；是女的，姓石。那就明白了，主任还是那位主任，五年不见，服务意识增强了不少，能体谅远道而来的读书人，很是难得，我也幸运。解答了心中最后一个疑问，而且不收任何费用，这趟合肥之旅令人愉快。

  从芜湖路拐向包公祠，路口树着赵朴初题写的"包孝肃公祠"的牌坊，前次未曾注意，不知是否新立。入内，包公祠的门庭、匾额、大堂、廊庑、轩亭，一概如旧，包公铜像端坐正堂，配以"色正芒寒"四个大字，令人肃然起敬。包公已经成为清明廉洁、无私无畏的象征，络绎不绝的游人心怀敬意，我是第二次来包公祠，这种敬仰之心同样强烈。正殿东边，如同真人的蜡像栩栩如生地展现"打龙袍""铡美案"等戏剧场景，再现包公的传说轶闻；最令人感动的是包拯家训："后世子孙仕宦有犯赃滥者，不得放归本家；亡殁之后，不得葬于大茔之中。不从吾志，非吾子孙。"今之居大位食厚禄者能有几人敢放此言？我沉思，这可能就是包公千年不死，包公戏经久不衰的根本原因。

（载《温州读书报》2018 年 12 月号）

35. 古籍也是文物
——三访安徽博物院

王乐匋主编的《新安医籍考》附录有《安徽省博物馆书目》医学古籍34种以为备考，我一直想看看原书，为此跑了三趟合肥，终于如愿以偿。

第一次去的是博物馆的安庆路老馆，从芜湖路的安徽图书馆出来，沿环城南路向西，到金寨路折向北，边走边欣赏市容，半个小时即到。当头棒喝是，博物馆的古籍一律不对外；那位女工作人员想了想，又说，如果科研需要，须经院领导批准，到新院去。一问新院，距此十多公里，很不方便，只得作罢。于是参观正设展的古生物展、铜镜展、潘玉良画展、鲁迅读书生活，也算不虚此行，这是2013年4月的事。

第二次则是2018年10月了，完成了安徽图书馆的任务之后，18日专门抽一个完整的时间前往远在南郊的安徽博物院新馆。在博物院大门口的自助取票机上凭身份证取了票，又过了安检，在大厅右侧的服务台向一位女士讲明了来意。她先是讨要介绍信，我就在柜台上当场填写，连同书单一起交给她。看来情况复杂，她先是打电话给古籍保管员，一一报上书名确定有无；再向办公室主任汇报，得到答复之后将介绍信和书单都送去，并说，这需要院长批准。不多时她回来了，说：院长出差去了，本周是无法看书了。我一再强调说，自己从浙江千里迢迢专程来看书，希望能够支持一下，她很干脆地回答：这是规定，不能通融。还讲到，书在城内老馆，在这里是看不成的。我说，五年前我就去过老馆，讲是都搬这里了，她说，还有在那里的。争辩这些实际上也没什么意义，无奈，先参观博物馆，安徽历史文化展、徽州建筑、文房四宝等专题，内容丰富，很值得一看。参观间猛然想起，图书馆收藏图书，向公众开放的方式主要是借阅，是服务；博物馆典藏文物，向公众开放则主要是展览、陈列，像我这样借阅古籍大体相当于专家来此研究文物，程序繁复，可以理解。这样一想，对于能看到书几乎失去信心。下午工作时间，那位朱姓女士答复如前，只得留下电话号码，怏怏离开。

图34　在安徽博物院新馆门前留影，看书却在安庆路老馆。

35. 古籍也是文物

过了一星期，25日上午，我正在电脑前整理安徽省图书馆的书目材料，手机响起，一看显示是合肥的，就知道有戏了。果然是安徽博物院古籍部一位周姓女士的，说：我要看的医学古籍34种，博物馆有25种，院长已经批准，可以来院观书。这消息令我喜出望外，周女士又讲，书在老馆，这么多书你怎么看得及，院里规定是不可拍照的。我简略介绍了自己利用这些古籍的目的和方法后，询问二事：一是，因10、11月有事抽不开身，要12月方能成行，允许否？二是，如果请安徽中医药大学的老师代劳，可否？回答：第一项无问题，来之前先打电话联系；如另换他人，要重新打介绍信，重新批准。因此决定：12月再跑一次合肥，有25种书目，此行也是丰收的。

12月9日，寒潮初临，入冬来最冷的一天，温州市区小雨霏霏，山区已是大雪纷纷，一早便赶往温州南站，G7616下午三时到合肥南，乘坐地铁1号线转2号线，三孝口站下车，很快便到维也纳酒店。酒店在安庆路，安徽博物院老馆正在对面，安顿下来已是四时半，缓步前往博物院，找到书库，先熟悉一下路径，免得明天问路麻烦又耽误时间。隆冬季节又逢阴雨，一圈下来，夜幕降临，天早黑下来了。

次日上午九时去博物院，书库尚未开门，就在门口打电话给周，她说不在此处，来领我过去。稍待，她来了，一个年轻女子热情地招呼我，口口声声称刘教授，我问明她名"媛"，便称之为小周。古籍部在博物馆西边的小巷对侧，房子很旧，像是老旧的住宅小区，不像机关、博物馆，阅览室非常简陋，还放着不少杂物，可见平时无人在此阅书。少顷，周媛端着一大叠大小不一的线装古籍下楼来了，第一次拿到作为文物的古籍，我深知这批书的价值，多为抄本，流传范围局限，仅此有藏，《联目》《大辞典》均不载录，医界学界难能知悉，而从博物馆借阅这些珍贵孤本，更是千载难逢的宝贵机会。我小心翼翼地翻开有点弱不禁风的纸张，便沉浸在紧张的阅读之中了，不允许拍照，抄本又多没有序跋、目录、凡例，内容庞杂繁复，手写字迹常难辨认，又多虫蛀、破损，要读通并梳理出头绪脉络，并不容易，很费时间。一个上午，很紧张地忙到十二点午休时间，连喝口水都来不及，只翻阅过四种。最费力气的是《汪氏家藏奇效书》，厚厚的三大册，作者婺源汪渭阳，其第二册却说"会吾兄渭阳，不可尽吐心腹"，"凡遇吾兄渭阳，宁可装呆请教，幸勿说我好书"，好不容易找出合作者其弟汪渭川，又该如何看待三册间的关系，花了一大半的时间才把全书内容梳理明晰。只是苦了周媛，按规定文物离库需要二人在场，她是不能离开的，而枯坐一边无所事事也是很难熬的，我便找些字迹模糊、印章难辨的请她一起分析辨认，她在这方面很有些功底，帮了我不少的忙。

中午稍事休息，二时去博物院，小周已经拿了书在楼下的阅览室等着，我赶忙接过，马上开始工作，也大胆地拿出手机拍照了。小周没有反对，我想，一是一个上午的合作多少有了点交情；二是早点完成于她也不是坏事；其三，拍照对古籍没有任何损害，我又拍得很少量，于己于人都有利无害。速度由此明显提高，一个下午完成 10 种，一天 14 种，且最难啃的已经攻下，明天的 11 种应该没有问题。实际上，第二天上午就完成了全部工作，因为只有 8 种。《新安医籍考》载录的歙县陈懋宽《伤寒大白》，是云间秦之祯的《伤寒大白》，陈氏仅为之作序；宁本瑜《增订治疗汇要》是无锡过铸的著作，宁氏仅为校阅者；亡名氏《女科》更是大名鼎鼎的《傅青主女科》，这些都是流传很广的常见书，《新安医籍考》误为另书，并非我所需，25 种中只剩下 22 种了。其中仅《增订温疫论补注》二卷、《集验良方》二卷为刻本，但仍可宝贵。休宁杨启甲的《增订温疫论补注》为道光二十一年休宁文富堂刻本，本身即属孤本，其所增订的海阳汪文绮《温疫论补注》原本亦已失佚，现存一举两得，得了两种孤本，发现一种佚失本，真是大收益。

告别周媛，中午稍事休息，退了房，下午又前往包公园。我发现，叶茂春《秘传接骨金疮禁方》是安徽省图所藏，并非博物院，因而再来。上了五楼，管理员换人了，一男一女，未曾见过，从古籍出库登记中看到，叫徐达标与钟姝娟。他们的工作同样认真热情，很快就看到了书，做了详细的记录，未到四点，完成全部工作。此行的收获达到了 23 种孤本，特大丰收，心满意足地告辞，前往车站，赶 4 点 20 分马鞍山的班车，继续我的访书之旅。

（载《温州读书报》2019 年 2 月号）

36. 文学之旅
——从滁州到宣城

《中国医籍补考》2017年3月出版之后，2018年4月的无锡、兴化、泰州之行，是江苏访书之旅的最后一程，《苏沪医籍考》随后定稿，交付出版社，《安徽医籍考》随即提上议事日程。2018年9月17日晚间到滁州，经全椒，过乌江，访马鞍山，驻足芜湖，行走宣城，十余天间横穿皖东南，寻觅医学古籍，拜访文化古迹，实足的安徽文化之旅。

滁州入住琅琊路的万瑞四季酒店，西边二公里处是鼎鼎大名的琅琊山，滁州图书馆则在东边。次日一早起来，弥天大雾，天阴沉沉，缓步东向，一公里多路不多时间便到，大剧院东侧就是图书馆。大约是上世纪九十年代的建筑，半新半旧，门口很是局促，"滁州市图书馆"木牌非常简朴。馆舍不高，只有四层，外墙呈浅绿色，有大字标语"让书香弥漫亭城"。在一楼小儿馆询问，谓没有古籍部；上二楼成人部，一男一女两位工作人员接待，一起上四楼，找人不遇，又下一楼，一女士答复，无古籍收藏，待新馆开张，或许可有。看来没戏了，转而向西，打了出租车直趋琅琊山。进重檐歇山式的大门是野芳园，取《醉翁亭记》"野芳发而幽香"得名，有亭榭碑廊、小桥曲径，垂杨拂面，柔草如茵。溯溪而上，山势平缓，感觉

36. 文学之旅

不到在上坡，先是醉翁潭，一池碧水，绿荷与睡莲映在青山脚下，醉翁亭却困在深深的院子里，并非"翼然临于泉上"，泉为"让泉"，两眼方井，也没有"水声潺潺泻出于两峰之间"的动态。再上右折，有新建的"同乐园"，摩崖石刻是草书的"醉翁之意不在酒，在乎山水之间也"，旁则欧阳修纪念馆，都是崭新的，与伏案写作的欧阳修合个影。折返再上，过"峰回路转"门楼洞，回看却是"蔚然深秀"额，下则"深秀湖"，有九曲桥连湖心亭，继续上行，有琅琊寺，据说是唐代的，属全国重点寺庙，但感觉实在太新。

图35　滁州同乐园，与伏案写作的欧阳修蜡像合个影。

一篇《醉翁亭记》贯串起一座琅琊山，一篇《丰乐亭记》引导我游览滁州另一处名胜。"丰乐亭"也是个公园，进门循缓坡前行，路旁有"紫薇泉"碑，硬笔书写，不会书法却爱题词，谁人脸皮恁厚？又有欧阳修《幽谷泉》诗碑，却误成

"幽穀",连字都不识,二碑全是崭新的,给人的印象却是附庸风雅。路旁有小山,草木繁盛,立木牌书曾巩《醒心亭记》,石阶直上,有重檐四方亭,即醒心亭,无匾无联,四周老树屏蔽,遮挡望眼,根本无法见"旷野之无穷,使目新乎其所睹"。西行百步见小院,正门是圆圆的月洞门,门楣上"丰乐亭"是明万历间"琉球使臣"萧崇业所题,黑色的"全国重点文物保护单位"石碑就嵌在门墙上。门内即"丰乐亭",四角翼然,形制与醉翁亭类似,却有壁有门有窗,里有几椅,更像是厅堂,庭院右侧立苏轼书欧阳修《丰乐亭记》石碑三方。穿亭而过,是苏轼题额的"保丰堂",中堂是欧阳修造像图,悬对联"盛德至今歌太守,文章自古誉名家"。后庭有楼,悬"危楼"匾,两厢"芥舟""棠舍",内设欧阳修生平展览。出了后门,右折,山边有"幽芳亭",亭中有方方的一眼清泉,即"幽谷泉"。三篇"亭记"联接了两大景区,串起了一连串的"亭",成为滁州的文化名片,滁州号称"亭城"也就顺理成章了。

全椒是个县,原不在访书计划中,临时起意要去的原因是,酒店门前的"五中"公交站 101 路可直接到达,太方便了。从丰乐亭回,稍休息便结账离店,2 元车资半个小时即到,入住香河国际大酒店。次日是 20 号,第一件事便是拜访县图书馆。全椒县图书馆在太平文化区,环境清幽,全新的建筑很是雅致,有典藏室、地方文献室,棕褐色的木门紧闭着,篆体的门额,隶体的门牌,显得端庄大气。找到董姓女主任,她却一再强调"全馆一年的购书经费只有 15 万元",无法开展古籍和地方文献的征集收藏工作。我一再要求打开看看,她只是以此婉拒,莫非二室在使"空城计"?我也不好再坚持。沿襟襄路步行去参观吴敬梓纪念馆,适逢修缮闭馆;南边不远

36. 文学之旅

的吴敬梓故居则开放，三轴三进，旁有花园，颇具气派。吴敬梓以《儒林外史》驰名，祖籍浙江温州，算来与我"三百年前是同乡"，其"素不习治生"，"败家子"习性"乡里传为子弟戒"，还能留下这样一座豪宅园林，真是幸事。

次日上午搭和县的班车到香泉下车，目标是乌江霸王祠，所以入住宾馆，顾不得午餐即找车子，12点半上了乌江镇的中巴车，到站后加了几块钱直接到了霸王祠。时细雨霏霏，进祠内右侧的碑廊少歇，新修的碑廊已露破败的模样，在湖心亭用过简单的自备午餐，雨止，云层间透出阳光，走马观花般将镶嵌在廊墙上的碑石浏览一过，在"风骚千古"的项王半身塑像前摄影留念。北向有"三十一响钟"，纪念项羽三十一岁的生命，我撞钟三下，以示敬意。继续向北，又有抛首石、乌江亭、驻马河，都与项羽自刎乌江事关联。转而向南，高高的阶地之上是"西楚霸王灵祠"，两庑陈列项王事迹，有破釜沉舟、一举两得、项庄舞剑意在沛公、四面楚歌等成语故事。享殿正面"叱咤风云"匾下是怒目圆睁的项羽立像，两旁悬赵朴初联："彼可取而代也，白眼视秦皇，一时气盖人间世；汉皆已得楚乎？乌骓嗟不逝，千古风悲垓下歌"。享堂后为墓园，甬道两侧的石翁仲全是新刻的，正面黑色大理石墓碑刻着"西楚霸王衣冠冢"篆体字。墓园东侧有墓道，青砖券拱，两旁仿汉画像石壁画，长六十余米，通向衣冠冢下的墓室，有旧的空棺椁。一首"生当作人杰，死亦为鬼雄。至今思项羽，不肯过江东"流传千百年，在讲究成王败寇的中国，项羽是少有的为后人尊敬纪念的失败者。只是霸王祠在文革中被毁，现在的一切似乎都是新修的，可为之长叹息矣。

第二天是9月22日，从香泉出发，先打的26公里到和县，不贵，只要30元，再坐班车到马鞍山，入住梦都雨山湖酒店已是正午 12 点。雨山湖是马鞍山市区一个大湖,稍事休息,沿湖漫步,水天寥廓。23 日一早,坐上 202 路公交,40 分钟到当涂县的"和合市场"站,拼车前往李白文化园。园区门口耸立三间石牌坊,刻"诗仙圣境",远处的大青山就在眼前。入门,迎面的照壁是乳黄色的浮雕,长江滔滔东去,李白傲立船头,踌躇满志,睥睨天下。透过照壁的窗口,"举杯邀明月"的李白塑像立于河边绿地,飘逸灵动,则见一副仙风道骨。左侧是墓园,太白祠堂上的侧面塑像瘦骨嶙峋,仗剑回望,却像邻家老人般普通平凡。祠后太白墓,块石垒砌的墓圈,芳草萋萋,墓碑上刻着"唐名贤李太白之墓"楷体字,碑前石案供奉时鲜果品之外,一红一白两酒瓶尤其引人注目。我作揖致敬,终于圆了拜谒李白墓的夙愿。墓园边有青莲书院,对侧则是太白碑林,与乌江霸王祠的碑廊类似,此外还有眺青阁、十咏亭。中午时分,返程到印山路下车,去马鞍山市图书馆,新建的馆舍极有气魄,恰逢星期日,古籍不开放,只得在大门及典藏书库、古籍阅览室外拍照,也算是到此一游。打车 12 元到采石矶,简单用过午餐,二时许入景区大门,循左侧石径缓步而行,有林散之艺术馆、延园、万竹坞、圆梦园等景点,略一停留草草一瞥便走,心中惦记着在此"醉酒捉月,骑鲸升天"的李太白。太白楼门额上蓝底金书"唐李公青莲祠",进门两壁回廊嵌有清代重建纪事及李白生平碑刻,抬头仰望,三楼檐下高悬着"太白楼"匾额,二楼则是"谪仙楼"。后为太白祠、谪仙园,李白纪念馆内设太白堂,江边还有作大鹏状展翅欲飞的李白像,真是做足了太白文章。过广济寺,继续前行,直抵长江边,采石矶突兀,绝壁临江,有几分险要,江对岸是大片的沙洲,隔开了长江主航道,使眼前只剩得一衣带水,落日映照下平静得有如杭州西湖,很难想像出

36. 文学之旅

兵家必争之地的险峻。下三元洞，循古栈道过临江绝壁，欣赏长江落日，登翠螺山，瞻三台阁，从东边下山，不多远便是景区大门，天已薄暮，紧紧的一天游程，李白是主题。

图36　当涂李白墓园，"举杯邀明月"的李白塑像飘逸灵动，一派仙风道骨。

24日是中秋，马鞍山到芜湖，汽车一小时出头，住到青弋江边的"新百金陵大酒店"，29楼的高处，落地窗外，长江缓缓北流，两江交汇处，有五层八角砖塔。下午就在附近的鸠兹广场走走，我对"鸠兹"之名很感兴趣，问过几个当地人，知与新疆库车的同音古名"龟兹"并无关联,而是沼泽中的一种鸟,也是芜湖的古称。广场周围有芜湖历史名人的石刻雕像,广场中央则是拔地而起的振翅欲飞的"鸠兹"鸟的青铜雕塑,尤为引人注目。七时许,夜幕降临,沿酒店旁的青弋江缓步向西到长江边,才知砖塔名中江塔,旁边是个小巧的花园,有亭台水榭,月光下尤显静谧幽雅。下到江边的临水平台,有人在放孔明灯,一对情侣一人展开纸质灯,一人点上火,红色的灯罩黄色的火焰,手一松便轻飘飘地随风向高处远处飘去,一时间漆黑的江面上空飘荡着星星点点的灯火。我想,哪里会有第二个城市允许放孔明灯?显然芜湖"得江独厚"占了地利。8点半,乘兴而归,一轮圆月迎面照映着青弋江,江水倒映月光,桥梁流光溢彩,两岸灯火辉煌,多么美好的中秋之夜。第二天一早到芜湖市图书馆,上五楼,还不到8点半,古籍部尚未开门,少顷,工作人员褚福颖到岗。我说明要调查馆藏医学古籍之意,她即拿出《芜湖市图书馆古籍普查登记目录档》《芜湖市图书馆古籍书目六项登记表》两本打印稿,翻阅一过,医书不多,只14种,我又从手写的底册中发现《灵枢》《素问》,共16种,可惜多数是《千金要方》《中西汇通医书五种》之类常见书,问及当地作者的著作、馆藏抄稿本之类,更是阙如。生性好为人师,我发现两本登记簿有不少失误,也毫不客气地指出:如《血证论》误为《血征论》,《医宗金鉴》是"鉴"不是"监",《万病回春》作者是龚廷贤不是"龚生",《伤寒论浅注补正》《金匮要略浅注补正》不是张机撰,而是"张机原撰,陈念祖注,唐宗海补正"等。我取较面生的几本书看过,结果《骨格图说》已经载录于《续考》,《延寿药言》《内经分类病原》《小儿科》都是民国书,不在我计划时段。毫无所得,有点遗憾,又发现登记簿

36. 文学之旅

误将《本草纲目求真》的作者黄宫绣误为"秦监众",又告知小褚。想想觉得失误太多,我要了小褚的邮箱,回温之后,9月29日写了《芜湖市图书馆藏医学古籍书目补正》发给小褚,指出普遍的失误有二:一是诸书多未标明或误标卷数,二是载录版本过略,未指明年代、出版者及版本类别,如《骨格图说》有"光绪十三年丁亥六濠义冢局刻本",不可仅载为"清光绪刻本"。其他如《景岳全书》六十四卷有子目十六种,应列出;《医宗金鉴》吴谦等奉敕撰辑,却误为鄂尔泰;《本草备要》《医方集解》作者汪䚮庵名昂,字䚮庵,要用汪昂。十多种书目,竟有十多处硬伤,为之更正,也算我回馈图书馆之微力吧。下午前往鸠兹古镇,游人寥寥,以徽商为主题颇具特色,有"贾儒堂"、"徽商百杰馆"、各种手工作坊,尤其李鸿章长子李经方故居是早年旧物,"梨园堂"则旧物翻改,也还值得一看。

26日上午10点半到宣城,就住在汽车站附近的宣城宾馆,稍息,午餐后步行1.3公里前往宣城市图书馆。宣城图书馆在城南响山路,造型新颖别致,层层抬升有如依山而建,很有动感,灰黑色的外立面又显得十分稳重。办公时间是下午2点半,又等了半个小时,特藏部仍是闭门谢客,一直不见人,问过几人,没有着落,只讨得特藏部严主任的电话,怏怏而归,遂打的前往敬亭山。敬亭山前的五间石牌坊非常气派,门票要百元之多,我们老人家是免票的。沿新建的柏油马路缓步行进,有广教寺双塔,寺院已圮毁,七级四方砖塔是全国重点文物,宋代风格。一路行来,茶园、村落、远树、蓝天、白云浮动,很美的田园风光;有全新尚未完工的弘愿寺,不感兴趣,略扫一眼便走。在敬亭广场检票进山,则竹树参天,下午四时半已显暗晦如暮,游客纷纷下山,独我们逆着人流上山。

竹径石桥、塑像诗碑、古亭老树，还是很有气氛的。半途有石涛纪念馆，匆匆浏览一过即走，不敢多耽搁。继续前进，5点零6分，终于抵达山巅的"太白独坐楼"。楼高四层，重檐歇山，仿木质结构，楼侧有巨石刻"江南诗山"，楼内则是敬亭山展览：一楼取诗意制作大幅木雕壁画，恢宏大气；二楼则是画作书法，条屏为多；三楼为建筑模型，许多今已不存；四楼暂不开放。诗很多，诗人也很多，主角是李白，一首《独坐敬亭山》"众鸟高飞尽，孤云独去闲。相看两不厌，只有敬亭山"占尽风头，悬挂正堂，雕刻也最精致。楼上楼下走马观花般地转过一圈，天色向晚，下山已是满天繁星。购得27日下午四时的K2905次火车票，上午还有时间去附近的水东老街一游，28日凌晨回到温州。

  同年12月11日，安徽图书馆、安徽博物馆访书之后，又到马鞍山，入住上次住的"梦都雨山湖酒店"不远处的田园饭店已是晚八时，阴雨霏霏，冷风嗖嗖。次日早起，却是个大晴天，结账离店，206路公交又到印山路站，再去马鞍山图书馆。古籍部大门紧闭，找到夏姓女副馆长，她即打电话叫来管理员王为，一位中年男士，领我去古籍阅览室。阅览室很大很明亮，一排排浅褐色橱柜散发着樟木的清香，打开却是空空如也，有几排则插着崭新的"中华再造善本"，当然不是我之所需。最末的半排玻璃橱柜则竖放着一长溜的线装书，无分类，无书名，我随手翻阅了几册，经史子集杂乱，全无次序，认真地查看了几排，也没有找到医学古籍，这样的管理也只能令人叹为观止，也不知全国古籍普查她们是怎么应付过去的。出了阅览室，又遇夏副馆长，我便不管三七二十一提了一堆意见：一，线装书应平着叠放，不能竖着；二，按经史子集分类；三，要登记造册，编目编号；四，至于版本、年代之类，我提

36. 文学之旅

也不敢提了，似乎太勉为其难了。就在马鞍山图书馆的大厅，我打电话给宣城图书馆古籍部严主任，严却一再说"古籍不对外开放"，态度坚决，拒人千里之外，想想全椒的"空城计"，看看眼下的阅览室，我也理解了对方的苦衷。后来查百度，谓"宣城市图书馆编制7人，馆长1人，在编人员6人，副研究馆员1人，馆员1人，本科以上学历3人"，一个地级市的图书馆编制如此可怜，与那气派的馆舍全不相称，不去也罢。

皖东南的文化遗迹实属丰富，虽访书之行一无所获，却成为了实足的文学之旅，从千古文章大家的欧阳修到儒林另类的吴敬梓，从力拔山气盖世的楚霸王到酒中谪仙的李太白，从"蓬莱之后无别山"之琅琊到"江南诗山"之敬亭，从大青山、采石矶到鸠兹古镇、水东老街，全程充满着浓郁的文化气息，文学之旅亦足慰我心。

2019年，《安徽医籍考》获国家社会科学基金一般项目立项，跑遍安徽各地市及徽州六县图书馆成为一项必需的基础工作。2020年年初，一场瘟疫突如其来，整个中国在短短的几天里按下了暂停键，人们都被封堵在家，也彻底打乱了我的工作计划，安徽访书之旅当然无法成行。2021年5月，眼看疫情有所缓和，便蠢蠢欲动，要往淮南、蚌埠、亳州一线。13日晚刚到第一站寿县，次日即看到安徽六安发现疫情的通报，寿县现虽划归淮南，2015年前尚属六安市管辖，正是这轮疫区所在，匆忙忙打道回温，一副狼狈相。何时再启程？且待天时。

(载《温州读书报》2022年3月号)

37. 郑州的两个图书馆

2013年4月，完成安徽图书馆的书目阅读之后，次日17日便要前往郑州，出人意料的是，两个相邻大省的省会间白天竟然没有火车，而晚上也只有硬座，太辛苦了，只得改买10点20分的汽车票。全程高速，黄淮大平原一马平川，进入河南境，先后在沈丘、项城、商水、漯河、临颖、许昌、长葛、新郑的出口处下客，拖拖拉拉的直到下午6点才到郑州陇海站，辗转来到火车站，入住格林兰大酒店，已是6点半了。马上打电话给河南中医学院图书馆的陈素美老师，明天要去她那儿看书，我们有过一面之交，两年前曾在上海中医药大学图书馆偶遇，当时就与她定下郑州阅读古籍之约。

明明是大晴天的，一夜之间竟然风声呼啸，第二天的西北风吹得满天尘灰，郑州到处在挖路，出租车东弯西拐，转悠了老半天还堵在半路上。我实在耗不起了，就跳下车子步行，风虽大，幸亏没雨，走几步还干脆一点。河南中医学院在城东的金水路，还是老校区，图书馆是一幢四层楼房，当然也是老的，找到古籍部，陈素美正在，还有一男一女两位老师，后来知道，叫马鸿祥、李亚红。一见面，陈素美就说，我们的古籍管理很是严格，研究生来读都要报批，书库与有关部门连网，这边取书，远在新校区的馆长就能看到。说话间，我看到桌上

37. 郑州的两个图书馆

有一套黄色封面的新书，随手拿起，是中原农民出版社的"古医籍珍本集萃丛书"，第一册即是我来此要找的孤本《秘授眼科》，不禁喜出望外，再一翻阅，八册之中还有《济人自济经验诸方》《许广和号丸丹集录》也是我之所需。笑道：我要的书这里已经有了四分之一，另外九种还请你们支持，管理严格自是应有之义，图书馆么，功能更在借书看书。说罢，拿出书单请她们过目。李亚红说，要馆长批准，本院教师也得如此；陈素美说，要收费的。我答应了交费之后，她们去取书，我便认真地翻看起这套新书，不仅原书的序跋、凡例、目录一一摄下，前面的"校注前言"介绍版本、作者、校注方法，也很有价值，不能轻易放过。少顷，书已取到，三种找寻未及，六种于我已很满足。可她们这种看书法却是亘古未有，一本书拿出来，两人站在身边看着催着，计分计秒，连稍稍翻翻都不许，迅速拍几张照片就抽回，想简单摘录一些内容，连连催促，做贼一般。要想认真的考证研究是奢望了，草草拍了 16 张照片，外加半张，要收 500 元，还不知有没有发票。要想看书看珍稀古籍，遇到大大小小的困难，这是常事，而河南中医学院是我所遇最为苛刻、最为奇葩的了，满心不爽却无可奈何。不过这些书都是珍贵的孤本，此处独有，自然奇货可居了。

下午前往城西的河南省图书馆，知是二时半开门，时间还充裕，中午可稍事休息。河南省图与四川省图相似，有点老旧了，五层的主楼样式也老，看书的人不多，查找古籍有赖翻阅油印的自编目录，可古籍阅览室的工作人员的热情、认真很快就令上午的不爽烟消云散。胖胖的河南妹子常旭辉为我的书单跑了六七趟，先是向主任周新凤请示，得到同意后又上书库找书，一次两种，完成之后再换，毫无不耐烦的表现，看书、拍

图37　河南省图书馆就像河南汉子一样朴素。

照也没有限制。九种之中取到七种，只有《经验救急良方》《乐只堂医书汇函》未找到，而另外发现有《玉液金丹》《天宁堂虔修诸门应症丸散总目》《同仁堂虔修诸门应症丸散总目》，反而超额完成了任务。有趣的是，何梦瑶的《乐只堂医书汇函》三种二十卷，是据《联目》的记载，知有乾隆二十二年丁丑南海何氏刻本之残卷第二、三种藏此。原书虽查找无着，查阅《河南省图书馆古籍书目》则有"乾隆间南海何氏原刻本二十三册"，下有附注："这部书原无名称，为不便拆散，汇函书，书名乃本馆拟加。"故是书乃河南省图书馆管理人员为便保管而汇函，并非丛书原辑，了解个中原委，此行目的已遂，因为子目三书均已读过。于是，观书十一种，图书馆取书不收费，拍照每张3元，63张共189元，因财务不在，发票改日寄来。整个工作过程顺利得令人愉快。回酒店，购得次日 8 点 12 分前往洛阳的 K7955 次车票，暮春时节，帝城牡丹正盛开，相随观花去也。

后来，收到河南省图书馆的发票，于是打电话给河南中医学院的陈素美询问，她称在北京出差；5 月 28 日再次致电，接电竟然不出声，随后径直挂断；再打电话，"正在通话中"；再拨，不通。我长叹一声，不再打了，当然，至今也没有收到发票。

（载《温州读书报》2019 年 3 月号）

38. 风送滕王阁

我一直以为，周六、周日照常开放的古籍部在全中国也就唯温州图书馆一家，跑过数十个图书馆之后，我更确认这是事实，所以网上查到江西省图书馆除周五下午闭馆学习外全部开放，双休日也不例外，颇觉诧异，也很高兴。2014年4月13上午到南昌，正是星期天，稍事休息，下午便打的径往江西省图书馆。

江西省图坐落洪都北大道，主体建筑有十多层高，看样子有些年头了，略显陈旧，迎面就是"欢迎步入知识之门"的横额，让人有些许的亲切感。古籍特藏部在三楼，果然开门迎客。我进门便拿出书单询问管理员，得到的回答犹如一盆温水：双休日无法取古籍，只能看阅览室所藏的《续修四库全书》之类影印本。原来如此，我白高兴了，闲聊几句便告辞。来此南昌故郡洪都新府，不能不前往滕王阁抒发一下思古之幽情，看不成书也不是太大的损失。

第二天一早，很顺利地搭上221路公交车，跨过赣江，再转222路前往远郊的江西中医药大学。谁知出站没多时，汽车却与一辆轿车刮擦，把对方的后视镜给碰断了，交警来处理过，按理双方各奔前程由保险公司善后就是了，不知江西人的思维方式是怎么样的，两辆车往路边一停就不走了，问司机，

38. 风送滕王阁

图38．江西省图书馆主楼的外形与天津图书馆有异曲同工之感。

说一声"走不了啦"，你也无计可施。正是早高峰，许久拦不到出租车，好不容易有一辆停了下来，里面已有一人，司机答应上车，已是喜出望外，谁知又是堵车，又是绕路，到江西中医药大学已是九点出头，多花了冤枉钱不说，还浪费了宝贵的时间。"出师不利"，我担心今天的正事。

果不其然，上了三楼，古籍部正在打包转运古籍，书库外一地狼藉，丢着许多包装材料。心冷了半截，正以为看不成书了，主管的中年女士却接过书单，查对书目，说："我同意你看，但要馆长批准。""书能找得到？""能。"真有一种绝处逢生的感觉，兴冲冲地上楼，图书馆办公室有两位女士在，一说来意，递上介绍信、身份证，黎莉主任便一口答应，随手打电话下去，另一女士陆有美还送我下楼，直接关照，而到古籍部，谢玲女士和另一年轻人已经在书库忙开了。这里的书目不多却珍贵，两种抄本，绝无仅有的孤本，结果找到《内经篇名解》，另一种一时寻觅不得。我已经十分满足了，翻看全书，摘录笔记，拍照若干，不仅搞清了这部书的来龙去脉、著述特点，还落实了一直不明的作者籍贯，为我下阶段要做的一项研究增添了材料。事毕，与年轻人闲聊了一会儿，无非是介绍我的医学古籍书目研究的大略情况，希望他为我注意另一抄本《脉诀阶梯选要》，如有可能还请收集相关材料，他答应了。

　　10点离馆，刚出校门，远远看见有公交车来，几乎没有停留就上了222路，顺利得出奇。车上收到短信："刘老师，刚才看了您为中医医史文献作出的贡献，以花甲之年仍奔波各地调研，令人感动，向您致敬！狄碧云。"我很高兴，随手回信："谢谢您和谢老师及大家的大力支持。我能够做一些工作，离不开大家的支持。让我们共同为中医事业努力吧。"这不完全是客套，确确实实，正是有了各地各中医药单位图书馆人员的大力支持，我才能完成中国医学古籍的书目考证研究项目，这是我撰写这系列的《图书馆纪事》的初衷与动力，也是《浙江医籍考》《中国医籍续考》《浙江医人考》书前长长的且不断加长的致谢名单的由来。

　　车过八一桥，终点站就在滕王阁附近，打的前往江西省图书馆，11点20分，古籍部尚在开放中。接待的宋卫女士很热心地为我搜寻书目，不知什么原因，事先在网上查得的索书号与实际不同，她重新查过一遍，一一确定书号，五种都能查到，却只拿到四种，一种不在架上，有号无书，另有两种我上网查不到，在这里也查不到，佚失的可能性极大。

　　午餐后开始工作，这里不允许拍照，只能硬抄，工作量就大了。考证的结果令人惊异，婺源俞世球的《续医宗摘要》并无完整的十二卷，只有最早刊行的《续医宗摘要幼

38. 风送滕王阁

科》一册，不知有无最终完成全书；《痘疹易知》不过是《经验良方全集》四卷的末卷；而《澄园医类》并非"医学笔记杂录"，仅为其书三种十五卷之首卷，为《伤寒类证》之一部。这三种与现有目录记载都有不同程度的出入，只有《眼科新新集》，订正卷数，补充作者籍贯，收录自序自跋，充实材料而未有太多的更正。所以，成果还是很丰沛的，我很高兴，完成之后与管理员熊少华聊起在各地图书馆访书读书的感受，在《温州读书报》开辟《图书馆纪行》专栏事，这倒引起他的兴趣，我便说，待写江西的文章刊出后，我寄一份给你。

告别宋卫、熊少华，到火车站是五时，在自助购票机上购得T171次卧铺票，6点离店，6点40分开车，10点10分到萍乡，明天将造访道教名山武功山。

躺在萍乡的楚萍宾馆，回顾今天的行程，尽管前面有些少的磕碰，后面的进程却顺利得令人惊异，"时来风送滕王阁"，脑中突然冒出这么一句来。回温后再一查对，更惊诧不已，"风送滕王阁"，是"观音灵签"第八十一签，主先有不利，后则大吉大利，是上签，其签诗曰"谢得天公高著力，顺风船载宝珍归"，而解签语曰："心中取事，天心从之，营谋用事，尽可施为"，简直就是为我这次读书之旅而量身定做的。"风送滕王阁"，真是好风。

（载《温州读书报》2014年5月号）

附记：2016年1月7日，收到江西中医药大学狄碧云电，并《脉诀阶梯选要》序，非常感动。2019年，《宋以后医籍年表》出版后，我四处联系，电话、短信、微信、邮件，都未能成功；3月12日，狄碧云发来邮件，联系上了。他已调动到浙江中医药大学图书馆，手机改了号，邮箱不多开，所以并不知情。我高高兴兴地寄上《宋以后医籍年表》，他到了浙江，今后的联系将更多。

39. 好风送我湘江畔

　　武功山下来，到萍乡火车站是下午3点50分，4点5分购得4点半的T147次车票，几乎是马不停蹄一直跑到长沙，不过6点半，天刚刚擦黑，入住车站附近的"橙果酒店"。次日一早便前往火车站，202路公交已经离开站台，在出站口等绿灯，马上上车，到曹家坡转912路，也是一路顺利，过湘江，直奔远郊，8点20分即到湖南中医药大学。

　　湖南中医药大学真个是大，找到图书馆已过8点半，古籍部的张宇清主任很是热情，一边去书库找书，一边吩咐唐敏女士带我去找馆长批准。馆长不在，办公室的刘仙菊主任一口答应，一边打电话通知古籍部，一边关切地询问我的课题情况。我喝着她给泡的热茶，不失时机地介绍了自己的书目研究工作，请她上网查查《中国医籍续考》和《浙江医籍考》，这两本大书有足够的威慑力让她佩服，从而为我大开绿灯。

　　9点半，书已取到，6种之中得五种，《方症联珠》《简易百病》查寻不见。其中《痘疹医方》《寿椿堂药目》等4种虽少见，但与现有书目著录并无歧异，能够丰富相关材料，已是一大成绩，最大的成果是考证落实了《治痢金丹》一书。《联目》载《治痢金丹》五卷，有嘉庆十三年养心堂刻本，《大辞典》因之，谓"经查未见"，而现场查验的结果是，此书六册，包括《治痧金丹》《治痧金丹方》两部分，前者八卷，述痧症理论及诸症辨治方法，后者二卷，载录痧症治疗方剂二百四十八方。无论子目构成、篇章结构，还是卷数、内容，都大有出入。两部权威目录出错在于未见其书，只凭报送材料想当然办事，焉不有误？此行能够纠正其误，当然是一大成绩，仅此便可谓是不虚此行。这一成果也让古籍部的张主任钦佩，整个过程她都陪在旁边，看着我工作，帮我拍照、记录，查考此书的全过程都在她的眼中，她也一再说深有得益。另外，民国《双林镇志》载沈以澄《治痧金丹》八卷，与此书作者沈汉澄仅一字之差，然字号有异，籍贯不同，撰序者亦不相同，并不能证明二者同一。

图39　高校图书馆大多只是"图书馆"而无名，湖南中医药大学图书馆也不例外。

由于张主任的支持帮助，查考工作顺利极了，与前日在江西中医药大学如出一辙，不到一个小时即告完成，10点半告

39. 好风送我湘江畔

辞,搭912路公交回市区,来到韶山北路的湖南图书馆。与湖南中医药大学相比,湖南图书馆显得陈旧,建筑式样也有点落伍,找到古籍部已是11点45分,办好借阅手续,只等午休后两点半开馆时阅读了。于是坐车回火车站,在宾馆稍事休息,这时才感觉,一个上午的奔波也多少有点累了。

休息过后,整理行装,结账,寄存行李,按时来到古籍部。下午的工作量不大,仅《寿世灵方》和《易简救急方》两书,翻阅一过,缴费拍照,摘录核对,很快完成任务,而《端本堂考正脉镜》因为善本,不肯借阅,也就算了。额外的收获是发现有民国辛巳修的《中湘韶山毛氏族谱》,其卷十五载录有毛泽东和罗、杨、贺三位配偶,以及其弟泽铭、泽覃的相关内容,称赞毛泽东"阃中肆外,国而忘家",蛮有意思,有些内容我们似乎并未知晓。

与管理员张明涓、龙玉明道别,回到火车站是下午四点,却突然想起身份证给遗忘在图书馆了,于是急急赶去取回,耗时25分钟,尚不至误事。与张明涓打趣说,再来一趟是对贵馆有感情呢,留恋不舍。并不停留,购得6点的K770次车票,7点半到岳阳,拟明日游君山,登岳阳楼。一个小插曲是,火车上听广播说有人突发急病,寻求医生,于是前往诊治,作了处理,幸无大碍。这是我多年外出旅行的第一次,难得一遇。

躺在岳阳的和一宾馆,回顾这两天的行程,一切都顺利得出人意表,收益多多。今日的长沙读书之旅自不待言,昨天早晨的大雨差不多使登武功山的计划泡汤,可我决意离店前往汽车站时,却大雨止歇,不必打伞,7点40购得7点50的车票,几乎没有停歇;山上五个半钟头,不见一丝雨,一整天也未用上雨伞;下山已下午两点半,一分钟也没等候就开车回萍乡,接下来又是环环相扣，紧凑相联，毫无停顿，似乎冥冥中有神灵相助。"风送滕王阁"岂拘于南昌一地？好风一路相送，好运一路相随，由南昌而武功，由武功而湘江，于是以《好风送我湘江畔》为题记述这次长沙的图书馆之行。

（载《温州读书报》2014 年 6 月号）

40. 樱花时节武昌行

2014年春天的三省访书之旅，好风送我滕王阁，顺利完成江西、湖南省图书馆外加中医药大学四个图书馆后，又游君山、岳阳楼，最后一站来到武昌，时4月17日深夜。次日一早打车去湖北图书馆，远看那波浪型富于动感的立面，很是时尚，而高大巍峨的巨大体量，更可居我所走过的众多省市级图书馆之首。新馆搬迁，古籍打包尚未整理，无法借阅，便马上转身向东湖，曾侯乙编钟、越王勾践剑，我心仪已久。湖北博物馆除此镇馆之宝，其馆藏丰富，楚文化展很精彩，明梁庄王墓的出土文物美不胜收，郧州人展也同样令人流连忘返，看不成书亦可收之桑榆，并无太多的遗憾。

专程前往武昌，则是今年（2017）的3月22日。中午的南航CZ8388航班1点半到天河机场，机场大巴由北而南纵贯武汉三镇，跨过汉水、长江，过了高耸的黄鹤楼，沿武珞路长驱直下，左侧的蛇山余脉郁郁葱葱，突然"湖北省图书馆"于眼前一闪而过，原来老馆在此。

车到傅家坡客运总站，就在武珞路对面的"五月花酒店"住下，即溯来时路缓步回归。湖北图书馆老馆是中西合璧的建筑式样，四根粗大的通天圆柱撑起歇山式飞檐翘角碧色琉璃瓦屋顶，屋檐下一排斗拱，正中高悬"东壁灵光"牌匾，极具古风；水泥墙面、狭长窗户，对称的二层楼房，简洁而又庄重。大门交叉贴着丑陋的封条，提示此地早已弃用，而旁边"全国重点保护文物"的铭牌令人肃然起敬。馆舍背依青绿的蛇山，周围静静的悄无人声，绿树四合，尽管寂寞无主，几株樱花正开得如火如荼，烂若朝霞，白胜瑞雪。蛇山舒缓地向东延伸，沿南麓缓步徐行，有纪念张之洞的抱冰堂，有佛教名刹龙华寺，最引人注目的是辛亥革命武昌首义纪念碑、英烈群雕、烈士祠、孙中山纪念碑，是以纪念辛亥首义为主题的首义公园，还有城隍殿、长春观等道教建筑，文化氛围极为浓郁。

图40 湖北省图书馆老馆悬"全国重点保护文物"的铭牌，背靠青绿的蛇山，飞檐翘角、琉璃碧瓦，屋檐下一排斗拱，极具民族特色。

晚上研究地图，次日一早便按图行路，从五月花酒店，经武珞路五巷、六巷、中南一路、二路，又过紫砂路，到公正路，安步当车，3.5公里，40分钟，在8点半开馆之前来到湖北图书馆新馆。

历史文献部在五楼，占据西边的半个楼层，极为宽敞明

40. 樱花时节武昌行

图41 湖北省图书馆新馆高大巍峨，体量巨大，波浪型立面富于动感。

亮，乘管理员下书库取书的当儿，我便四处走动，细细地参观整个历史文献部大厅。散发着油漆清香的紫檀色书柜，背靠背两两相依成行，数数有13行，每行17双，则有442个，装着如《四库全书》《续修四库全书》《四库全书存目丛书》之类大套精装的影印复制本古籍；靠墙另有一长溜书柜，则是线装影印本，多湖北的方志、族谱，所藏之富令人羡慕；另一侧则是十余张长条的读书桌，各配六张皮面圈椅，灯光明亮，绝好的读书环境，可惜孤零零只我一个读者。预备的四种书目，取到《王氏汇参八种》《儒门医宗总略》两种，而《刺热病论》已入"善"，不让看了，另一种《医学述要》则找不到。管理员周严嘱：不许拍照。我想，仅此两种，时间尚属宽裕，也就不打算拍照，老老实实地阅读、抄写好了。《王氏汇参八种》虽是光绪二十六年刻本，却全国仅此有存，实有子目八种，诊法、药性之外，主要是伤寒、瘟疫证治；《儒门医宗》分前后两集，前集阐述经典，后集则类编历代医家方药精义，又各有子目四种，亦全国仅此有存的孤本。真正展开，二书由一而九，则有18种之多，工作量委实不小。翻看全书，核对卷帙、作者、成书年代毕，浏览各子目内容，合并取舍，共得15种，幸子目诸书引言篇幅不大，但15篇序言、引言的总量毕竟可观。于是，抓紧时间，手不停书，诺大的阅览室似乎只听到沙沙的笔尖擦过纸张的书写声。事实也确乎如此，直到下午2点完成全部任务，五六个小时之内并无人打扰，两位管理员四只眼睛之下，我直抄得头昏脑胀。

下午两点半，乘坐517路公交前往武汉大学。近年，武大的樱花名噪一时，虽无访书计划，难得这美妙的三月樱花季节，不能不去一趟。樱花大道因校舍施工而关闭，散在的樱花仍绚丽多彩，红艳若火焰，热烈奔放，粉色则娇若处子，缤纷明艳，白则如雪，深情动人。武大图书馆老馆在一座小山上，四周是歇山式飞檐翘角碧色琉璃瓦屋顶和仿木大石柱，与湖北图书馆风格相近而更显得庄重厚实，中间则呈八角形，同样飞檐翘角碧绿琉璃瓦，尤为引人注目。同样的建筑有学生俱乐部、文学院、体育馆、行政楼，都树着"全国重点保护文物——武汉大学早期建筑"碑牌，不能不让人钦佩，八十年前的大师设计、建造如此精美的建筑。盘桓两个多钟头，武大校园之美、山丘之美、樱花之美、建筑之美，令人赞叹不绝，流连忘返。

出校门，沿珞珈山路向南，到武珞路，过施洋烈士墓，天色近暗，借黄昏余光入内参观。步行回五月花，路程4.4公里。

（载《温州读书报》2017年2月号）

41. 暑月暖意
—— 山西省图书馆读书记

　　山西省图书馆的查阅书目不多，我便想偷个懒，交代我的研究生金永喜了事。他在山西中医学院读的本科，便转托正在太原读研的同学温静，没过多久，2011年6月23日，她就将《立生急要篇》的材料用 E-mail 发过来了，很完整也很清晰，我很高兴，只是还有几种就不好意思继续麻烦她了。所以，今年（2014）3月18日收到"中华医学会医史学分会学术年会"的邀请函，我便高兴地答应了，寄出文稿，做好准备工作，等待7月中旬的太原之行。

　　会议是7月19日星期六开始，我便提前两天，17日星期四下午到达太原武宿机场，坐机场大巴在亲贤北街下车，步行到卡萨商务酒店。在会务组，遇参与会务工作的山西省中医药研究院赵怀舟先生，一作自我介绍，他便连声说早闻大名，马上说起《永嘉医派研究》，及其对他们的《陈无择医学全书》的帮助与价值。我看过此书，是中国中医药出版社庞大的出版计划《唐宋金元名医全书大成》之一部，正是山西省中医药研究院主持的，赵怀舟是副主编。书中《陈无择医学学术思想研究》说到，我的《永嘉医派研究》"对以王硕为代表的陈氏诸弟子及其著作有着详细繁密的考证与介绍"，引述之后，又说，"我们也可以看出刘时觉先生在永嘉医派研究上所下工夫之深入，可以说没有刘先生的工作，本文所提供给大家的将只是一些一鳞半爪的点滴信息，而不是一个全方位的概述"，"对于刘先生深入细致的工作我们表示敬佩和感谢"。

有了这层关系，我一说明天要去山西省图书馆看书，他马上讲古籍部范月珍主任是其老相识，很支持他的工作，随手为我打电话联系，落实其事，我很感谢。

次日一早，即坐51路公交前往文源巷的山西省图书馆。图书馆已经搬迁新馆舍，旧址只剩下古籍部，房屋老旧，进门时遇一中年女士正欲外出，一见我便问是否赵先生介绍来的，我即报上名姓。她正是范月珍，就领我上楼，交代傅艳红后才下楼去办自己的事。

图42　山西省图书馆已迁新址，古籍部尚留守陈旧破败的老馆。

网上查得的只是分类目，还不是索书号，按书目卡片重新寻找，很快就齐全了。傅艳红去取书，我便继续翻看卡片，结果，除计划的六种之外又找到六种，正好翻了一番，后来拿到

41. 暑月暖意

《内外两科医学纲目》《医学集要》《太白丹方》以及民国医书《医楔》，已是额外收入，可惜《医学钩沉》《鹿华袖珍》找不到，但我已经很满意了。

《联目》于妇科门收载《资生镜》，无卷数，录为明袁黄字坤仪者编，查阅的结果则是，《资生镜》是一部丛书，包括子目《祈嗣真诠》《宜麟策》《达生编》和《种痘心法》四种八卷，各有作者，编纂者则是古瞾王珠字品泉，号慎斋者，清乾隆间人，袁黄只不过是《祈嗣真诠》的作者。《联目》这一失误大了，能为之正误纠错，成绩大大的了。《喉科得一录》虽仅薄薄一卷，还是光绪十七年的刻本，但《联目》载全国仅此孤本，自然也是非常珍贵的。可惜作者计划嗣续刊行下卷，名《医弊举隅录》，专论感冒、产后，并小儿误治等证，然并未见，也查阅不到，可能未及刊出。这样的事多了，例如徐定超《伤寒论讲义》之外，《素问讲义》、《灵枢讲义》均无传本；陈葆善原拟著《燥气验案》与《外感验案》《内伤验案》总成《湫漻斋验案》，后两种亦未刊行，所以不足为奇。《医学集要》二卷，《联目》和《大辞典》俱不载，是少见的孤本，记运气，载病机；《内外两科医学纲目》全名为《内外两科诸病杂症统论纲目》，二卷五册，抄本，外科为主，亦载列内科杂病诊治方药。二书属额外收入，自是意外之喜。

一个小插曲：我在阅读、拍照时，埋头修补古籍的一位女管理人员插话说，拍照要收费的，后来得知叫李巧林。我答应，并说只要有发票就好办。待范月珍回，范说：赵医师是我们这里的常客，关系很好的，你由他介绍而来，收费就免了。我很高兴，这省了不少事。

时近中午，超额完成任务，告别范、傅、李三位女士回宾馆，即到会务组向赵怀舟致谢。暑月酷热天，她们的热情支持令人感动,感到如沐春风般的暖意和惬意。

  回头,我把进出图书馆时拍的照片发到微信朋友圈,附上文字:文源巷的山西省图书馆老馆,陈旧破败,古籍部还留守这里。今天的工作就是在此钻故纸堆,大有收获。想想,又加上一句:对了,您能够在照片上找到"山西省图书馆"几个字吗?

(载《温州读书报》2015 年 5 月号)

42. 古都盛暑
——西安读书记

收到前往西安参加"国家中医药管理局关于中医古籍保护和利用能力"第一批书稿的专家审稿会议通知，很是高兴。首先是古都西安尚未成行，虽然陕西中医学院放假，也还可以跑两个图书馆，何况这批书稿中有我早就看中的不少古籍呢。2012年7月23日，下午3点30分的航班延至4点15分起飞，也算是准正点吧。经停合肥骆岗，晚7点35分抵达咸阳机场，入住止园饭店。

次日拿到审稿材料，《伤寒启蒙集稿》《眼科正宗原机启微》都是我要寻觅的书目，现在意外飞来，工作积极性比起别的专家自然更高几分。下午、晚上连轴转，审看二书，一一核对原文，直看得昏头昏脑。第二天上午继续努力，总算按要求完成二书的审稿意见，下午的汇报才有血有肉，简明扼要。当然，这样的机会绝不能轻易放过，两天里，频频光顾会议的秘书处资料室、各位专家的住处，见有所需书稿，一一收集，自然收获颇为丰盛。《沈芊绿医案》《眼科开光易简秘本》《四诊脉鉴大全》等，有十余种；这次会议的来头，决定这些书目都是很珍贵、很少见的，现在手到擒来，毫不费力，岂非天助我也？另外的两大收获是，与会议主持人，也是这个大课题的负责人王振国教授谈妥,请他为我的《中国医籍补考》写序;其次便是参观止园。止园不大,来头不小,唐代是太极殿所在,应是当时政治的中枢之地,明代是千阳郡王府,近代则是西北军杨虎城的别墅,一座中西合璧的建筑当与明清古物不搭格,也由此被定为全国重点文物保护单位。西安真不愧历史文化名城,随便走走都能撞上个文物,我们住在止园饭店,抽个空便把旁边的重点文保单位给逛了。

图43 陕西图书馆恢宏大气,门前的"思考者"雕塑更是引人注目。

26日,会议正事已完,安排大家游览兵马俑、华清池,我要按自己的计划去陕西省图书馆,而专家们都忙,竟然无人报名参加,拂了东道主的一番美意。从止园附近的北大街坐上地铁,2号线沿西安的中轴直下,十分钟到体育场站,出B出口,就是陕西省图书馆。古籍部布置得古色古香,用的是紫檀色的明式桌椅,台灯、笔筒、镇纸都典雅精致,尤使人高兴的是,取书便捷迅速,允许拍照,收费也不高。查阅的书目不多,仅《妇科秘传》《痘疮经验良方》两种,细细地翻阅、摘

42. 古都盛暑

录,稳稳地拍照,不多时便完成了任务。《痘疮经验良方》前有康熙二十六年丁卯自序,另有康熙三十三、三十四年董汉杰附言与张健、张曾庆序,更有五十三年甲午陈梦雷序。可知成书于丁卯而刊刻于甲午,而《联目》作康熙二十六年丁卯刻本,有误。阅书顺利,过程愉快,出了图书馆,不远处是陕西省博物馆,在长安古都参观博物馆是不可或缺的一课,整个下午便沉浸在悠长的历史回味中了。

图44 陕西图书馆古籍部古色古香,紫檀色明式桌椅和台灯、笔筒、镇纸都典雅精致,从容地在此享受读书的乐趣。

27日去陕西省中医药研究院,经共同与会的焦振廉先生牵针引线,借书很是顺利,管理员赵玲很快便将一大叠书函搬来,11种中找到10种,很是令人满意的。泛览翻阅的结果是,黄炳乾的《时疫白喉证论》竟找到个孪生兄弟,与吴越继的《白喉新编》全然相同,甚至可以明显看出是同一版片

· 199 ·

所刷印者，比较两位作者，知识产权只能归于黄炳乾；《女科胜览全集》七卷，《联目》无卷数，《医籍大辞典》却脱一"览"字，作《女科胜全集》，小小的失误可能会有大大的伤害；《活命慈舟》以治法为纲述各科证治，方法齐备，科目俱全，是一部综合性医书，《联目》作"《活命慈丹》"，书名少了一撇，大船变成小药丸，又望文生义，归之于"养生"，一误再误。——检阅，发现或多或少总有失误，捉漏补缺的成绩显著，当然高兴。可令人不快的是，每种书竟然要收费50元，价格畸高不说，还没有发票，完全要自己掏腰包。赵玲说，这样收费让人少来，也是我们保护古籍的一种办法。唉，怎么说呢？国人总脱不了藏书楼情结，服务意识是欠缺的，想北大图书馆收费虽高，可三等六样，善本、普本各自不同，明码标价，正规发票，服务也周到。现在于我可就是真金白银，直接掏腰包，刀刀见血的呀。赵玲又说，两种相同的白喉书就作一种算了，再让你一种，400元是不能再少了。怎么办？讨价还价本来就是我的弱项，这会儿的屋檐下，也不容你不低头，于是四张红通通的老人头就此告别。

　　冒着关中盛夏的酷暑回止园饭店，翻看相机，翻看笔记，累累硕果还真令人兴奋，割肉的疼痛不多时便尽抛脑后。美美地睡上一觉，暑气稍退，便相约前往大雁塔看音乐喷泉去了。

（载《温州读书报》2017年6月号，原题《西安读书记》）

43. 陇上金秋
——甘肃读书记

陇上之行安排在 2014 年的 10 月，挟杂一点小小的私心：大西北最美丽宜人的时节，胡杨披上一身的金黄，与蓝天白云相辉映，那真是醉人的美。

额济纳旗的胡杨名闻全国，也确实名不虚传；但额济纳旗的图书馆，那就身在闹市无人知了。问路问不到，人们都不知这里还有个图书馆，在大街上找到"新华书店"，因是同行，才知挤在"少年儿童活动中心"里，才在镇子南边的大街上找到。旗图书馆寄身于"宣传文化中心"三楼，一个小小的图书室，没几本藏书，都是些儿童文学、现代小说之类，一位留守女士，聊了几句，知道图书馆七十年代才建立，自然没有什么古籍，更没有什么蒙古族的传统医药书了。我们在旗图书馆的牌匾旁拍照，算是到此一游，即告辞。还去过张掖的甘州图书馆，图书馆不大，也颇为陈旧了，与管理员聊聊古籍古迹，得知已无古籍留存，市区古迹也不多，只能道声遗憾。不过也由此得知西北地区基层图书馆的寒酸与窘迫。

此行的主要目的地是兰州，在百度地图上查好，甘肃省图书馆在南滨河东路，从火车站坐 10 路公交 10 多分钟就到了。看样子这个图书馆规模尚可，但有些年头了，略显陈旧。古籍部在四楼,推门进去,有女士在,一说来意,便满口应承。查阅书目卡片,很快,《本草药品正别名总目》《胎产指南续集》找到了,都是清抄本,分别是光绪和咸丰,年代不算久远,但国内仅此有藏,也还是很珍贵的。前者是《本草纲目》药物正名、别名的汇录,后者是《胎产指南》的补续,父子两代努力的结晶,前些年写《中国医籍续考》,只能遗憾地说是"未见",现在得读,一一补上,在即将出版的《中国医籍补考》各门类下附上《续考补编》以为补救。遗憾的是,《青囊辑便》和《惊风治验录》没能找到,王瑞伯的《接骨秘方》亦无,相近的书只有《接骨全书》和《跌打损伤接骨》的合订本,前者已经著录,后者虽未载录,但伤科书大同小异,著者亡名,是否值得载录,颇费踌躇。最令人遗憾的则是《蔬汇》,作者是大名鼎鼎的清代文学家袁枚,也是资深的美食家,他的《随园食单》我作为"食治"收录,《联目》还载有《蔬汇》,并唯甘肃省图书馆藏有抄本。我原已多次寻求,我的学生薛轶燕是兰州人,她来找过,未见,今我再来,上上下下搜索了多次,书名笔画、分类目录都查过,两处茫茫皆不见,也只得遗憾地说是佚失了。不过,"关上一扇门,打开一扇窗",竟意外发现了"寄湘渔父"的《救荒百策》,也算是一个补偿吧?我收录的"寄湘渔父"医书有《喉证指南》《经验救急良方》《达生保赤编》《保赤良方》等,可他搞了笔名,结果云里雾里难以考证其人,给我出了个不大不小的难题。救荒事关慈善,事关人命,也与医学有一线相通,得读此书也多了一条考证其人的线索,真可谓是"失之东隅,收之桑榆"。

阅读过程,我习惯地拍照,管理员贾秀珍说:"按规定,拍照要收费的。"我便说,只要有发票,你尽管收;而图书馆无发票,要到税务部门去开,恐怕一时拿不到。我道无妨,留

43. 陇上金秋

图45 甘肃省图书馆规模不小，可有些年头了，略显陈旧。

个地址，寄来就是，也可"收方付款"，只是让你们麻烦了。回温不多时，收到发票，很规范正规的，当时也未细看，不料临报销时，科教处审核却一眼就看出：单位名称写成"温州大学附属第二医院"，丢了"医科"二字，报不成了，有点遗憾，这120元泡汤，要自掏腰包了。

告别贾秀珍、韩磊，就在省图边上了114路公交，到瑞德大道便是甘肃中医学院，很近，大概是不多的几所未远迁郊外的大学，给了我莫大的方便。不料吃了闭门羹：图书馆门口的女保安竟然不让进门，她只要借书证，就是介绍信也没用。时近12点，不与她纠缠，先去吃饭，这是从未有过的事，"老革命遇上新问题"了，再想办法吧。于是打电话给远在上海的学生薛轶燕，告知其事，然后暂回宾馆休息了。少顷，轶燕微信来了，给了我一个电话号码，说：刘老师，您联系王世栋老

· 203 ·

师，我同学的先生，学生处领导，他会尽力帮您搞定。下午，发短信给王老师，联系上之后，3点半一起到古籍部，主管的年轻人殷世鹏查对了我的书单，说：你这都是善本孤本呀！我说，也许吧，贵院是我走的第48家古籍部，稍微好办一点的书，别处有的书，就不来打扰你们了，轮到兰州只能是独家独有的了。回想临走之前在网站上查阅书目，除原定的两种之外，竟发现了一批稿本抄本，大部分《联目》不载，于是列了长长的十几种，碰碰运气看。看小殷面有难色的样子，我想，听天由命吧，能看几种算几种，反正是额外收入。

一起进入书库，最先拿到的《中西痘症合璧》，实际上就是张琰《新辑中西痘科全书》，改了个名出的石印本，《联目》另列一种，称是卜子义编，实属偷天换日。稿本《六淫戾气证治异同》首尾完整，字迹端正，前有自序，卷端署名清晰；《祝由方药》则相反，前后无序跋，亦无目录，无署名，字迹拙劣，内容画符念咒，方药亦不规整，但祝由书极为稀缺，我至今亦不过看到三五种，所以还是很有价值的。另有十三种，小殷只是打开藏书柜让我看看其书尚在，动却也不让动，"可远观而不可亵玩"，这就没什么意思了。而原来计划要看的《惊疳吐泻医书》和《痘症心法》却查找无着，可能已经佚失。

下午5时许，告别王世栋、小殷及其他古籍部工作人员，给轶燕发了一个微信："承蒙王世栋先生的大力支持，胜利完成任务。请你再次向他以及图书馆古籍文献室殷世鹏、王萍致谢。非常感谢他们的热情关照和支持。"当看的没看到，看到的不让翻，如何评价今天的收获呢？实际上还是大有成绩的：三番五次找不到的书，只能说是佚失了，可有一个明确的结论；弄清本来面目，纠正错误的记录，也是成绩；知有其书，

43. 陇上金秋

未见其面,人家不让看,也有其难言苦衷,自当体谅,虽不能载入我的著作,也留下进一步探究的线索。所以,我对此仍心怀感激。

(载《温州读书报》2015年6月号)

44. 四处奔波只为书
——记广州读书事

去广州之前,在网络中查到新旧两个广州中医药大学,而广东省立中山图书馆也有个分馆,却偏偏查不到古籍部在何处。所以,折衷的办法是,住到越秀公园旁,离三元里的老广州中医药大学不远,也距中山图书馆桂花岗分馆不远,就是扑空了,也耗时不多,且住在闹市,交通方便。6月1日动车到广州南是12点16分,坐地铁2号线到越秀公园站,大雨滂沱,幸已订好的"锦州商务酒店"就紧挨着E出口旁,竟然很方便地就过去了,一点也淋不着雨,时1点20分。

稍事休息,雨早已停歇,2点半出发,只两站便到三元里。广州中医药大学的校门有点古朴,图书馆也有点老旧,但古籍部已迁往大学城的新校。回程走不了几步,便是桂花岗,问桂花岗分馆,无人知晓,路边是广州大学继教学院,入内找到图书馆一问,才知桂花岗分馆正在此地,只是多年前即已撤销,回文明路总馆了。两处扑空,似是预料中的事,我一点也不沮丧,回宾馆,好好休息,明天一早去大学城。

6月2日,晨七时到地铁越秀公园站,2号线到昌岗,换8号线到万胜围,再4号线到大学城北,两次换乘,三条线路,再坐公交"环线2号"到"广中医广药",站名都看得头

44. 四处奔波只为书

晕,随行随问,总算到站。幸下车时有中医药大学老师,随同前往,才少了若干麻烦。耗时 85 分钟,8 点 25 分到广州中医药大学图书馆门口,稍停,8 点半开馆。

主动交上介绍信,古籍书库工作人员张晓红接过就 OK 了,并无任何推托之辞。后来又讲,如要拍照、复印,需要馆长批准,要交费。我讲,要馆长批准,太麻烦了,我就不拍了。第一部书是明龚廷贤的《神彀金丹》,封面虽题《太医院神彀金丹》,目录却作"新锲云林医彀目录",万历辛卯茅坤的序则题为《云林神彀序》,两相对照,原来就是《云林神彀》,不过是图书馆登记时误植。《保生编》,《联目》载为亟斋居士撰,成书于康熙五十四年,结果发现应当是道光间晋陵庄大椿编辑的丛书,共五种六卷,包括《保生编》《慈幼编》《遂生编》《福幼编》各一卷,《医方汇编》二卷,亟斋居士所撰产科书仅其中之一,尚有庄一夔的儿科《遂生编》《福幼编》,庄大椿自编儿科《慈幼编》《医方汇编》,挂一漏四,自当补上。《经验脚气杂病良方》,香山县杨侣三传授,却是日本横滨客寓番禺的竹松子所编辑。三部书抄录的内容不少,能够梳理出一个名目,考证有果,很有意义。其余两种,一是《推拿书》,一是痘疹著作《广济新编》,乘小张取书之便,偷偷拍了 4 张照片,省了不少事。至十一时,完成全部工作,告辞。新建的图书馆气派豪华,这时才得暇细细打量,拿照相机拍了图书馆上下内外若干张照片,启程前往市区的中山图书馆。

循原路出,亦坐公交到地铁大学城北,4 号线到"东陂南",转 5 号线到"杨箕",换 1 号线到"农讲所",也是两次换乘,三条线路,早已过了十二点。路边匆匆吃过一碗"潮州鱼仔面",便缓步向南,一点到中山图书馆。在大厅办好读者卡，便等 2 点的开放时间，于是慢慢参观整个图书馆。

图46 广东省中山图书馆门前是大片碧绿的草坪，别看门联有些土气，进内，"吾粤有材惟实学，斯楼不朽是藏书"，有岳麓书院的韵味。

中山图书馆坐落闹市的文明路，进门便是一大片碧绿的草坪，四周围绕着高大的古木大树，图书馆主楼只有三层，掩映的绿树之后，很不起眼，小小的门廊被大大的草坪映衬得更为低矮。我钦佩八十年代的设计师，不追求壮观雄伟，不见缝插针，留给人们这么大的空间，营造出一种恬淡清静的读书氛围来。近前，门额上"广东省立中山图书馆"浑重厚实，对联"书为天下英雄胆，善是人间富贵根"却不免有点土气，进内，"吾粤有材惟实学，斯楼不朽是藏书"，颇具韵味，有岳麓书院"惟楚有材，于斯为盛"的意境。

2 点整，古籍管理员正点来了，递上书单，便说：一是善本要介绍信，二是允许拍照，收费善本每拍 10 元，非善本 1

44. 四处奔波只为书

元。介绍信早已准备妥当,填上"中山图书馆"即可,允许拍照便是大好事,收费也不高,更令人高兴的是,书单上11种书无一不存,这简直是我十年奔波四处访书前所未遇的了,而其中《跌打损伤方》竟然有六种之多。下午的工作便主要是拍照取材,不仅迅捷省力、图像清晰,更重要的是留下了宝贵的书影,今后还可以再利用。结果,善本明隆庆六年壬申刻本《医方摘要》六册十二卷,是国内孤本,全部序跋、凡例拍了十来张,目录内容则笔记抄录,可以在《中国医籍补考》作一完整的介绍了。非善本的《活幼全书》也是国内孤本,康熙年间咸阳刘企向的著作,儿科丛书,共五种五卷,每种各有序跋,有数十叶之多,拍了三十多张。我暗自庆幸,这两部书如果藏在广州中医药大学,那我真不知要忙碌几天了。最有趣的是,罗振玉《眼学偶得》,《联目》于《眼科》门载有光绪十七年刻本,实际上,此书为罗氏研读古籍的治学心得,"有所得忻然削札记之","取北齐颜黄门必须眼学、勿信耳受之语,颜之曰《眼学偶得》",非关医学,与眼科更是风马牛不相及。罗振玉是近代著名金石考古学家、目录校勘学家、古文字学家,并无任何医学背景,专业性极强的眼科自然与之毫无关联。

五时许,11种书翻阅已毕,另加《跌打损伤方》五种不同抄本,《活幼全书》五种子目,共有21种之多,效率之高,令人兴奋。这时才有闲心参观这个古籍阅览室。中山图书馆古籍部深处地下二层,出电梯,打开沉重的铁门,先是古籍展示厅,目前正在办"纸上留声"粤剧粤曲文献文物展,宽畅得有如地下车库的展厅,彩色图片琳琅满目,明亮的橱窗内摆放着暗黄的古籍,只是参观的人无几。穿过展厅,深处便是古籍阅览室,四周高及房顶的书橱存放着《续修四库全书》等大型影印古籍丛书,紫檀色的明式桌椅古色古香,透露出一种雍容恬静的大家风度。古籍阅览室工作人员陈嘉敏、程莉认真负责,服务周到,如沐春风,使人愉快。奔波一整天,劳累异常,然而工作人员都很热情,就是问路所遇也都热心指点,使人轻松,观书顺利,书目齐全,拍照自在,效率极高,都令人忘却疲劳,心情愉快。

(载《温州读书报》2015年12月号)

45. 夜郎访书
——湖昆恩施之行

十年前撰写《中国医籍续考》时，曾从《中医文献辞典》搜集到晚清鄂西土家族医生汪古珊所著《医学萃精》十六卷，谓有木刻原版存湖北省鄂西土家族苗族自治州中医院、中草医药研究所联合图书馆，而《联目》《大辞典》等主要医学目录俱不载录，学界几无所知；上网络查寻，也只有镇洋即今太仓钱雅乐的同名书。无奈，只得在书中标上"未见"，而心中由此搁上一事，有机会定要前往鄂西山区拜读一下此书。

宜万铁路通车后，前往恩施已成通途，只是事过境迁，鄂西土家族苗族自治州中医院、中草医药研究所联合图书馆已不复存在。从百度地图上查，恩施图书馆有二，有州馆，也有市馆。州图书馆在舞阳路，流经市区的龙洞河边，依山面水，六层楼房，很是简陋，小小的门厅并无长物，连电梯也没有。到四楼，向综合阅览室的年轻管理员打听特藏部，他回答：很不凑巧，今天馆里组织去咸丰县扶贫，特藏部人员都下乡去了。仍不死心，继续上楼，五楼办公室有中年男子在，看样子是个干部模样，继续询问，并说明自己来意：从浙江远道而来，调查医学古籍书目，尤其是少数民族医籍。他很热心，为我打电话寻找特藏部主任田亚玲，传来的消息是，田主任因事没有下乡，正在特藏部办公室呢。我真是喜出望外，上六楼敲开特藏部的铁门，田主任个子不高，说话细声细语的，说是其他管理人员下乡去，无法打开书库大门。我询问少数民族医籍，很遗憾，没有；其他医古籍，请示领导后同意了。她打开电脑，在忙，我便四处打量，特藏部阅览室不小，两旁靠墙的书柜摆放着《申报》复印版，正面的索书卡片柜上摆着"湖北省古籍重点保护单位"的铜牌。在"全国古籍普查书目"中，子部医家类从1420到1487，共有68种，多晚清的普通书目，有英美人的西医书四种，所列《赛金丹》著者佚名，而《女科仙方》著者为宫思晋，与我记忆中相异，后回家查对，《赛金丹》是蕴真子撰著，宫思晋并非著者，只是为傅山《女科仙方》撰序，这些资料都寄交恩施，供她们编目参考，遗憾的是，我所寻求的《医学萃精》并无所见。我把《中国医籍续考》中拍的《医学萃精》照片给田主任出示，询问其书下落，她热心指点：州中医院和中草医药研究所合并为州民族医院，在航空大道；后来又与州中心医院合并，为其中医部，挂中心医院和民族医院两个牌子。隔着窗子，田主任指着对面鹤立鸡群般的31层高楼说：这便是中心医院的西医部。

我决定先去西医部，不仅因其近在咫尺，我想，两院合并，虽分两部，图书馆应该只是一个，遂进内寻找。找到行政楼，门口保安说在左边，左边是科教科，未见图书馆楼，询问路过的医生，都说不知；进科教科一问，同样是不知，建议去院办问问看。于是折回行政楼，四楼院办的女士说，应在信息科。同行者感叹，现在真不必读书了，最该读书问学的医生都对图书馆一问三不知，这么多人，竟问不出个图书馆的确切地址；也只有你个书呆子，千里迢迢跑到这里来找什么图书馆。

出行政楼右拐下山坡，穿过患者餐厅，上二楼，是病案

45. 夜郎访书

图47 湖北恩施州图书馆依山面水，有如民居般质朴简陋，是湖北省古籍重点保护单位。

室，再上三楼才是信息科。走廊静悄悄的，各办公室关着门，幸里边有报刊阅览室开着，有个图书馆的样子了，问女管理员，又把《医学萃精》照片出示，她领我去旁边的办公室，一边说，"我见过这书"，不由大喜，踏破铁鞋总算有个着落了。信息科工作人员万峰林又领我去找科长周本英，万女士似乎有点怕麻烦，挤眉弄眼地向周暗中通款曲，说些不知有无藏书之类的敷衍的话。我佯为不见，但话语间表达非看不可的决心，时已近午，便说：现在快下班午休了，我下午再来。问下午上班时间，竟说二时半，令人疑惑，真有这么晚的吗？下午二时去，尚未上班，有人经过，一问果真是二时半，只得在门诊大楼干等。到时，我带了单位介绍信去，周说，她们去取书了，我这才放下心来。少顷，书已取到，六册《恩施州民族医药研究丛书》，其二即《医学萃精》，为2002年北京"国际文化出版公司"排印本。此书竟有现代校注本？这大出我的意料之外，如此千里迢迢跑到这里岂不冤枉？后来一再查阅浙江网络图书馆、超星网，所见皆收于《清代吴中珍本医案丛刊》的太仓钱雅乐的同名书而未见是书，只是《土家族医学史》中记载此书的校注排印本，能够得见其书，也不枉此行。

翻阅其书，有自序及施纪云等七序一跋，有凡例二十四则，全书内容述医学源流、脏象经络诊法、阴阳虚实、六经辨证、本草药性，临床各科则分别为《杂症灵方》《外科从真》《女科提要》《幼科提要》，各科用药颇具鄂西地方特色。有意思的是，自序署为"楚鄂古夜郎沙渠东崇里改勉氏汪古珊汪昌美沐手序"。沙渠，三国时吴置，南朝齐梁时废，即今恩施市区；夜郎，我的印象应在贵州、云南一带，现今湖南、四川也要抢"夜郎国"，而在百余年前的恩施人已自称"古夜郎"，看来这个夜郎确实地域广阔，横跨西南黔、滇、湘、渝、川诸多省市，一直连及鄂西山区，自然有底气要与大汉朝比一比大小，也算不上太狂妄的事了。

辞别州中心医院，打的前往航空大道，恩施市图书馆在一条小巷口，依楼旁的户外楼梯上二楼便是。接待的向岑柳女士很热心地打开特藏室库门，任我翻寻，实际上小小的库房本来就没有几本古书，除了几册《素问》和张世贤的《图注难经》外，我感兴趣的《圆机活法诗学全书》，只是谈诗论韵，与医家的圆机活法以诊病治疗毫不相关，作者王世贞虽为李时珍的《本草纲目》写过序，毕竟是个大文人，品诗论文是他的本职。找到油印本的《恩施市图书馆馆藏线装书目录》，所载医书仅《医林改错》一种；向女士还在热心地打电话，请来主管古籍的谭全瑞，谭说，有道光己酉版《医林改错》，为省级珍贵古籍。我说，此书已经读过，贵馆尚有《黄帝内经》和《难经》，亦可宝贵，应当收于目录。他不知，亦不信，于是我领他去特藏室，从尘封的书架上取下一大堆线装书，从中一一检出，他高兴极了。

完成访书任务，一身轻松，恩施大峡谷的奇山异水、怪石峰丛吸引着我，明后日自当放松一下，游山玩水去也。

（载《温州读书报》2018 年 8 月号）

46. 川中之旅

  七年前（2012）的 4 月 24 日，川中访书之旅的第一站就出师不利，四点二十的航班，一直延误至半夜的 11 点半才起飞，凌晨 3 点半才入住原定的成都合美假日酒店。枯等了七个小时，早已疲惫不堪，也耽误了与和中浚教授约定的会面时间。25 日上午 9 时许，到成都中医药大学十二桥校区，找到图书馆，上五楼古籍书库，和教授早已等在那儿。连声说过"抱歉"，简略解释一下迟到原因之后，和老师一一介绍与古籍部工作人员相见：即将退休的老主任李政、青年才俊新上任的任玉兰主任，还有马健与刘秀英，一色的女将。

  将书单交给老主任，看到桌上摆放着乳黄色的《中国医籍续考》，我简略介绍自己撰写这本《续考》的经过，特别强调得到各地图书馆的大力支持，尤其是中国中医科学院，我与和中浚教授的相识，就是在中医科学院的图书馆，当然，也不失时机地介绍下阶段撰写《中国医籍补考》的打算。目的便是，你们的支持是学术研究必不可缺的条件。

  少顷，李政拿了一叠大小不一的古书进来，说：你先看着，看完再换。我便立即俯首看书。第一部是《卫生择要》，难得的稿本，三册三卷，分初编、再编、三编，内容非常丰富，既有格言汇编，又有救急解毒的方法药物，也有就发热、

46. 川中之旅

恶寒诸症治疗的病律。有趣的是，卷末还附有"符咒"，有三阴症符、催生符、化喉中骨髓符等，或许著者于危重急症信心不足，故借神异灵怪以助其力。书无目录，一一摘抄其内容要点，而自序、凡例则拍照记录，所以效率颇高，速度颇快。有《博采经验良方便览》，原为海屋老人所集《便验良方》，后来有济阳氏者，增补所采奇效诸方，为《博采良方》，至道光二十九年魏玉为之重刊，改题为《博采经验良方便览》。一部方书，多人经手，初版、增订、重刊，版本变更，书名改易，流传过程中可以变得扑朔迷离，理清其间头绪，这正是目录学研究的目标之一，意义所在。一并拿来的还有《公余医录抄》《一壶天》等，完成之后，另换别本，周转也不慢。

时近中午，和老师领我们去附近的川菜馆，要为我"接风"，我说多有打扰，感谢支持，理应我来做东，略表敬意。和老师却不容置辩，坚持要尽地主之谊，我也无法，只得恭敬不如从命了。席间，大家谈论甚洽，不外是谈书论文，也免不了谈些四川的风土人情之类。餐后，不敢稍有怠懈，马上开始工作，至三时许全部完成，26 种书目中读过 23 种，仅《易简集增删四言脉诀》《新刊经效妇科》《活命慈舟》三种未能找到，应该很是高效了。记了少半本笔记本，拍了 58 张照片，按成都中医药大学的标准，要 30-40 元一张，后来和中浚老师与李政她们商议，定每张 15 元，共 870 元，不光是节省了开支，未超千元，还少了需要汇款支付的大麻烦。其间有个小插曲，李政拿了我看过的《青囊真秘》放错了地方，一时竟然找不到，此事非同小可，我当然不能脱身，流连许久，才在另外桌面上找到。

告别和教授及古籍部的众女士，问明四川省图书馆的方位和行走路线，四时许便到了。四川省图书馆在总府街 6 号，正是闹市区，旧楼房跼缩在高楼大厦之间显得分外寒酸，可能是我走过的各地图书馆中最为冷清的了，想必现在已经搬迁天府广场的新馆了吧。更出人意料的是，查找古籍不仅没有电脑检索，连清爽点的印本也没有，竟然是五六十年代的油印本，让人觉得不可思议，想必现在也应当用上电脑了罢。顾不上这些，我急急翻开那本差不多翻烂了的油印书目，仔细查找起来。两位工作人员很是认真热情，尽管快到下班时间仍不厌其烦取书发书，我还来得及看完光绪二十二年涪陵刻本的《医学崇正》。此书在《联目》《大辞典》载为《医学从正》，另注"又名《医学崇正》"；可全书序言、卷端、中缝均作"医学崇正"而未见"从正"，后来发现，馆藏书签记为"医学从正"，这一笔误应该是《联目》《大辞典》载录错误的源头所在；书分三卷，分别是《伤寒便读》及《金匮便读》《温瘟歌括》，实际上是一部小丛书，而《联目》《大辞典》均未言及，由此可知他们只是抄录书目资料而没有看过原书。令人愉快的是，拍照也随意，并无干涉，也无限制，价格不贵，每张5元，这可是保证资料质量，提高工作效率的重要条件。

次日上午继续在四川图书馆，得书九种，原计划十三种中共有十种入账，也算不错的成绩，更有额外的发现，如新安北野洪九凤字桐斋者，撰《桐斋学医录》四卷，有同治十三年稿本存世，中医学界却无所知，《联目》《大辞典》和我的《中国医籍续考》俱未载录，台湾文海出版有限公司影印出版。其书首载历代医书考，次脉法，次五脏六腑说，次药性汇要，次治杂病要法，次主治诸病汤方，内容丰富，自成体系，由此收入囊中，亦属意外之喜。

下午去过四川大学，原华西医科大学已经合并到此，但医学古籍却未归队，无从查阅，败兴而归。附近望江楼公园，明

46. 川中之旅

图48 四川省图书馆在闹市，旧楼踡缩在高楼大厦之间显得分外寒酸，现在应当搬迁至天府广场的新馆了吧。

清间当地名士为纪念唐代女诗人薛涛所建，有崇丽阁、濯锦楼、薛涛井、吟诗楼、浣笺亭、五云仙馆、流杯池和泉香榭等建筑，属全国重点保护文物，环境清幽，修竹苍翠，岸柳婆娑，波光楼影，亭阁相映，极为宜人，流连盘桓，亦得浮生一时之闲。

（载《温州读书报》2019年4月号，原题《川中访书之旅》）

附记：2012年4月成都中医药大学未能读到的《活命慈舟》，7月在陕西省中医药研究院读到，得遂所愿。《易简集增删四言脉诀》《新刊经效妇科》载录于《中国医籍续考》时"未见"，后来未能发现别处庋藏，未见之遗憾也只能长期保留了。

47. 酒城书香

结束成都访书,已是四月二十六日,正值周末,加上五一小长假,可以放松一下了,于是决定上川西高原看看。27日到泸定,听涛大渡河,漫步铁索桥,海螺沟上看冰川;又去康定,远眺贡嘎雪山,放目塔公草原,游览木格错,翻越折多山,尽情欣赏壮美的高原风光。五月一日,从康定直下,600多公里,近十个小时,下午四时到泸州,长江边上以老窖、特曲、大曲闻名于世的小城。所以选定这个小城,倒不是因为酒,而是《联目》有它的名,既有成都访书之便,不能不来此一趟。

五月二日一早,便来到江阳西路的泸州市图书馆,这是第一次前往地市级图书馆,馆舍不太新,也不算太旧,半圆的门楣圈出大大的门厅,简体行书"泸州市图书馆"六字灵动又不失庄重。图书馆规模不大,应当说与这个城市的总体印象很是相称。古籍部有两位工作人员,长者商革思,年轻人叫夏楠,都非常热情,我一说明来意,便连声说欢迎、支持。泸州的书目不多,《济世达生撮要》在成都看过了,只剩下五种,夏楠拿过书单,在电脑中查阅,不多时便取了书过来。

有趣的是,此地查阅的古籍不多,原始出处《联目》和《大辞典》的记载均有出入,不甚准确。费伯雄的《古今千家

47. 酒城书香

图49　泸州市图书馆访书，收获颇丰，有如畅饮醪醴般清醇。

名医万方类编》三十二卷，此地所藏为《古今名医万方类编》残卷两种，一为民国大东书局石印本，残存一册，为卷九至卷十二；一为巾箱本，残存二册，分别为卷六、卷二十六；二书卷端均署：新建曹绳彦鞠庵手集，族甥闵其昌校对。《联目》《大辞典》将曹绳彦《古今名医万方类编》误为费氏《古今千家名医万方类编》，不只是曹冠费戴，亦不知"千家"二字从何而来，此订正其误一。徐勤业《中外病名对照录》一卷，扉页注：总发行所上海科学、焕文书局，为二书局联合出版；《大辞典》作两种版本载录，《联目》则谓科学书局铅印本藏广东中山图书馆，焕文书局铅印本藏国家图书馆、首都图书馆等处，失误也明显，此订正其误二。第三种颜畊塘《本草从真》二卷，扉页作《新编本草入门歌解》，诸序、目录、卷端均作《本草入门歌解》或《本草入门》，除封面手书《本草从真》，书口亦作《本草从真》；《联目》《大辞典》均录为《本草从真》，相比之下，虽然算不上大失误，似以《本草入门歌解》更为妥切。《真本生生集》光绪十五年刻本是妇儿科小丛书，载《达生》《遂生》《福幼》三编，附《种子诗解砭》《牛痘释疑》《筋骨痛方》及《位育斋偶录》四种，《联目》《大辞典》虽录而无子目，不明成书年代，缺乏具体内容。陆懋修的《不谢方》有十多种版本，收于多种丛书，但《新增不谢方释义》却只有泸县普明石印局的石印本藏泸州图书馆，《联目》《大辞典》及《中国中医药学术语集成·中医文献》等多种目录均如此载录这一孤本。可是在泸州图书馆就是找不到其书，只能说，其书佚失或者压根就没有这本书。

夏楠又让我浏览馆藏古籍总目，又从中觅得《联目》《大辞典》并未载录若干种如《瘵疬良方》《洪江育婴小识》《辨证概要》等，更属意外之喜。小小的泸州图书馆，似乎跟《联目》《大辞典》较上了劲，不仅补充其所未载，更助我更正其多项失误，价值多多，此行确是不虚；而放开阅览，随意拍照，又大大提高了工作效率，时近中午，便愉快地完成了全部十种书目，有如痛饮醪醴般的清醇。

下午走访泸州老窖酒厂，来此酒城，不可错失机会。老窖在市中心，离长江不远，厂区门口是个小小的国窖广场，迎面立着一块"中国第一窖"的巨石，背后则绿树石径，青草池沼，四周亭台楼阁，厂房的高墙镶嵌一长幅的浮雕酒史，已经形成一个特色景区。入内，参观泸州老窖博物馆，隔着厚厚的玻璃观摩投料制酒的生产过程。随后，沿长江漫步，至沱江汇合处，又溯沱江上行，在小小的泸州城打了个小小的圈子，体会酒城宁静安逸的气氛，自觉一身轻松。晚上便在宾馆购一瓶泸州大曲，小酌一杯，莫辜负酒城美意。

次日上午辞别泸州，快线大巴直下重庆，找到沙坪坝的重庆图书馆已是下午二点半了。结果大失所望，一张书单十多种，仅仅找到明代刘伦《济世内科经验全方》一书，三卷还缺了一卷。这是前所未有的事情，我直到现在也揣摩不透，古籍佚失竟然会有这么多，原因何在，后来想再来趟重庆却一直抽不出空。所好《济世内科经验全方》还是一本难得一见的好书，成化二十三年丁未刻本，国内仅此有藏的孤本，是《济世内外经验全方》之一部。遗憾的是，现存四册，卷首一册之外，仅存卷上、卷中三册，卷下已是不存。《济世内外经验全方》还有妇、儿、外科各一卷，同样佚失未见。《联目》只载《济世内外经验全方》，无卷数，无子目，也没有说明其阙失不全的状况；《大辞典》沿袭其说，又以"不分卷"笼统称之，所以多少也还是有所得的，失衡的心理也多少有所补偿。离温日久，公事家事都积累不少，心中不免焦急，于是当夜买票东归，归心似箭，即从巴峡穿巫峡，便下宜昌向武昌，急急回温去也。

（载《温州读书报》2019 年 6 月号）

附记：《济世内外经验全方》国内寻觅未及，《济世内科经验全方》为其中一部，重庆图书馆所藏的残阙本已是国内孤本，而日本宫内厅书陵部藏有"成化年间"刊本六卷五册，为全本，2016 年中华书局收于《海外中医珍善本古籍丛刊》第 138、139 册影印出版。书分元、亨、利、贞四集，分别为内、女、儿、外四科，遂得一见其书。

48. 平湖秋月映孤山

四十年前的 1979 年,我刚刚考上浙江中医学院的研究生,便与同在大学路的浙江图书馆结下不解之缘。始则每于晚间散步时在报刊阅览室略坐,伤痕文学、反思文学的短篇小说已然成为思想解放的先声,无情地揭露、含泪地阐述、辛辣地讽刺、幽默地嘲笑,深深地吸引了我;后来则借阅中医专业及哲学、古诗文书籍,以补学院藏书之不足,三年间日常来往,得益颇大。孤山的浙图古籍部则迟至毕业前夕的 1982 年 11 月 27 日才初次拜访,当时与导师陆芷青先生完成了《王孟英医案》的校点整理工作,颇得上海科技出版社的赞赏,就不失时机地提出整理《朱丹溪著述四种》的建议。浙图所藏《局方发挥》明嘉靖梅南书屋刻本是国内最好的版本,便抓紧在校的最后日子前往孤山。

初冬时节,桃枝柳条已经脱下败叶,空旷的湖面上残荷仍在彰显顽强的生命力,穿过白堤,从平湖秋月的碑亭台榭九曲桥旁擦身而过,便见座落于孤山脚下的浙图古籍部。一个小小的庭院,落叶的古木与常绿的松樟簇拥着两幢民国风格的二层别墅,背山面湖,右为西泠桥,从月洞门而上即为西泠印社,左为庋藏《四库全书》的文澜阁。梅南书屋本《局方发挥》不愧是国内最好的版本,金钩铁划,字迹硬朗清爽,印刷非常

48. 平湖秋月映孤山

图50 浙江图书馆古籍部座落孤山脚下，面对西湖，落叶的古木与常绿的松樟簇拥着两幢民国风格的二层别墅样建筑。

精美，品相良好，既无破损虫蛀，更无缺叶少张，真令人赏心悦目。对照事先抄录的书稿仔细校雠，果然发现通行本有不少缺失，我一一记录在册。紧张地工作，不知不觉便是一整天，闭馆时分方得完成。缓步而归，已是暮色苍茫，半爿上弦月初上树梢头，平展展的湖面微波荡漾，闪动点点银光，身后的孤山一片宁静。心头忽然一闪，无端地羡慕起古籍部的工作人员来，在如此优美的环境中坐拥书城，这真是天下第一美差。

再来孤山，已是二十八年后的2010年了，5月24日专程前往杭州，为《中国医籍续考》搜集资料，入住浙江省中医药研究院旁的圆正宾馆，以读省中研的古籍为主要目标。25日上午先是走访浙大紫金校区的医学图书馆，下午泡在省中研；26日，与省中研文献所竹剑平研究员一起，陪同中国中医科学院医史所的袁冰女士寻访清代钱塘医派的侣山堂遗址、百年老药铺胡庆余堂，还有环翠楼，据说是宋代朱肱隐居杭州时的"大隐居"在明代的改名，下午又去了孤山。两幢馆舍旧貌依然，老树也无改观，只是门前钉上"浙江省重点文物保护单位——浙江图书馆孤山馆舍"的铭牌，更加重这个幽雅可人的文化场所的文化气息。其时浙江图书馆已在黄龙建了新馆，善本古籍移走，这里只留普本阅览室。《中国医籍续考》载录清道光之后的古医籍，正属普本范围，事近尾声，待查书目仅七种，不多时就取来五种。有歙县程正通《经验眼科秘书》，有勾章慈湖隐居《治疗要书》，有崇川徐可《活命新书》，还有亡名氏《新发明伤科秘诀》和《继嗣秘刮》，外感温热病及外、伤、妇、眼各科俱见，内容颇为丰富。诸书序跋亦富，抄录耗时不少，拍照若干张；同时，袁冰也查到她需要的资料，皆大欢喜。一行人马出浙图，沿湖步归，过平湖秋月，上白堤，越断桥，顺保俶路回天目山路的宾馆。

次日，完成了浙江中医药研究院的全部阅读任务之后，下午再来孤山以完成剩下二书。《伤寒纪玄妙用集》十卷则元代大名尚从善编次的线装复制本，虽属普本，学术价值却不可等闲视之；乾隆间上海沈德祖《越人难经真本说约》四卷，附有《金兰指南集》三卷，不仅阐述注释《难经》经文意义，更为经脉腧穴、藏象交会、五运六气、五色诊视进行专题阐发。好书令人心情舒畅，摘录内容要目，拍摄序跋书影，工作效率大增，很快告成。

"出绿荫环绕中的浙江图书馆古籍部，拾级上孤山，古木参天，曲径通幽，于西泠印社拜谒前辈遗踪，缓步下坡，便是水面初平的里西湖。夏初，轻风徐来，涟漪微动，垂杨拂面，

48. 平湖秋月映孤山

柔草如茵,新荷绿嫩,清气怡人。在此小憩,稍离游人如织的喧嚣,便得心澄神清如许。因赋一绝:绿柳荫浓夏未浓,新荷点点碧波中。孤山读罢归来早,闲坐西湖四月风。"这段话是当时的实景,后来小序连同小诗,题于《中国医籍续考》卷首,以纪我此时此刻的心境,并配上照片,署下时间、地点:庚寅孟夏望前一日于杭州西子湖畔。

此后数度前往孤山访书觅书,2011年6月30日,在天目山路的浙江中医药研究院开过《丹溪医学大成》编辑会后,孤山半个上午,读《防疫刍言》《允和堂药目》《医话丛存》等书;2014年3月13日,中医药研究院开过"中医药古籍保护与利用能力建设"审稿会后,再上孤山,搜集《新内经》《脚气病之原因及治法》等无锡丁福保的医书;最近的一次则是2019年12月,在平海路的华辰饭店开过"浙派中医系列丛书工程"的实施方案评议会之后,又到孤山查阅《墨娥小录》《自在壶天》等书;而收获最丰,最值得一谈的是2018年3月10日的孤山一日。

从塞班岛旅游归来,在杭州逗留两天,9日在浙江中医药研究院泡了一天图书馆,10日一早即起,早餐后就在天目山路宾馆前的公交站台坐上6路公交,到底便是少年宫广场,上白堤,缓步向孤山方向行进。早春时分,春寒料峭,嫩柳初绽鹅黄新芽,梧桐仍虬枝指天,桃花尚无踪影,薄雾轻笼,西湖安祥。远眺放鹤亭处,一片艳红还夹杂着纯白,正是林和靖的"梅妻"。九时许到孤山分馆,虽是周六仍正常上班,递上书单,长长的有20余种,九时半拿到书,问明可以拍照,便马上埋头开始阅读、记录。第一本《五禽戏图说》,前有二序,正文则虎、鹿、熊、猿、鸟五禽之势,一叶一势,有图有说,全书八叶,我拍摄了二序与虎、鹿二势4张照片;次则《吴氏医案》,即《吴鞠通医案》,前有冯国璋序,有《医药丛书》第一、二集叙与凡例、总目,连扉页带卷端,一气拍了19张;《黄帝逸典评注》十四卷,有邱孙梧、陈赓飑二序,张在田述略,连目录带各卷之始末,又拍了14张……才一个来小时,已翻阅八九种,摘录笔记若干页,拍了64张照片,成绩斐然。正沉醉于紧张的工作之中,管理员沙某忽一声惊叫,制止我继续拍摄,我不解,早晨未取书之先已经征求过她的意见并得其同意,怎又变卦?她说:不得自行拍摄,要交由管理人员拍。后来只得夹上纸条,写明起迄页码交付她们了。最后,共拍77张,刻成光盘给我,价478元,还好,不算太贵,否则现金付款报销会有麻烦。好的是,所有的普本古籍都找到了,有25种之多,收获可谓极大,善本要去黄龙新馆,只能改日再前往了。

午休1个半小时,就在旁边的"楼外楼"名店午餐,东坡肉、西湖醋鱼,杭州名菜加一瓶啤酒,已足口颊生香。饭后就在附近的文澜阁一游,3年的读研加上多次往来西湖,印象中似未来过这个皇家藏书楼。1点半,继续工作,翻阅完成了全部书目,照片光盘亦已制成,满载而归,满怀喜悦,时4点半。遂去放鹤亭赏梅,然后缓步白堤,经保俶路回归湖光饭店。紧张工作了1天,3.4公里的步行,身心俱惫,正好休息。

(载《温州读书报》2020年7月号)

附记:记忆有误,最早前往浙江图书馆孤山古籍部读书并非1982年11月,而是1981年春。近时翻阅当时日记,明确记载:1981年4月22、25日,去浙江图书馆古籍部读《薛氏医案》之《明医杂著》,明确《平治荟萃》即《金匮钩玄》,

徐彦纯《本草发挥》系综合李东垣、张元素、王海藏、成无己、朱丹溪而成者；5月2日，去浙江图书馆古籍部阅读并摘录《明医杂著》，下午读《脾胃论》；4日，摘抄《明医杂著》毕，第一次读到《丹溪先生治法心要》及张景岳《质疑录》；14日，上午去浙江图书馆古籍部阅读曹炳章《中国医学大成总目提要》。这些阅读都是为学位论文《朱丹溪学术思想研究》做准备工作，搜集写作材料，理顺学术源流、传承关系。

此文发表之后，温州图书馆卢礼阳先生2020年8月15日发于"读书之友"微信群曰：浙江图书馆古籍部陈兄留言："能为刘先生这样的读者专家服务，是我们的荣幸和使命！读到这样的文字，顿时觉得顾廷龙先生所说的'为古人行役，不为自己张本'之真谛。我们在孤山路28号等您来看书游赏！"

49. 曙光满目黄龙洞

第一次去曙光路的浙江图书馆新馆是 2009 年 11 月 7 日，省医史会议结束之后，在省图书馆黄龙善本部一天。

从进口大厅右侧的楼梯下，善本室藏在深深的地下，正式名称是"古籍善本特藏阅览室"。推门入内，宽敞的大阅览室摆放着一长排的中式古典风格桌椅，灯火通明，紫檀色的桌面光可鉴人，对面靠墙则安放着一排显示屏，一派的古色古香中透露现代气息。接待的女士接过书单，便埋头查找书目，很快就有了结果，"19 种书目中，有 6 种属普本，藏孤山；13 种中，高武的《痘疹正宗》找不到，《医学撮要》没有记录，这里有本《医学提要》，是不是也拿来看看？"我连声道谢，取过第一批五种，第一种《伤寒摘玄》就令人兴奋不已。此书卷端署为：陕西长安医官杨珣楚玉恒斋集；而我多年前撰写《丹溪著述考证》时，曾对杨珣《丹溪心法类集》和杨楚玉《丹溪心法》陕本是同一人所著同一书，进行了一番考证，从"珣"与"楚玉"存在的字义联系，推断可能是同一人，而这个署名就解决了所有疑义。原书虽属残卷，九十篇中仅存十三篇，作为国内孤本，其价值自不可低估。《难经广说》虽以"难经"为名，并言为其未及者设问作答以广其说，如"小儿出胎啼者何也"，如"小儿出胎惟

49. 曙光满目黄龙洞

怒为先而余情次之,何也"之类,实与《难经》原书并无瓜葛。取代《医学撮要》的《医学提要》,有抄本四卷,《联目》和《大辞典》俱不载,提纲挈要,是部小型的医学全书,我非常感谢管理员善解人意,为我的《中国医籍续考》添补了人所不知的条目。忙碌一天,收获多多,不便的是,这里不许拍照,且只能用铅笔抄写,还要戴上白手套,偏偏我的大手只能套上一半,很不舒服。没办法,只得多拿几支铅笔,写钝了换一支,虽是不便,还算顺利完成任务。告别之际,问那位女士尊姓大名,告是张群,不禁脱口而出:国民党大官,辛亥革命元老呢!由此便记住芳名了。

图51 浙江图书馆新馆在曙光路的黄龙洞景区边,蓝天之下,青山掩映,清幽宁静。

2014年3月参加"国家中医药管理局医学古籍保护与利用能力建设"课题专家会议,在浙江中研院、省图孤山馆各读书半天，14 日离杭回温之前，再次去黄龙省图观书，已是初次登门五年之后的事了。书目不多，仅《袁氏痘疹全书》《脉便》二书，服务更有进步，由管理员拍照，制成光盘，迅速便捷，还赶得上中午回温的班车。

又过了五年，再来省图则是刚刚过去的 2019 年了，而且接连来了三次，因为在此发现了一个大金矿，足以让我忙碌许久了。四月，"春风又绿江南岸"，开启上海、苏州一路而来的访书之旅，15 日到杭州，按惯例入住浙江中医药研究院旁的湖光饭店。16 日，先上中研院会会老朋友，再在图书馆翻阅《食禁谱》《全体部位总诀》《医案类录》等书，10 时完成工作，10 时 15 分即在研究院门口的"八字桥"公交站上了 21 路，黄龙体育中心下车，上午还来得及完成《奚囊便方》《考定经穴》二书。午间休息时参观图书馆的"瓯窑风度"展，介绍我温州的瓯窑遗迹及陶瓷；而一天下来，观书 7 种，颇多收获。次日继续，观书 8 种，最大的收获是，发现光绪间鉴湖陈立观，著书多种，有《本草桴应》《本草注可》《伤寒论原文浅注集解》《莲房治谱》等书，均为稿本，很是可贵，尤其《莲房治谱》，为乳腺病专书，很有意思，很有独到之处。其人不见方志记载，我的《浙江医人考》亦未载，也应当有发掘价值。

午间休息时，馆内散步，四处走动，在三楼"国外捐赠"和"保存本"文献查阅室发现有《傅斯年图书馆藏未刊稿抄本》，取其"子部"翻阅，有清代姚凯元《素问校议》和《难经校订识略》，《联目》《大辞典》二书俱不载，唯有稿本藏于台湾中央研究院历史语言研究所，我搜求已久而不得，《浙江医籍考》《中国医籍续考》只得载为"未见"，今日见此影印本，喜出望外。旁边的《子海》载有《丹溪药案》、明宁献王朱权《乾坤生意秘韫》、陶本学《脉证治例辨疑》、薛己《名医女科方论治验》等，同样是国内未见载录而流传于台湾的珍本，意外之喜，令人兴奋不已。煌煌四百多巨册的《海外中医珍善本古籍丛刊》更是一个大金矿，要知道，中国中医科学院医史文献研究所郑金生先生与日本真柳诚教授合作，从事流散日本而国内无存的中医善本古籍的回归工作，人民卫生出版社先后出版了排印本《海外回归中医善本古籍丛书》及《续集》，影印本《珍版海外回归中医善本丛书》等大型丛书，现在中华书局集其大成，就像天上掉下个林妹妹般让人惊喜。

下午完成楼下古籍部的工作之后，兴冲冲地上三楼，先解决《傅斯年图书馆》和《子海》不多的书目，第二天便一心一意地开发起那个"大金矿"了。三楼的阅览室不限制拍照，一切就可以从容不迫地展开，先取第一册《提要》，把全书子书513种的目录一一摄下，再选取所需书目，一边摄取提要，一边又在正文中取其序跋、题记、凡例、目录等，两相对照，可以把一本书的全貌准确完整地描绘下来。这些书版本珍善，收录的古医籍多为国内失传或存世甚少难得一见的珍稀版本。如明代永嘉叶尹贤撰辑《拯急遗方》，国内无存，不仅《中国医籍补考》只能归之于"未见"，后来撰写《温州医学史》也深感资料匮乏的苦恼，《海外中医珍善本古籍丛刊》第133册据日本内阁文库藏江户时期抄本影印，就解决了这些麻烦事。发掘宝藏的兴奋大大提高了工作效率，一个上午翻阅100余册，辑录书目30余种，到下午一时出头才恋恋不舍地辞别黄龙，赶往火车东站上回温的动车。

回家第一件事，寄《中国医籍补考》《中国医籍续考》《宋元明清医籍年表》给张群，然后整理上海、苏州、杭州取得的资料，其间前往亚平宁－巴尔干旅游34天，资料又丰，所以直到七月初才完成。似是心有灵犀，即接到浙江中研院医史文献所江凌圳所长电，邀我12日参加"《中华医藏·养生》书目的版本调研会"，欣然答应，马上着手准备，花了三天时间才把子书513种查对完毕，共得未见书目162种，打印出来，厚厚一叠。做好充分的准备，提前两天9日出发，10、11日就泡在黄龙，很紧张地翻阅402册的《海外中医珍善本古籍丛刊》，按照书单摄录全部书目的提要、序跋、目录、凡例等。两天，都用完手机和小型照相机的全部电源，11日下午，甚至连相机的储存卡也满了，真正可谓满载而归。回温后的整理工作持续到8月底才告竣，又花了一个月时间把100多种相关书目，一一分派到《苏沪》《安徽》和《浙江补编》三本"医籍考"中，方才告一段落。本馆查找不到的高武《痘疹正宗》，有日本内阁文库所藏据嘉靖间刻本之江户抄本，就在《海外中医珍善本古籍丛刊》第334－335册；明仁和卢万钟《医说佛乘》一卷，国内久佚，《浙江医籍考》承之，亦以为已"佚"，日本内阁文库藏有天启六年序刊本，收于《海外中医珍善本古籍丛刊》第362册影印；又如《济世经验全方》，重庆市图书馆所藏成化二十三年丁未刻本缺了《济世内科经验全方》之卷下及《女科》《幼科》《外科》，《海外中医珍善本古籍丛刊》第138、139册影印日本宫内厅书陵部所藏成化刊本，遂成完璧，得见其书全貌亦大不易。这些材料极为珍贵，这些收获令人振奋，最为珍贵难得的材料却在最集中的时间和最方便的地点有最为广泛的收益，真令人兴奋难以抑止。到11月下旬，因"国家中医药管理局医学古籍保护与利用能力建设"完成晚宴，又在省图黄龙馆读书1天，补充《海外中医珍善本古籍丛刊》某些材料，又在地方文献阅览室翻看

《衢州文献集成》《金华丛书》《四明丛书》《宁海丛书》,确认再无漏网之鱼再愉快地辞别浙江图书馆。

(载《温州读书报》2020年9月号)

50. 母校情暖

1979年,当我成为浙江中医学院硕士研究生时,学院图书馆便成为我最好的朋友,最常去的地方。要知道,动乱初歇,百废待兴,中医学的专业书籍奇缺,艰难的自学历程,所读之书实属有限。现今,一个崭新的读书天地摆到了眼前,一个琳琅满目的图书海洋任尔遨游,我便如一个饿极之人扑向面包一样一头扎进了图书馆,一心要把被荒废的十余年岁月夺回。

自我构思的读书计划,一如当年以史为纲的学习法,读1959年北大的《中国文学史》,由此派生去读诗赋文辞、宋词元曲;读冯友兰的《中国哲学史新编》,支衍而及孔孟老庄、诸子百家。中医学同样,有《中国医学史》和《各家学说》两门课程,清晰地描绘医学发展的脉络,以此提纲挈领,"辨章学术,考镜源流",从基础到临床,由经典到各家,原著为主,参阅评论,泛览与精读结合,全面与专题兼顾,立足古籍研究,汲取现代成果,读书便有了目标,深造也有了门径。于是,扎在故纸堆里焚膏继晷,夜以继日,乐此不疲。一年后,通读不少古籍,自己也感觉充实多了,更有两项直接的收获:一是从先秦道家与中医经典的关系着眼,展开医学哲学研究,后来持续了整个八十年代;二是从元代大医朱丹溪的著作、医

50. 母校情暖

案与后人评论的差异着眼，提出"丹溪不是养阴派"的大胆论点，开启了医学史研究的坦途。不仅写了高质量的学位论文，还在二十多年间发表了三十多篇相关论文，成就了《丹溪学研究》《丹溪逸书》两部专著，完成了"朱丹溪学术思想研究"和"丹溪学研究"两个课题。

除此之外，入学第一年，徐荣斋老师布置我们几个研究生以 1949 年后的各种中医杂志为主要资料编写《中医基础理论文摘》，于是又把图书馆多年的杂志翻了个遍，完稿之后又致力于《伤寒研究文摘》《金匮研究文摘》。1997 年年末，收到《金匮要略现代研究文摘》一书，算得上一个小小的成果，虽不知其余二书有无出版问世，然而这段时间的付出不仅扎实了医学研究的基础，更开拓了思路，也成为我日后从事医学古籍目录学研究的最初尝试和基本训练。说是"只管耕耘，不问收获"也好，说是"有付出必有回报"也好，图书馆里过去的日日夜夜不一定有急功近利的收获，却自然有长远的甚至影响终生的回报。

现在回想起来，我自己都有点不相信，惊异自己重新获得读书机会之后，能够迸发出如此巨大的能量，能够在短短的一年里干这么多事。相比之下，研究生课程的学习工作量就微不足道了。可以说，研究生生活实际上就是：三年倾注全力读书的时间，外加一个图书馆。

1982 年毕业之后，虽无暇再上母校，与图书馆的联系并未断绝，后来担任馆长的胡滨成为我的好友，且时时得到他们的支持和帮助。离校之际，我想，温州医学院是西医院校，不会有太多的中医书，温州图书馆是综合馆，医学只是服务范围很小的一部分，便建议图书馆编本古籍目录。当时不过随口说说，1984 年 6 月果真收到胡滨寄来的《浙江中医学院图书馆中医古籍书目》，油印本不甚清晰，却是如此的珍贵。世纪之交，我对朱丹溪研究正酣，《丹溪学研究》已近完稿，《丹溪逸书》正在筹措，2001年1月2日，胡滨寄来《朱丹溪论文题录》，那时论文检索不便，这不啻是及时之雨。此后，我的研究方向转到医学古籍目录学，《联目》是搜寻古籍的路标，令人始料不及的是，2009年9月胡滨与医古文教研室的鲍晓东先生竟然编了一本《浙江中医药古籍联合目录》，为我浙江省内的访书之旅送来指路图。这种情谊持续至今，虽退休多年，仍多联系，《中国医籍续考》《中国医籍补考》先后出版，他在《中国中医药报》撰文《中医药古籍研究再添利器》，热情向学界介绍、推荐。当然，我也有回报母校的机会，2002年5月24日，胡滨来电，中医学院要申报医史文献专业的硕士点，要我支持，这自然义不容辞；27日胡滨来温，填过表格，却在学院层级上被卡，主管教学的副院长吕建新不允，称我们学院也要报相同的硕士点，不可身兼二任；不过后来终究没有申报，白白丧失了这个机会，于我于中医学院都是个损失。

尽管如此，中医学院迁至钱江彼岸之后，我却一直未再登门，路远不便是个原因，查阅古籍更为方便却是更重要的原因。2008年年初，中医学院已经升格为浙江中医药大学，我完成《浙江医籍考》之后，《中国医籍续考》《中国医籍补考》又提上工作日程，需要一批馆藏古籍的书目资料，联系过后，3月4日就收到胡滨寄来的资料。未知是我表达不当，还是他未听清，我只需要扉页、序跋、目录、凡例、卷首即够，结果胡滨把《重古三何医案》《修事指南》《运气商》的全书都给复制了；我仅需要清代舒诏《辨脉篇》《伤寒六经定法》《摘录醒医六书》《女科要诀》等不多的几种，胡滨却把

50. 母校情暖

舒氏能搜集到的全部十种著作都给复制了。望着厚厚一大叠复印纸，我真是百感交集，既为老朋友的热情支持感动，又深感不安，这么大的工作量要耗费多少的时间和精力啊？接下来又怎么好意思再麻烦人家？当年8月28日，浙江中医药大学学生张慧勤、蔡皎皓随我临床见习结束，我赠二人《解读中医》《永嘉医派研究》，嘱找学校图书馆朱树良帮忙，查阅资料三五种；9月14日，就收到小蔡发来《傅氏三书》《孙氏医学丛书》等书目资料。担任"第四批全国老中医药专家学术经验继承工作及学位指导老师"，学生周奕、毛丹丹时常要到中医药大学面授上课，在朱树良帮助下，陆续拍摄了包育华《包氏医宗》三集十五种十五卷，包括《伤寒论章节》《伤寒方法》《伤寒歌括》《杂病论章节》《杂病方法》《杂病歌括》《伤寒表》《杂病表》等；咸丰八年萍川蒋锡荣撰辑《稿本医书五种》，有金、木、水、火、土五册，包括《便易方》《急救方》《诸痛方》及《良方举要》《妇女举要》《保儿举要》，还有《痘症》《麻疹》，内容很是丰富。有学生为媒介，足不出户便读到这些珍贵古籍，学校图书馆、图书馆的朋友们给我的学术研究以莫大的支持。

刚刚过去的2019年11月，借"国家中医药管理局关于中医古籍保护和利用能力"浙江课题组的完工酒会之机，我才第一次到滨江校区访书。交通方便多了，从平海路的华辰国际酒店坐地铁，1号转4号线便可直达校门口，地铁站便叫"中医药大学"。时过境迁，胡滨、朱树良都已退休多年，却又来了个老相识，温州医科大学图书馆的副馆长陈飞调到这里继续当副馆长，熟人相见，分外亲切。陈飞又领我去见馆长张永生，虽未谋面，却也久闻大名。寒暄几句，马上转入正题，我拿出书单，两位馆长亲自领我去古籍室。古籍室又有一位新朋友，江西中医药大学的狄碧云调来在此，2014年南昌访书时曾得到他的大力支持，两年之后他还想方设法把当时未能找到的《脉诀阶梯选要》的书目资料寄送给我，令人感动。年初《宋以后医籍年表》出版后，我多方联系，电话、短信、E - mail，都未能成功；直到3月12日，狄碧云发来E - mail，才联系上。他已调动到浙江中医药大学图书馆，手机改了号，邮箱不多开，所以并不知情。我高高兴兴地寄上《宋以后医籍年表》，加了微信，他到了浙江，今后的联系将更多，果不其然，今日在此重逢，分外欣喜。

遗憾的是，长长的书单却只能兑现三分之一；有三分之一能查到索书号，后面带个"NU"标志，未知何意，取书却找寻未着；另三分之一干脆查不到索书号。这些书目来自《浙江中医药古籍联合目录》，为时未久，不该佚失不见。少顷，书已取到，无暇多思，即时埋头读书。《邵兰荪医案真迹》是稿本，严格说是本处方集，山阴名医邵兰荪手书处方笺四十九张，更具文物价值；桐乡张千里《张梦庐学博医案》是吴兴宋汝桢抄本；长兴周家四代五人分别著述、参订、纂辑、抄存、收藏的《周氏医案》是家传秘本，收藏于此，有幸得见。八种古籍有抄、稿本六种，还有姜子敬《金匮原文歌括》、亡名氏《名医疑问集》、王珠《四言举要脉诀集注》，独此有藏；余下两种刻本影印本，韦佩宽的《救世良方》光绪初刻，却属孤本，《联目》《大辞典》俱不载；何鸿舫既是大医，又是书法名家，《何鸿舫医方墨迹》兼具医术书艺，也不可等闲视之。翻阅已毕，一一摘录拍摄，时已近午，陈飞来邀午餐，也不客气，一起前往教工食堂。食堂里熙熙攘攘，全都是陌生面孔，没有一个相识的，三四十年过去，物是人非，难怪更无熟人了，陈飞介绍了几位温医大调过去的年轻人，也是初次见

50. 母校情暖

面。午餐后，辞别张永生，嘱狄碧云注意那几种"NU"书目，陈飞直送我到校门口，握手告别，坐地铁返回市区。

图52 2020年5月29日参观浙江中医药博物馆，高兴地与当年的毕业照合影。

最近一次的浙江中医药大学之行，是今年（2020）的5月。先是21日接到郑洪教授电，邀我29日下午去杭州为研究生答辩。这有点使人为难，一场突如其来的瘟疫刚刚退潮，惊恐之心尚未完全平复，尽管长途客运已经恢复，出门尚不能不被视为畏途，这该如何是好？考虑再三，毕竟浙江太平已经颇有时日，此行应无大碍；郑洪教授为医史名家，颇多成就，从广州中医药大学调来不久，和中浚先生多次赞赏，借此相识，也是美事；久静思动，走走也好，于是我答应了。29日一早出发，中午到杭，地铁直达"中医药大学站"，入住亚朵酒店。下午来到学校，先验健康码，还有进门证，再出示核酸检测结果，一番折腾，方得入内。赠郑洪教授《中国医籍补考》，答辩的四位研究生，一位研究丹溪学术思想，两位分别研究中日、中越医学著作的联系，我最感兴趣的是吴东杰的《明〈太医院志〉的文献整理与研究》。《太医院志》明代朱儒撰，我多次搜寻无着，《浙江医籍考》《中国医籍补考》只能以民国《重修秀水县志稿》述其人而无法志其书，今日得见原书，喜出望外，《浙江医籍补考》可以为之作详细描述了。从2点到6点，很紧张地忙碌了一个下午，天已见黑，大雨倾盆，吃过简单的盒饭，郑洪教授带我参观学校附设的"浙江中医药博物馆"。新建的大楼高大巍峨，极具气魄，一楼是校史馆，看到当年大学路简陋的校门、我们全体八名研究生的毕业照片，三十八年过去，天翻地覆，恍然有隔世之感，很愉快地与之合影以为纪念。二楼是医学史厅，分中国、浙江两部，中国厅的国医大师处方、浙江厅的国药名店牌匾都是难得的珍品。三楼是中药厅，从本草渊源到药性理论，从中药品种到炮制加工，从地道药材到民族医药，从认药识药到药材鉴别，药食同源到茶酒文化，图文并茂，琳琅满目。郑教授一路陪同并全程讲解，精彩之处，声情并茂，一个多小时毫无倦色。晚8点半，我们在博物馆大厅合影留念，滂沱大雨中，郑教授送我回到宾馆，赠我杭州名茶，方才挥手告别。

(载《温州读书报》2021年2月号)

51. 熟地当归
——我与浙江中医药研究院

位于杭州天目山路的浙江省中医药研究院我很是熟悉,平生第一篇论文发表于《浙江中医杂志》,是恩师陆芷青向这里的编辑部推荐的;平生第一次参加省级学术会议,则是恩师林乾良向这里的吴伯平先生推荐的;有关永嘉医派研究的系列论文发表于《浙江中医杂志》,是方春阳先生编辑发稿的;平生第一个获奖课题《朱丹溪学术思想研究》,盛增秀、方春阳先生是评审委员。研究院的医史文献研究所,更是常来常往,盛增秀老先生学识渊博、儒雅谦和,令我敬仰,施仁潮、竹剑平、王英、江凌圳等都是多年的老朋友了。所以,我谓浙江省中医药研究院为"熟地";"归",温州方言意为"家",视之为自家一般,是谓"当归"。两味中药颇为妥帖地表达了我与浙江省中医药研究院,尤其是医史文献研究所、图书馆的关系。可以说,在我跑过的七十多个外地图书馆中,浙江中医药研究院是交往最为密切,感情最为亲切,学术方面的得益并不亚于北京的中国中医科学院,近年来则日益密切。

尽管如此,首次到中医药研究院访书却迟至 2008 年才成行,《浙江医籍考》已经出版,正忙于为《中国医籍补考》《中国医籍续考》充实资料之时。10 月 8 日参加浙江省名中医

图53 四十年过去，天目山路旧貌换新颜，浙江省中医药研究院大楼仍是原样，门前的木牌似乎还是当年旧物。

资格考试之后，即在天目山路找个旅馆住下，9日一早就去中医药研究院。多年不见，四周高楼林立，就是门前的街道也是旧貌换新颜了，可研究院大楼仍是原样，似乎"浙江省中医药研究院"的木牌也还是老样子。沿楼梯上四层，正面便是图书馆，左边的走廊封闭，半层楼都是书库，右边即是医史文献研究所，隔了几个研究室、办公室，走廊远处是《浙江中医杂志》社。盛增秀老先生鹤发童颜，手中厚厚一叠书稿，正埋头审稿，问候过后，再一一拜会竹剑平、王英、江凌圳诸位。寒暄三五句，告知来意，竹剑平便领我去隔壁的图书馆。推门即是阅览室，阅览室也有点陈旧，还兼作医史文献所的会议室，几张拼在一起的简易办公桌椅也身兼阅读、会议二用，墙边的老式书架摆放着新到的杂志。管理员王水远个子不高，

51. 熟地当归

接过书单,默默进库取书去,少顷便取出书来。此后多年接触,他给我留下深刻的印象,寡言少语,认真负责,工作踏踏实实,取书、登记,一丝不苟,我取书众多,他则不厌其烦。沉浸在紧张的阅读之中,不知不觉已近下班时间,得书26种,成绩颇佳。匆匆辞别盛、竹、王诸人,苍茫暮色中打车赶往汽车南站,还赶得上5点半的班车,到温州已是十点出头。时隔二十天,同月28日下午,在莫干山路的之江饭店开过"全省中医工作会议",领取了"浙江省名中医"证书,29日一早又到了天目山路的中医药研究院。读过《灸法集验》《秘传经验灸法》《针灸医案》诸书之后,有实习生搬出了一大叠的喉科古籍,制作卡片,登记在册,问明情况,原是图书馆清点古籍,重新编目,并计划编纂馆藏《中医古籍书目》。于是更弦易辙,先读眼前的喉科书,有《白喉辑要》《秘传喉科》《喉科秘旨》《白喉全生集》等十种之多,已超出计划要读的书目。接下来是眼科,有我需要的书目《眼科简便验方》《眼科备要》《改良眼科百问》等,由于不必等待,效率大大提高,到中午,又完成了伤科若干种,成绩远超平时。午后,王水远有事不在,竹剑平研究员亲自出马,把我需要的妇产科古籍三十种一揽子推了一车出来,于是非常紧张地翻阅、摘录、拍照,赶下班之前完成任务。坐在返温的长途汽车上,我既为今天的累累业绩欣喜,为研究院的朋友们鼎力相助感激,只是两次午餐都叨扰盛老先生,盛情难却又有点不好意思。

浙江中医药研究院藏书既富,读书获取资料的效率又高,深深地吸引着我。一年之后的2009年11月,省医史学术年会在杭州田园宾馆召开,我提前一天到会,5日星期四就扎在省中研看书一天,此行不仅收获书目资料30多种,《中医古籍书目》已经编成,受赠一册,有可能据此把省中研的古籍翻遍。

《中国医籍续考》定稿在即，2010年5月专程前往杭州，就住在浙江中医药研究院边上的圆正宾馆，除浙大紫金校区的医学图书馆半天、孤山的浙江省图的普本阅览室一天半之外，24日一整天，25日下午、27日上午各半天，收获书目60余种，大大地充实了《中国医籍续考》。

此后，与浙江中医药研究院的学术联系日益密切，2010年9月已允诺与施仁潮同任《朱丹溪医学全书》主编，此书乃研究院为"义乌文献丛书"分担的编写任务；随后，2011年又受聘"国家中医药管理局医学古籍保护与利用能力建设课题"浙江项目的专家组成员。为此2011年就跑了四趟杭州，都住到湖光饭店，既便联系，又利读书：3月苏南之行，30日到杭州，先是"古籍保护与利用能力"课题组专家会议，商讨浙江分到的40种古籍的整理研究之事，晚上商讨《丹溪医学大成》的编辑事宜，次日又得到读书一天的机会；4月28日是40种古籍的专家评审会，29日复制《吴医汇案》材料；6月30日《丹溪医学大成》审稿会后，又有所收获，《允和堂药目》久找无着而终于落网；最后是9月20日，先是杭州"古籍保护与利用能力版本调研汇报会"，直忙到晚十时才回湖光休息，次日一早赶往上海图书馆读书3天，24日下午回温，未能在此观书的唯一一次。这两项任务衍生的学术成果一大串：带领科室同仁周坚、林士毅参与"国家中医药管理局关于中医古籍保护和利用能力课题浙江项目组"的医学古籍研究，校注出版《医林绳墨》《医林绳墨大全》《医林口谱六治秘书》《坤元是保》《树蕙编》等书，发表了一系列论文，他们也由此得到学术磨炼；与医史文献研究所、义乌地方志办公室的朋友们一起，编纂《丹溪医学大成》，洋洋百万字，整理著作，编制年谱，阐述生平事迹，考证师友弟子，总结学术思想与诊治经验，非常丰富全面。累累的学术成果是长期友谊的结晶，进一步促成我们的学术联系和友情，图书馆读书更是常来常往的事了。

有《中医古籍书目》在手，浙江中医药研究院图书馆丰富的古籍珍藏如我之家珍，了如指掌，要看的书多能如愿以偿，次次满载而归，成为最可靠的学术支柱，不可或缺的学术资源，仅次于中国中医科学院的医学古籍宝库。几年下来，我已翻阅殆遍，收获之巨实难想象。试举两例：《眼科指蒙》卷端目录之下署名"英国稻惟德口译，浙温刘星垣笔述"，温州人的大名第一次署于西医学著作之上。光绪六年，英国人曹雅直在温州市区五马街开设医院，是温州最早的西医机构；稻惟德任医师两年，是温州最早的西医师；稻惟德调往山东烟台，携温州十六岁少年刘星垣同往，刘学医五年，卒业始归，是温州最早的本土西医师。师徒二人共译此书，虽内容简略，但温州人署名的第一部西医学著作，使我们看到一百年前温州眼科学的发展水平，对于温州医学的历史发展自有其意义和价值。我把这一珍贵材料记入《温州医学史》，并著文向温州市民介绍。《医林新论》和《医林口谱六治秘书》是明末清初著名文学家、医学家陆圻的两部遗著，国内仅存的孤本而不为学界所知。陆圻，钱塘人，为"西泠十子"之一，明亡后以医为业，治病多奇效，著《医林口谱》四卷、《医林新论》两卷，还有《伤寒捷书》《距契堂诊籍》《灵兰墨守》《本草丹台录》等医书，未见刊行。由于医学著作佚失，学术界对陆圻医学思想的研究是个空白，或从文学与文化角度考察西泠派及其成员包括陆圻的文学理论与主张，或从医学角度考察钱塘医派及代表人物的医学思想而不及陆圻。这两部抄本非常珍贵，体现的陆圻医学思想有丰富的内容和鲜明的特色，具有重要的理论意义和临床运用价值，对当时的钱塘医学及后来的钱塘医派具有深刻的影响。据此，指导学生周坚进一步开展研究，填补空白，《陆圻医学著作及其对钱塘医学文化的影响》立为浙江省社科联的科研项目。仅此两例，便可见浙江中医药研究院珍藏古籍的价值与意义。

书目的发掘渐入尾声，学术的交往已入佳境。2019 年，"国家中医药管理局医学古籍保护与利用能力建设"浙江项目完成之后，"中华医藏"和《浙派中医系列丛书》又相继上马，担任着浙江中医药研究院主持的《"浙派中医"系列丛书工程》的专家组副组长，参与《医藏》养生书目版本调研汇报会"评审、《浙派中医系列丛书工程》实施方案评议，仍够忙碌。2020 年，瘟疫突来，年初商定的三月"浙派中医丛书编撰工程和中华医藏项目专题培训"被迫延期，我承担的"版本调研"讲座 5 月 23 日在网上开讲，循《图书馆纪行》的思路谈论在全国各地图书馆访书观书的经历，那可有太多丰富生动的材料、清晰深刻的心得。10 月 17 日还前往明代名医楼英故乡萧山楼塔参加"浙派中医丛书专家论证会"，既完成了任务，又能游览古镇，参观楼英纪念馆，还幸会老朋友中国中医科学院朱建平、中国医学科学院图书馆王宗欣，结识中国科学院图书馆古籍部主任罗琳，很是愉快。

四十年过去，我与浙江中医药研究院医史文献所的友情历久弥新，相互的学术联系日益密切，和老朋友的友情也自然而然地日益增进，还结识了庄爱文、李晓寅等不少新朋友，这里图书馆的珍藏成就了我的医学古籍目录学研究，我心存感激，难能忘怀。这熟地热土，我视之为自家一般，谓之"当归"，熟地当归，友谊长存。

（载《温州读书报》2021 年 5 月号）

52. 访书紫金港

　　从《联目》中寻找到浙江医科大学馆藏医学古籍书目之后，如何找书就成为一个问题。浙江医科大学在上世纪末合并到浙江大学之后，西湖湖滨的原址已经拆建，不存遗迹了；那医学古籍在华家池的原浙江农业大学，还是西溪的杭州大学，在玉泉的浙大老校区，还是紫金港的新校区，一时尚难确定。

　　2008年10月18日，二弟尚平设宴招待省中医院的同学刘晋闽，邀我与马大正出席作陪，刘晋闽夫人杨进江任职浙大图书馆，我寻访古籍有可能要打扰她，于是与刘医师互留了地址。后来得知，医学古籍在紫金港，刘夫人则在西溪，虽不能直接帮上忙，知道了藏书之地，也就有了明确的目标。

　　2010年5月23日晚10时的火车专程去杭州访书，24日一整天就扎在省中医研究院，观书四十种；25日一早就径直前往紫金港，到了浙大，才见识了什么叫作"大"。找到图书馆，一问，医书在医学图书馆，一走，竟花了二十分钟左右，近2公里还只是校园一角。紫金港是新校区，医学图书馆自然也是新馆，但无专门的古籍阅览室，甚至还未能认真地编目收藏，只是按照"财产号"次序堆积而已。幸管理员袁莲萍认真负责，接过书单，很快查清书目，拿到了书，运气不错，12种书目的清单拿到了11种，命中率很高。借用隔壁的阅览室，袁莲萍也就管自己忙去了，在无人监视的情形下阅读古籍，被人信任总是愉快的，我也就马上进入阅读、抄录的紧张之中了。

十一种古籍有抄本七种，其中《伤寒舌》《眼科时方》《眼科总论》三种均不分卷，前后无序跋，因是孤本，很是珍贵。《素问·运气图说》一卷也是孤本，前有作者薛福辰自序。无锡薛福辰是官僚兼御医，晚清著名外交家薛福成的长兄，本书又是薛福辰唯一留存的医学著作，因此就更为珍贵了。我又从《庸庵文别集》卷六搜集到薛福成《诰授光禄大夫头品顶戴都察院左副都御史薛公家传》，从《拙尊园丛稿》卷二寻觅到黎庶昌《诰授光禄大夫都察院左副都御史薛公墓表》，又从《近代名人小传·艺术》发现费行简《薛福辰传》，得以全方位地刻画作者的身世经历、成就著述，《中国医籍续考》对这条书目的载录就更丰富厚实了。高斗魁等人《萃芳集》嘉庆间石竹斋抄本，也是孤本。经核对，《萃芳集》实为《医宗己任编》节略抄辑增订本。其书九卷四册，各以春夏秋冬为名，春夏二集，前列《医宗己任编》编纂者杨乘六《引言》，卷一至卷六为《四明心法》；秋集卷七《鼓峰医案》，卷八《东庄医案》；冬集卷九董废翁《西塘感症》；另附罗田万密斋《家藏妇人秘科》三卷一册，《竹林寺女科》一卷一册。据此，应当认定《萃芳集》为六种十三卷的丛书，《联目》归之妇科，失考。《济阴全生集》原三卷，铁岭刘起运撰辑于乾隆三十八年，前有自序及王士英、岳琰、苏隆阿序，后耐寒逸人增补《唐桐园保婴全生集》为卷四，实道光二十二年重订本的抄本。《联目》载清末抄本三卷藏浙江大学医学图书馆，不甚准确。七种抄本，六种孤本，纠正权威性的《联目》失误和不足两条。唯一不是孤本的《医学心得》，载精气神三大

52. 访书紫金港

药论、五脏生克论、脏腑配合论、火为一身之主说、人身应月说及发热辨等医论十八篇,收于《正谊堂医书》,有光绪十二年稿本藏中国中医科学院,而此抄本是稿本之外的唯一,也够得上珍贵二字。

即使四种刻本和活字本,也有两种半是孤本,《奇效丹方》《剑镜斋旧存稿》之外,《兰阁秘方》另有国图藏本,是残卷,这里的全本可算是半孤本。只有《东山妇人科》道光九年济南活字本,南通市图书馆亦藏,不是孤本。《兰阁秘方》载于《联目》作"古愚公撰",其书卷端署:古愚公授,秣陵丁明登客东甫付梓。古愚公即江浦丁凤,字文瑞,号竹溪,此书之外尚撰《医方集宜》《痘疹玉函集》;丁明登为丁凤之孙,字剑虹,号侣莲,万历四十四年进士,衢州知府,著医书《疴言》《小康济》《苏意方》。《奇效丹方》作者《联目》作"姚海园编","海"则为"梅"字之误。这些材料或可订正和补充《联目》之不足。

这些书目资料确实珍贵,整个阅读过程全部开放式,拍照、摘录全程无碍,无拘无束,所以心情愉快,效率极高。完成全部任务之后,时间尚早,我便得寸进尺,要求袁莲萍借阅一下古籍登记簿,搜罗未见书目。袁莲萍真是个好同志,果然二话不说就把登记簿给拿来了。运气不错,从中又有所发现,《风眩方》南齐东阳徐嗣伯撰,徐氏南朝医学世家,著书颇多,却亡佚殆尽,此书史志目录不见著录,《中国医籍考》亦不载,今得见清代活字本,幸甚。又有《桃坞谢氏汇刻方书九种》十九卷,内外妇儿莫不齐备,非常实用的一套小丛书。桃花坞在苏州,宋代始建,因唐寅筑桃花庵自号"桃花庵主"而名闻遐迩,清代以桃花坞年画名世。晚清叶昌炽在桃花坞筑园亭,人称"叶氏花园",后被谢家福购得,建为"望炊楼"。

此书即光绪二十一年乙未谢氏望炊楼刻本。

　　超额完成任务，谢过袁莲萍，满心欢喜，满载而归。回程有所不便，公交车少，也难打到出租，午餐后回到宾馆已是 1 点半，又热又累，却是兴奋不已。休息到下午 3 点才继续在中医研究院的读书，26、27 日则在孤山的省图普本古籍馆，几天时间排得满满。孟夏时节，一晴四天，28 日却飘飘扬扬下起了小雨，正好去西溪湿地散散心，舒缓一下紧张了好多天的神经。贸贸然坐上公交却不明具体地址，结果误去了第三期工程的"龙舌嘴"，景区未正式完工，既没有工人，也没有游客。我们从旁边的小路进入，园区内已建成的休闲区空无一人，河汊水塘，涟漪微动，小桥曲径，清风微雨，垂杨拂面，柔草如茵，非常幽静清新的环境，很轻松悠闲地打发了一天。雨中游湿地，太妙了。

　　后续的故事是，查找未见的陆啸松《新增正续验方新编》上海汇文堂书局石印本，在《中国医籍续考》只能录为"未见"。若干年后，于台中文听阁图书有限公司影印出版的《晚清四部丛刊》第九编第八十七册，找到光绪甲辰年仲秋月上海洽记书局石印本，题为《校正增广验方新编》，凡十六卷。此书首载善化鲍氏原序，下署"光绪二十六春之月古吴陆啸松书序"，善化鲍相璈辑《验方新编》，古吴陆啸松为之校正增广。当年唯一的遗憾由此得到弥补。

（载《温州读书报》2021 年 10 月号）

53. 台北访书散记

  乘7月初办理的通行证尚存最后的期限，我于岁末年初前往台湾自由行，从台中、台南、高雄、恒春、花莲，逆时针绕着宝岛转了一圈，饱览山海河川之壮美，感受民情风俗之淳朴，在台南市度过21世纪10年代与20年代的跨年夜，1月7日来到最后一站台北。次日游览海蚀地貌的野柳地质公园，返程瞻仰台北孙中山纪念馆，又从101大厦坐捷运到"中正纪念堂"站，出站时我就注意到，6号出口指向图书馆。

  台北捷运就是我们说的地铁，从5号出口出，迎面就是高台之上的两座宫殿式建筑，一前一后，坐北朝南，一是"国家戏剧院"，一是"国家音乐厅"，其间则是大大的"自由广场"，西边耸立着五开间高大的汉白玉牌坊，东边的远处则是八角形的"中正纪念堂"。参观过后，暮色已临，从自由广场牌坊下穿过，隔着车水马龙的中山南路，对面便是"国家图书馆"。华灯初上，淡褐色的外墙面看起来很是沉稳，门楣正中是铸铁色的馆徽，"国家图书馆"篆体大字成圆形居中，周边则围以英文字母，阶前巨石上的五个颜体大字在灯光下熠熠生辉。推门入内，向工作人员表明想要参观的意愿，出示"台湾通行证"，在登记表上签字后，领到一个参观证，寄存背包后便从入口处进入。

图 54　参观台北的"国家图书馆"后，暮色中在门口留影。

　　入口即是二楼，是大开间的中文新书阅览室、参考室及学位论文室，各室连通，并无隔断。乳黄色的书架、桌椅与柔和的灯光很是般配，陈列的图书有繁体的台湾本地书籍，也不乏简体的大陆版本，全部都开架。这个时段，读者不是很多，三三两两的年轻人还坐在桌前，静静的毫无声响。我转过一圈，向学位论文室走去，医学论文并不太多，都是硕士论文，未见博士的，也有不少中医的，约占一个书架的三四层。一册约有3厘米厚的《庞安时的伤寒与温病理论研究》在一长列的册子中分外引人注目，取下一看，是2016年中国医药大学中医学系研究生沈孟衍的硕士论文，看目录，从庞氏生平到著作，从伤寒到温病，就其《伤寒总病论》的寒、温两方面，阐述对温病学的贡献。草草一翻，见内容丰富，论述广泛，翻到最后是484页，推算约有30万字篇幅，硕士论文达到这样的水准，不能不令人钦佩。再看其余,有《素问》十二官与心理特质之探讨,有马来西亚中医药发展史,有吸烟者、代谢症候群中医体质、中医证型研究,有癌症病人经络导电度与营养状况相关性研究,有中医药诊治胰腺癌、多囊卵巢症候群、失眠症、原发性痛经、忧郁症等众多疾病的研究,还有太极拳改善Ⅱ型糖尿病血糖血脂及经络能量,中药复方减缓近视眼之开发研究等,最多的是针灸,有治疗中风后感染、牙髓损伤、摇头丸的毒性等,也有电针对小鼠出血性中风、动晕症、炎性疼痛、纤维肌痛等的实验研究。一系列的研究,有基础,有临床,有理论,有实验,也有文献,可以窥见台湾中医药研究之大体,也给予我们一定的启示。遗憾的是,这些论文我们平时无法看到,网络上查不到,也不知除台北外哪儿可以查到。

坐电梯上四楼,透过楼道的玻璃,二楼、三楼的阅览室尽收眼底,早已过了下班时间,善本书室自然闭门谢客。走廊的展柜正展出"馆藏之最"却让我开了眼界:有"最早的朱墨印本"《金刚般若波罗蜜经》,"精细秀逸最雅趣"《诗经图谱慧解》,"最热销出版品"《山海经图》,"历劫归来最传奇"《注东坡先生诗》,"琴式记载我最早"《太古遗音》等,十种特色馆藏都是国宝级的珍品,虽为复制品,亦足一窥古籍印刷书艺之美。我最感兴趣的是"第一本彩色药学图鉴"《金石昆虫草木状》,是书二十七卷,不录文字,摹写《本草品汇精要》彩色药物图谱,载药 1070 种,精绘药图 1316 幅。作者文淑为文徵明之后,书画传家,所绘药图形态逼真,色工兼备,为药物药材图鉴,亦具美术欣赏价值。《中国医籍补考》虽载鄞县张寿镛的约园抄本一册藏中国国家图书馆,录其赵均、张凤翼、杨廷枢、徐沜四序及约园识语,然仅有目录,无正文图谱,缺了最紧要的部分,故只能列于"未见"之列。夙知其彩绘稿本藏于此,久觅无缘一见,也只能徒唤奈何,今日有幸得见珍品,欣喜出于望外。

到台北不能不参观故宫博物院,9日早晨坐捷运信义线到士林,再转公交黄线到故宫路口,东行不远便到。穿过五开间的汉白玉牌坊,远远望见橘黄色外墙、青绿琉璃瓦的故宫博物院,如一座宫殿坐落于阳明山南麓的碧树幽林之中。门票不贵,350新台币,约83元人民币,但台湾本地老人有优惠折扣,大陆则不可,我批评说,这些文物全是大陆过去的,还对大陆人多加限制。售票的年轻人白了白眼,没吭声。

博物院的展品极为精美,有"四方来朝"的职贡图特展,有"敬天格物"的玉器精华展,有"抟泥幻化"的陶瓷精华展,有"天香茄楠"的香玩文化特展,有"钟鼎彝铭"的汉字源流展,有"慈悲与智慧"的宗教雕塑艺术展等等,众多的藏品展览令人目不暇接,一天的时间也只能走马观花。看过镇院之宝的翠玉白菜与毛公鼎,我认真参观"院藏善本古籍选粹",尤着意于观海楼、宛委别藏、天禄琳琅之珍贵藏书。

午餐后,抽时间前往主楼侧面的"图书文献馆",与昨天同样的手续,在入口处的服务台出示证件,签字,领阅览证。上楼便是善本阅览室,宽畅明亮,管理员是位娇小的女士,很热情,我道明来意:想看看有哪些医学古籍。她为我打开电脑,进入书目界面,耐心地说明使用方法。我一一翻阅页面,浏览书目,见有《绣像翻症》一卷,不著撰人,有光绪二十九年树德堂刊本二册,颇觉眼生,遂记录下来。欲进一步查看,打开电子书界面受阻,重回书目,却又不能,重新开始,汉字输入法既无我习用的五笔字形,拼音又与大陆的拉丁字母不同,是"ㄅㄆㄇㄈㄉㄋㄌ"的汉字式拼音,幼时曾学过,现在当然无法使用了。无奈,再寻管理员帮助时,发现柜台上放着紫色封面的台北《故宫博物院善本旧籍总目》，于是弃电脑而用旧物，借过，翻阅书目，有王昈《续易简方脉论》，二十年前为写作《永嘉医派研究》曾向台北故宫求助，辗转得此书缩微胶卷，今日又见，分外亲切。时已不早，征得管理员同意，拍摄从684页至737页的"医家类"，回家后再一一细阅，又发现若干种未见书目，而《绣像翻症》，《联目》《大辞典》均未载录，虽有《翻症图考》《翻症类治》，并非同书。

二时半，遂辞别善本室管理员与入口处工作人员，在门口留影以为纪念，重入博物院展厅，参观"藻琼集"院藏珍玩精华展，那二十多层的"牙雕套球"的鬼斧神工，30多个连环套装的"西洋木套杯"的奇技异巧，匆匆一瞥，即令人叹为观止。又过"至善园"，坐上红色公交，路过东吴大学，也没有时间下车看看钱穆老先生故居，直奔士林，抓住今天最后的时光参观这个由当年蒋氏官邸而改建的园林公园。

（载《温州读书报》2020年4月号）

54. 参观西班牙国家图书馆

  2015年秋，我们开始西班牙自由行，10月11日从罗马飞塞维利亚，然后格拉纳达、埃尔切、瓦伦西亚、巴塞罗那，逆时针绕伊比利亚半岛打了半个圈，19日傍晚到达首都马德里，入住格雷科旅馆（Hostal Greco）。旅馆很差劲，房间狭小，设施更不敢恭维，但位置绝佳，正当马德里市中心，东边是丽池公园，西边西班牙广场，都不远。安顿好，上大街走走，灯火通明，极为繁荣，附近并有小吃街，正是旅游者喜欢的地点。接下来几天先游览周边，塞哥维亚小镇独占两座世界文化遗产：巨大巍峨的引水渡槽屹立数千年，震撼人心；悬崖上的阿尔卡萨尔城堡是"白雪公主"的故居，在灿烂的秋色映衬下，风姿柔美。托莱多古城整个都是世界文化遗产，从公元前2世纪到1561年腓力二世迁都马德里，罗马人、西哥特人、摩尔人轮番攻占，又成为卡斯蒂利亚王国都城，1800年间沉淀下深厚的文化底蕴，包括哥特式、穆迪哈尔式、巴洛克式和新古典式各类古建筑保存完好，教堂、寺院、修道院、王宫、城墙、博物馆等有70处之多，只恨自己知识浅薄，无力充分消化吸收这丰盛的文化盛宴。22日游览马德里市区，太阳门、马约尔、西贝莱司、独立一连串的广场，古典建筑围绕精美的雕塑，同样蕴含着

54. 参观西班牙国家图书馆

丰厚的文化沉积，西班牙王宫、萨巴蒂尼花园、埃及神庙，一一走过，令人眼花缭乱。西班牙广场高高的纪念碑下端坐着塞万提斯，下边是瘦骨嶙峋的堂·吉柯德，西风古道瘦马，是我们最熟悉的场景和人物。订下 23 日下午 3 点去塞维利亚的 AVE 火车，上午便有了三小时的自由活动时间，目标便定在市区北部的哥伦布广场及西班牙国家图书馆。

广场不远，步行不过十多分钟，便见哥伦布站在高高的八棱廊柱之上，面向西方，即他发现新大陆的方向，手握资助其航海的卡斯蒂利亚王国旗帜，旗下是地球仪。廊柱之下是双层四面的碑座，装饰有哥伦布航海的相关浮雕。纪念碑下是车水马龙的繁华大街，东南方就是西班牙国家图书馆，临街一面是长长的铁栅栏。进了铁门即是图书馆主楼，一座古色古香的古典建筑，正面两层，下层是三扇拱形大门，上层则见八根高大的圆柱撑起三角形的门楣，构成新古典主义的建筑风格，生动形象的精美雕塑显示其尊贵的身份，斑驳的外墙面表明其经历的沧桑岁月。拾级而上，台阶中间的平台立着两座坐像，左边翻阅书册的长者长髯深目，一看就是饱读诗书的哲人，右边则头戴王冠，左手挂宝剑，右手递出纸张，一副王者气魄。国家图书馆，显然需要知识和权力两大支柱。三扇拱门边是四座手持书册的文人立像，我缺乏西班牙文化积累，并不识何许人，只是最右边的虬髯老头有点似曾相识，走近细看，雕像基座上刻着 "DE CERVANTES"，果然是塞万提斯。

推开图书馆的玻璃门，即是一套安检设施，工作人员却拦住我俩不让进，口中念念有词，无法听懂，于是打电话给远在塞维利亚的侄子金城，接电话的是侄媳王敬敬，她听过后告知：下门前台阶，进右边门登记，12 点可入内参观。于是下楼、进门、安检，递护照给当柜的女工作人员，对方却不明其意，比划着说了一通，仍无法沟通，继续请敬敬来翻译，才登记了护照号，拿到两张黄色小纸片，并叮嘱我们：要提前十五分钟到此，有人带队、讲解。一看表，已是 11 点半，图书馆边上是个小巧的街心公园，喷泉流水，抽象化的石碑，类似象形文字的碑文，容不得我细看，已到集合时间。参观的队伍有二三十人，未见亚洲人相貌的，人各一枚橘黄色的参观牌，印有图书馆的正面照片。先是一个印刷、书写的小型展览，展出各式精致的印刷雕刻工具，各种花样的印刷字体，墙上挂着线条细腻的插图画，可惜我们只字不识，无法深究，只在片头"CALIGRAFIA ESPANOLA"处拍照留念。12 点整，一位头发花白的女士带队，先停留在大门口的台阶下，她指着两尊雕像声情并茂地介绍着，看得出，她非常熟悉也充满感情，听众也一脸肃穆，认真听讲。我俩什么也听不懂，如坠五里雾中，回家之后查阅资料，才知那位长者是西班牙的教会圣人、神学家圣依西多禄，著《哥德族历史》及《天文学》《自然地理》等自然科学著作，还有《词源》二十卷，是个百科全书式的人物；王者是西班牙国王阿方索十世，政绩武功之外，主编法学巨著《法典七章》、科学著作《阿方索星表》、历史著作《世界历史》和《西班牙编年通史》，还有铿锵悦耳、独具音韵魅力的《古诗集》，甚至被称为"西班牙散文之父""智者"，是十三世纪欧洲最有学问的国王，文治之功令人敬佩，并非仅仅依仗权势坐到图书馆的大门口。突发奇想，我们温州图书馆门口的台阶上，是否也安放上温州文化名人的雕像，供人瞻仰？国情不同，恐怕也只能想想而已，但千万不要在《温州通史》之类的学术著作面前写官样文书的"序言"，万一落马，害得好书受累，这并非没有先例。

　　白发女士滔滔不绝，久久未罢，听得我心焦，一点钟要回

54. 参观西班牙国家图书馆

宾馆准备起程，耽误不得，真有那种《社戏》里老旦坐下来唱的感觉。老旦终于唱毕，进入图书馆，大厅正中央摆放着一座现代人物衣着的雕像，正俯首凝神于左手所持书本，体态自然，它是西班牙作家、历史学家佩拉约。从大厅右侧扶梯步上二楼，回廊悬挂精美的油画，推开高大的深色镂花木门，是董事会议室，紫檀色的会议桌围成椭圆形，靠墙摆放着做工精致的书柜，巨大的玻璃窗低垂着绣花窗帘，其间的墙面悬挂二大四小的六幅圆形油画肖像，水晶吊灯放散着柔和的光亮。这是一个很有故事的地方，白发女士依然认真介绍，听众依然用心听讲，我们仍是不知所云。后来才查阅到，6幅肖像画是18世纪初西班牙国王菲利普五世夫妇和四个年幼的孩子，菲利普五世1712年建宫廷图书馆，1836年图书馆移交给政府，更名为国家图书馆。室内华贵的家具属于曾经的西班牙首相戈多伊，因对抗拿破仑失败弃国而走，他的书柜和藏书尚能安全地保存于此。

白发女士带队重下一楼大厅，面对佩拉约石雕坐像又开始了滔滔不绝，我后来得知，这座雕像十年前曾引发一番风波，时任馆长的罗莎·雷加斯女士要将雕像移到馆外，马上遭到民众反对，半年的口水战，馆长最终妥协，以雕像石料经不起风吹雨打为由取消了迁移计划。一楼有展厅，展示珍贵古籍的复制本，据说运气好的话，也能看到古籍的真容，镇馆之宝"达芬奇手稿"、首版《唐吉诃德》、骑士文学史诗《熙德之歌》手稿等都曾在此展览过。

参观西班牙国家图书馆，我的心思在大阅览室，极想看看四壁书柜层层累叠直至屋顶的壮观，体验其庄严肃穆的读书气氛，可已到12点40分，眼看希望要落空了，不免焦急。于是脱离开参观队伍，自己推开四周的房门，匆匆一瞥，抓紧拍一

图55 参观马德里的西班牙国家图书馆。

两张照片。展厅的对面是索书处,靠墙是一长溜的柜子,正面密麻麻的小抽屉表明是书目卡片柜,入内则是电脑索书,与我们并无异样。门厅正面,即佩拉约雕像后边的玻璃门后,即是我心向往之的大阅览室,一排排书桌,读者并不太多,台灯散发着柔和的黄光,四周的书柜也亮着灯,无法入内,隔门也难窥全貌,拍几张照片以为纪念。时间已到12点45分,实在不能再耽搁下去了,向门口的值班女士出示车票,用肢体语言告诉她我们要赶车去了,即交还参观牌,出门而走。

这趟图书馆之行,真正是"图书馆纪行",只看只听只感受而不翻书不读书,匆匆一过,匆匆一瞥,仅此而已。但图书馆所显示的久远的文化底蕴令人肃然起敬,白发女士的敬业和热忱也给我留下了深刻的印象。

(载《温州读书报》2022年7月号)

55. 邂逅悉尼的新南威尔士州立图书馆

2017年春,正是南半球的秋天,我们3月20日从上海飞奥克兰,游历新西兰南北二岛之后,30日飞澳大利亚的墨尔本,4月3日晚间到悉尼,4日游蓝山,5日访首都堪培拉,6日上了VOYAGER游轮,在南太平洋打了个圈,游历新喀里多尼亚的努美阿、松树岛和斐济的劳托卡、苏瓦,19日早晨回到悉尼,入住市区南边中央车站附近的南方大酒店。

十年前曾随市拔尖人才考察团来过悉尼,故地重游,已经有几分熟悉了,知道市区几个主要景点就在一条线上,于是拿了张地图,由南向北徒步走走这个大"雪梨"。从中央车站门口向西再折北,过伊丽莎白路,很快到了海德公园,附近有军营博物馆、造币厂,继续向北,是"悉尼医院",静悄悄,并无熙熙攘攘的病患,也没有急匆匆的白大褂,环境清幽静谧,建筑古朴典雅。后来把照片发到微信请朋友们猜,有讲是大学,有讲是图书馆,就是想不到是医院。从悉尼医院边转过,有同样砖黄色,外表颇为典雅的建筑,侧面是四根大圆柱支撑的三角形,一种新古典主义的风格。三转两转,不知不觉间到一新型建筑的下层宽畅空间,呈完全的开放式,连个大门也没有,摆着不多的桌子和书架,洁净的大理石地面倒映着灯光,工作台背后艺术化的文字"state library of NSW"告诉我,这

55. 邂逅悉尼的新南威尔士州立图书馆

里是新南威尔士州立图书馆。但显然不像是图书馆应有的样子，我便来了兴趣，入内，四处随意走动，并无任何人干涉盘问。旁边的展览厅，展出大幅的黑白人物摄影作品，第一幅就是个华人面容的小孩拿着相机正对着观众，那淘气的样子活脱脱就像是我12岁的孙子刘景文。在片头"Beauty in difference"拍照留念，回家后请人翻译出来，是《不一样的美——约翰·路易斯的街头摄影展览》。上楼，穿过一个大厅，大约是电子阅览室，很大，各色人等盯着电脑屏幕却静静的并无声响。继续行进，可凭栏俯瞰楼下的阅览室，橘黄色的桌面，两旁的读者用的是自带的笔记本电脑，与刚路过的电子阅览室并不相同，也有人在看纸质书籍。我们是局外人，虽不通语言，不识文字，但同为读书人，心气还是相通的，感受这种读书氛围，是种很美好的享受。

继续行进，似乎通过一条通道，右边有梯级上行，站在阶梯之下，就可以看到上面是个高阔的大空间，拾级而上，阶梯直对的正面，门楣上悬挂时钟，二楼则是一长列的书架。竟然来到图书馆的主阅览大厅，但见巨大的空间比得上一个足球场，四周是三面顶天的书墙，分为三层，有扶梯可上，有回廊可行，可绕阅览厅行走，取书极为方便。整个穹顶全是玻璃结构，时值中午，阳光灿烂，室内一片光明，未开一盏灯，就是书桌上的台灯也未曾点亮。看书的人很多，几乎是座无虚席，但悄无人声，我们蹑手蹑脚地走过几张书桌，也靠近书架看看，回头又拍几张照片，上二层，整个阅览大厅尽收眼底，我们把宏大壮观的盛况完整地收入记忆。想两年前参观西班牙国家图书馆，欲瞻主阅览大厅而未及，隔门拍照也难窥全貌，不能不称遗憾，今日得遂所愿也是心满意足了。再想国内，我跑了七十多家图书馆，只在中国国家图书馆见到四层一体的中央大阅览室，气魄宏大，读者众多，却静悄悄的并无声响，静静的读书氛围具有一种震撼人心的力量。

出阅览厅，是亮着乳黄色灯光的门厅，出大门，便是熙熙攘攘的大街，回看图书馆，正门立面是传统的欧洲式样，砖黄色新古典主义的风格，三对粗大的圆柱支撑起扁平的三角形，两旁的馆舍呈轴对称展开，不仅气派壮观，更见古色韵味，充满历史的沧桑感。坐在图书馆门口大树下的长椅上，面对"state library of NSW"艺术字体的馆标，回想刚才的参观路径，应当讲，这里才是进馆的大门，入馆即是宏伟壮观的阅览大厅，经由地下通道与南边的新馆连接，老馆古朴典雅，新馆宽敞简洁，十分现代化，很和谐地统一在一起。我们误打误撞，从新馆的末端进入，严格讲有点不得要领。

图56 悉尼的新南威尔士州立图书馆有厚重的历史感。

图书馆旁是新南威尔士州议会大厦，门面很简陋，并不必

55. 邂逅悉尼的新南威尔士州立图书馆

出示任何证件即可入内。过安检，里面新建，颇为豪华，报告厅的格局像是图书馆的阅览大厅，只是小得多，四面是三层的书架，中间摆放着长条桌和折叠坐椅，铺的地毯像是秋天的草地。休息厅喷泉水池，清新幽雅，壁上的油画很精致。转了一圈，就是没看见议事大厅，于是向一位在场的工作人员打听。谁知此老兄二话不说，拿起钥匙就起身，打开大门，领我们入内参观。议会大厅并不大，中间是一张大台球桌样的工作台，摆放着书籍文具和话筒；两旁是长长的皮椅，足可坐十几个人，到大厅后段又圈过来，两端相连，形成两个环状，当然是议员坐席；大厅后边和两侧设有包厢，应该是旁听席；议长的坐席当然高踞上头，高大的木椅蒙着黑色的皮革，很是威严，顶上是新南威尔士州的州徽。我们很兴奋，好奇地四处张望，不停地拍照。那位老兄还邀请我们坐上议长的坐席，从近到远连拍了好几张照片，拍了相机，又拍手机，不厌其烦。相片照得不错，颇为自然，夫妻俩并肩坐上议长席，过把议长瘾，可遇不可求，倒成了意外之喜，太让我们高兴了。我们留恋于图书馆，同行者径自先行，去了歌剧院，后来看到我们荣登议长宝座的照片，又后悔莫及，啧啧称羡，好不眼红。

从皇家植物园继续北上，经音乐学院到著名的歌剧院，我们刚刚辞别的 VOYAGER 游轮就停靠在对面的码头，一直未能拍摄巨轮全貌，此时可以与悉尼第二地标海港大桥合拍一张全景图。从歌剧院西边转出，到"麦考理夫人之椅"，回头向南，到新南威尔士州艺术画廊欣赏画作雕塑，再过圣玛丽教堂、澳大利亚博物馆到海德公园，在唐人街的"心食堂"用过晚餐，回南方大酒店。一天之间，由南而北，又由北而南，两次纵贯悉尼市区，行程超过 10 公里，累极，也兴奋至极。

旅游自由行的好处就是随意溜达，随心所欲，碰到什么有兴趣就看看，邂逅图书馆，看看异国的青年学习状态，我感兴趣，是件美事。2019年6月游览巴尔干，12日一早我们坐31路公交去贝尔格莱德城西的圣萨瓦教堂，据说是世界最大的东正教教堂。进场之际，右边的新楼房有青年人排成长队，我就注意到这是塞尔维亚国家图书馆。图书馆不高，是全新的建筑，入口处抽象化的雕塑和钢管玻璃的建筑结构，给我们很现代的印象。上上下下走了个遍，大大小小的阅览室都是开放式的，电子化程度也高，读者多是青年人，同样的埋头读书，专心致志。

如果说，马德里的西班牙国家图书馆以其厚重的历史感为特色，塞尔维亚国家图书馆则完全以新潮取胜，而悉尼的新南威尔士州立图书馆则兼取其长，局外人匆匆一瞥，当不得定论，只是一个初步的印象。

（载《温州读书报》2022年9月号）

56. 润物无声
——我与温州医科大学图书馆

温州医学院图书馆无疑是我学术生涯最重要的支柱，支撑着我整个的中医药学专业的基础，从入职之初摸索专业方向，夯实知识基础，到积累知识，开拓视野，乃至选择科研项目，深入学术领域，都是必不可少的依仗，可以说，我是扎根于温州医学院图书馆这片深厚肥沃的土壤。

温州医学院在市区东郊，与我平时上班的附属第二医院隔一条马路，现在早已是闹市中心，车水马龙，喧闹非常。校园不大，图书馆在行政楼前，呈"匚"字形向西边开口，不高，只有四层，从1958年建校算起，大约有二十五年了，简陋又陈旧。一楼是外借处，学校科研处、教材科也在这里；二楼是阅览室及办公用房，三楼四楼是书库。十多年后，建成新馆舍，雄居校园中心位置，1998年暑假搬迁新馆，面积不知扩大了多少倍，宽畅明亮，远非昔比。2002年学院在茶山高教园区建成新校区，学院主体搬迁，图书馆更上一层楼，更不可同日而语了：七层的橘黄色的主楼巍峨高大，带古希腊风格的大门，四根巨大的圆柱顶着扁扁的三角形，最高处罗马风格的穹顶在阳光下熠熠生辉。四十年间，温州医学院升格为温州医科大学，图书馆与之同样地天翻地覆，可于我而言，最值得怀念和留恋的却是那简陋而陈旧的老馆。

图57 温州医科大学茶山高教园区的新图书馆，古典主义风格的大门，穹顶巍峨高大。

  1982年年底，初到温州医学院，便与图书馆结下不解之缘。按我的习惯先在书库巡视一圈，对图书的分放布局有所了解，再按需找书。那段时间读的书很杂，内外妇儿都来，西医知识是我的薄弱环节，以前借书不易，现在进了西医院校的图书馆，恶补西医知识便成题中应有之义，多结合临床所见病例查阅书籍，尽量沟通中西医学。一本厚厚的《实用内科学》，大体包涵了临床全部的常见疾病，一些少见病也可有一些印象。后来我上课时常对学生发问：这么厚的《实用内科学》，究竟有多少病是能够最终治愈的？西医办法不多，那中医让你多一种方法多一种选择，还是极有价值的。以此鼓励西医学生学习中医，便是攻读《实用内科学》时得来的灵感。早我一

56. 润物无声

届的研究生同学程泾当了中医科主任，建议我专攻儿科，说：附属第二医院今后要向儿科方向发展，配合医院发展，也应该向儿科发展。读了厚厚的《实用儿科学》，也读了中医、中西医结合的许多儿科书，回顾整理当年随詹起荪老师门诊的病案方药，着实下了些功夫。不过自我感觉还是搞内科得心应手，后来陈捷专攻儿科，我便一心搞内科了。但这段时间的努力并没有白费，在中医病房诊治儿科疾病就心里有底，尤其一例肝豆状核变性，病例讨论上了《新医学》杂志的"查房选录"专栏，此大不易，很高兴。

我自以为是温州医学院图书馆最勤奋最用功的读者，几年间借书多周转快，又成为最有收获的读者。医学专业书籍之外，我向来对文史哲与语言文字等学科抱有强烈的兴趣，一段时间又特别着意于中医的临床思维，社科阅览室的王宪文老师给予我极大的支持，种种社科方面的杂志源源不断地供给，使我大开眼界，尤钟情于《新华文摘》，浓缩了多学科知识和最新研究成果，大有启发。1985年5月13日，读到社科"管理学"范畴的《〈孙子兵法〉与决策理论》一文，突然间灵光一闪，能否移花接木把它与中医临床思维联系起来呢？重读《孙子十三篇》，梳理兵家条目，整饬成文，很是花了一些功夫，至6月28日完成《〈孙子兵法〉与中医临床决策》，先投《医学与哲学》，不中，再投《中医药学报》，发表于1987年第1期，感觉很是新鲜。再有一例，1991年11月，读某杂志《中西医结合工作中某些语言困惑》的文章，马上联想到同样的问题并不限于"中西医结合工作"，拟写《中医研究的基本语言学问题》，并构思其大体内容结构，探索种种语言冲突现象，分析为歧义冲突、异质冲突、反义冲突、古今冲突、中西冲突等，究其原因，一是抽象的哲学概念与具体医学内容的矛盾、二是比类推测的认识方法的局限、三则实体虚化等，由此提出语言学研究方法。抽时间撰写成文，后发表于《中医研究》1992年第2期，还在学院92年教师节的论文报告会上宣读。

　　《新华文摘》对我影响最大的，是日本学者汤浅光朝关于世界自然科学中心转移规律的文章，就此萌生一个前人未有的想法，近千年来中国也存在着代表一个时代医学发展的高峰和方向的医学中心，其学术水准具有理论和实践的先进性，这种中心地区如同"汤浅现象"也有形成和转移过程。历史上最初形成的医学中心是北宋的开封，王权成为医学学术的主要传道者，为继承、整理前人的医学遗产做了大量的工作；金元之际，河间、易水两大学派的出现，宣告医学中心从河南向河北、从官家向民间的转移，其性质也由继承总结转为创新突破，医学由此出现了一个崭新的时代。朱丹溪继承传播"三家之学"，成为北学南渐的中介，整个医学界的风气为之焕然一新。明清是中国医学走向全面成熟的时代，江南则是全国医学中心地区，以苏、杭、徽三州为中心的苏中、浙中、新安三大基地，鼎足而立，构成其骨架。一千余年来，河南、河北、江南，三大医学中心经历了继承、创新、另辟蹊径、空前繁荣四个阶段，其形成、发展和转移的过程，正是近千年中国医学发展的历史轨迹，既充分反映了医学发展的内在规律性，也深刻体现出社会、政治、经济、文化等外部环境条件的巨大影响。这成为笔者中国医学史研究的心得，撰《试论中医学中心的形成和迁移》，发表于1996年第2期《中华医史杂志》。

　　于图书馆，于工作人员，这些都是日常的业务，最平常不过的事。这种支持和依仗在于默默无闻、潜移默化之中，有如空气阳光，不可或缺，有如知春细雨，润物无声，一切都平淡

56. 润物无声

如水,看似微不足道,不值一提,于我却是必不可少,影响深远。于微细处见精神,点点滴滴入心头,我不能不从心底感谢温州医学院图书馆润物无声的支持。多年以往,我们成为朋友,在学术上相互支持、互助合作的朋友。印象中我为自己学校图书馆出力的事,大概也做了几件。1996年春节期间,东风医院白力力医师捐赠其祖父白仲英藏书给温州医学院图书馆,只需要一张图书馆的借书证,而温州医学院设立于1958年,并无任何古籍馆藏,这批藏书遂成为古籍部的基础。赵丰丰馆长还邀我抽出时间整理这批旧书,为图书馆出义工是愉快的事,也从中了解民国时期名中医所读之书,从侧面知悉其知识结构,于己亦大有启发和得益。赵馆长时亦要我帮助采购中医药图书,我也成功办妥几次,尤其97年向中医研究院情报信息中心求购中医药文献资料库,不仅增添馆藏,更为此后检索查新创造条件。数次有功之后,终于触了霉头,代图书馆邮购一套《历代医学名著全书》,踢到了石板上。那时没有网络,也看不到样书,仅凭介绍就订购了,结果除了书名是"全"的,"历代医学名著"收集不全不说,收集的名著更删节大半,我需要《证治要诀及类方》十六卷,结果"节选《秘传证治要诀》卷一至卷三",删掉了十三卷。真不知编辑出版者何来大胆,这样的书敢加"全书"的大名。一气之下,写了一篇《表里俱假一套书》批评一下,结果四处投寄而未能刊出,只得罢了,但再无颜继续为图书馆购书了。

自以为,我也是向图书馆反馈回报称得上丰盛的读者,1999年我的第一本书《中医学教程》出版,次年《永嘉医派研究》问世,我都是第一时间捐赠学校图书馆,接下来是大丰收的年头,2004年至2006年三年间连出了八本书,《丹溪学研究》《中医教程新编》《四库续修四库医书总目》《宋元明清医籍年表》《温州近代医书集成》《丹溪逸书》《西医运用中医的临床思路和方法》《解读中医》，接二连三地向图书馆赠书。迄今二十多年来，我向图书馆捐赠著作十八部十九册，总计两千万字。所谓树高千尺，叶落归根，枝蔓虽盛，不忘扎根的土壤，这或可视为我回报温州医学院图书馆的小小礼物吧。

我感恩图书馆的支持，老友胡滨曾任浙江中医药大学图书馆馆长，就对我说过，我们图书馆工作人员也最喜欢你这样的读者，读书勤奋用功，借书还书守信用，还能出成果。胡滨说得有理，这可能也是我俩四十多年友谊的基础。我自我评估最勤奋最用功同时反馈回报也称得上丰盛，看来恰如其分并没有言过其实。2007年12月，学院图书馆评选"十佳读者"，我荣膺其誉，接受"十佳读者证书"，还获若干赠书券，当然令人高兴。

此后，我与学院图书馆的来往反而减少了，原因有二：其一是2003年萌生撰写《浙江医籍考》的想法，注意力便转移到搜集医学古籍，进行目录学研究上来，学校图书馆藏书早已不敷我用，开始了面向全国的"图书馆之行"；其二则是，自2002年学院主体迁移到12公里之外的茶山高教园区，一来一往至少要耗半天时间，多是借上课之便匆匆一往，寻觅浏览零星的现代版古籍，时有所获。大部头丛书如福建科学技术出版社《温病大成》六部七册、人民卫生出版社《三国两晋南北朝医学总集》、《伤科集成》及其续集，资料丰富，极富价值，为《中国医籍补考》《中国医籍续考》提供了非常难得的素材。但盘桓书山，流连典籍，少了那么一种从容和闲适。退休之后，除捐赠著作，或办理科研成果鉴定、查新、引用证明之类事务外，我难得一登图书馆之门，有渐行渐远之感。2019

56. 润物无声

年3月，应楼新法馆长之邀，曾为图书馆全体工作人员作讲座"温州医学与医学古籍"，为此准备多日，整理资料，拍摄照片，制作PPT，略尽微薄之力。

图58　2022年11月12日，温州医科大学医学经典特藏馆开馆，我的18部著作赫然占有"传统医学特藏馆"门口"名医典传"两大书柜之一。

这篇《润物无声》成稿之时，2022年10月23日，温州医科大学副书记程锦国来电，说：学校图书馆拟建中医药典籍特藏馆，邀我出席11月12日开馆仪式并作学术报告。程原是市中医院院长、市中医药学会会长，后来当了温州卫健委书记，本是老相识，我欣然应承，并告之：我所有的著作均曾捐赠学校图书馆一份，一查即知。25日，馆长楼新法来电商量具体事宜，11月5日又亲自上门送来请帖。12日下午，温州医科大学医学经典特藏馆开馆仪式在图书馆二楼大厅隆重举行，李校堃校长、樊代明院士、钱永刚教授致辞，为特藏馆开馆揭幕，我与马大正恭逢其盛，亦忝居其列，并随同入馆参观。一进传统医学特藏馆，门口的两个大书柜，中间"名医典传"四个隶体大字,我和大正的著作赫然各占其一,就在此举行捐书仪式。我的《中国医籍补考》扎上金黄色的缎带,双手奉交楼馆长,接过金灿灿的捐赠证书,合影留念,我以为,这是我所钟爱的图书馆予我的最高奖赏。随后,我俩又在一楼的"青春之书房"为"三因论坛"作第一讲。马大正讲其"翰墨传家三百年,岐黄济世十四代"的家学渊源、"日出读书济苍生,月沉听涛著文章"的治学精神;我则介绍《中医学教程》及其《中医教程新编》的结构特色和创新意义,阐述"行万里路,读百家书"的"图书馆之行"。不知不觉中,日色已暮,楼馆长邀我题辞寄语,想想,我写上"润物无声"四字,这是我最为深刻的心得。

(载《温州读书报》2023年2月号)

附录——

我的大四喜
——四获国家科技学术著作出版基金纪事

足球比赛，射门中"的"就得分，值得庆贺；进两球叫梅开二度，球技过人；进三球叫帽子戏法，文雅点的叫连中三元，还要有好运气；进四球叫大四喜，那只有梅西、C罗才能办得到。我的大四喜是，五次射门四次得分，四获国家科技学术著作出版基金，也是大不易。

12月1日，收到国家科技学术著作出版基金委员会的通知，我所申报的《中国医籍补考》获得资助10万元，非常高兴。尽管两周前已从科技部网站看到公示消息，真正拿到盖有大红印章的白纸黑字，这种兴奋还是让人难以抑制。中午回家，小酌一杯，自我祝贺，又发到微信，收获一连串的"赞"。无名小卒，偏居一隅，八年间四次拿到这项基金，想来不是绝无，也算仅有的吧？

射门中的

第一次听说有"国家科学技术学术著作出版基金"，还是十年前的2005年。那年4月去北京参加"全国中医药发展高级论坛",找中医研究院医史所的朱建平,主要就医史类课题申报事向他请教。谈了许久,斟酌比较,最后,他的主意是,直接向国家科技部申请国家科技学术著作出版基金,并详细告知相关信息:科技部的网址、申报时间、基本程序和申报要求。他的《中药名考证与规范》刚刚拿了10万元的资助,直让同行羡慕得流口水。我当即就觉得,这信息有重大价值,我的《浙江医籍考》经多年酝酿,多年写作,已成雏形,学术上有其先进性,却是小众产品,发行量不会太大,有这么一笔资助是个好路子。又想,国家级的基金项目,温州僻处一隅,小地方的小学校,外加无名小卒,毫无优势可言,必须一丝不苟地做好准备工作,踏踏实实把方方面面都搞成最好的,才有取胜可能。《浙江医籍考》初稿虽成,还嫌粗糙,未见书目尚多,还须细心琢磨,一丝不苟。申报要求完成80%书稿,我则不仅要完稿,还要交稿,并由出版社出具回执,搞成铁板钉钉般的硬码。主意已定,屈指数来,距2006年申报还有十个月,手头事多,时间过于匆促,不可能琢磨出精品来,干脆就安排到2007年,时间充裕,要凭质量取胜。由此二十个月要倒计时安排,关键是北京、杭州、上海的几家图书馆的古籍资料。

2005、2006年间,忙得不可开交,先后交稿三部《丹溪逸书》《西医运用中医的临床思路和方法》《解读中医》,而《浙江医籍考》就挤在其间,有条不紊地推进着,利用出差之机搜集资料也告完成。2006年8月又前往北京,与人民卫生出版社的中医出版中心张同君主任商定出版事宜,交付样稿以便专家审阅;又与朱建平商定推荐专家,我的意见是,必须请国内顶尖的。朱建平是一位;北京中医药大学的图书馆馆长张其成教授是合适人选,但我素不相识,还请朱建平牵线介绍;

再一位则请北京大学资源学院的管成学教授，他是科技古籍专家，在温州师院工作过，老相识了，前些年还请我担纲《中国科技古籍大辞典》的副主编，负责编纂其医籍部分。18日回到温州，20日就看到《温州都市报》上刊登张其成教授来温讲座的消息，真是天助我也。27日一早赶到宾馆拜会，赠送七八种自己的著作，厚厚一大迭，意在证明实力，请他推荐不致损他英名。张教授听了我的打算，很爽快地答应了。

万事俱备，2007年1月24日，东风终于来了，国家科技部网站贴出申请国家科技学术著作出版基金的通知，当即整理好材料：全书的打印稿一份、供专家评审的样稿三份、包含专家推荐意见、出版社审稿意见、经费预算、出版协议、收稿回执的申请书五份，按要求装订成册，录制软盘。一周之内，全部工作完成，怕有什么差讹，又压了几天。2月4日寄往北京，筹画了近两年的大事终告一段落，如释重负，安心地等着过2月18日的新春佳节了。

尽了人事，一切听凭天命的裁决；费心费力的耕耘，为了丰厚的收获。年末，12月26日，接张同君电，她略带激动的声音说：科技部出版基金已批下来了，有9.52万之多。这数额大大超乎原先的设想，一阵兴奋有如进了球般的狂喜，就差前滚翻、后滚翻、脱球衣、跳桑巴了。这一胜利还带来一个副产品，温州医学院由此得知有这么个基金，开辟了新的科研立题的项目。

梅开二度

胜利容易冲昏头脑，进球的狂欢带来的是一脚臭球，当即决定2008年继续申报出版基金。一番紧张的筹备，3月17日完成并寄出《中国医籍补考》的出版基金申请书；随后冷静下来，就觉得有点不对劲，当年的任务尚未完成，凭什么再给你资助啊？果不其然，年底收到的一纸不予资助的通知，也在意料之中。但造成的被动是：工作重点的《中国医籍补考》不中，相对滞后的《中国医籍续考》就要提前上场。

2009年1月29日，科技部网站贴出出版基金的申报通知，但学科代码却有根本性的改变，生命科学的中医学中没有了相关学科，翻遍整个目录勉强算得上的只有管理科学中"图书情报资源管理"，这于我而言，等于是开辟一个生疏的新领域，是很大的挑战，也是难得的机遇。以后的进展表明，更多的是后者，这次申报学科的变动是我涉足社科领域之始，上帝关上一扇窗，一定会打开一片门，指引一条更为广阔的路。《中国医籍续考》接连获得省和国家的社科成果奖，发端于此；《中国医籍补考》申报国家社科项目成功也肇始于此，这是后话不表。

时间非常匆促，需要预备的内容更多，幸而经过两次申报的磨炼，程序已经熟悉，尤为可贵的是经过两次申报获得相关专家的信任，所以准备过程反而更为流畅，驾轻就熟，更多的精力放到全书和样稿，如此则书稿质量更有所提高。还有一个有利条件，人卫社把《浙江医籍考》印得非常漂亮，16开缎面精装，1000多页的大部头，封面左上角的出版基金图徽尤为醒目，如此高质量的产品一定令人满意，觉得物有所值，也有助于取得基金会的信任。3月25日寄出申报材料之后，便全力以赴把《中国医籍续考》的增修补充作为工作重心，我深知，著作的质量是学术的生命，不只是对出版社、出版基金会负责，更是对读者、对后世负责。一年之间，先后去北京、杭州、济南，三次外出访书寻书，搜求资料，而申报得中的好消息就是在济南开往南京的列车上得知的。那天是12月29

日,手机响起,看到张同君的名字,我就知道是大好事,且资助额有10万之巨。两次得中,梅开二度,当然高兴,然而少了些激动,更感觉到沉甸甸的责任。因此,2010年又五次外出访书寻书,跑了南京、上海、北京、杭州、苏州、扬州等地,搜求资料,不断充实《中国医籍续考》,使之成为高质量的精品。因此,书前的致谢名单列了长长的二十一个单位,也记录了多年来四处访书读书的艰苦历程。

帽子戏法

2011年的出版基金申报有了较大的变动,时间从年初改为8、9月,到9月底截止;其次是以网络申报为主,所有的材料都通过网络递交,只需要邮寄包含专家推荐意见、出版社审稿意见、经费预算、出版协议原件的申请书一份及书稿光盘作为存档之用。这舒缓了第三次申报的时间压力,也不必为打印全书和样稿而费力,所以《浙江医人考》的申报就很是从容淡定。

《浙江医人考》是《浙江医籍考》的姊妹篇,是以书求人、扩充研究范围的产物,早在2007年就列于浙江省历史文化工程研究项目,有充裕的时间收集资料,考证研究,写作也从容不迫,有时间精工琢磨,推敲润色。凭借国内无先的独创性,以宋室南渡为枢纽的分编方法,齐全的收录范围,严谨的考证研究,我对此书的前景充满信心,志在必得。然而,直到2012年7月,毫无音讯,13日,科技部网站贴出下年度申报通知,仍不知结果,到月底,似是山穷水尽,全然无望,遂与人卫社及三位专家商议,准备申报《中国医籍补考》,并在国家科技学术著作出版基金申报系统网站注册。次日,8月1日,收到出版基金办公室的电子邮件:刘老师,您的注册我已删除，我下星期一上班，您打电话。怎么？不许注册？大为不解，遂去信询问：高老师，我的注册怎么会被删除呢？《中国医籍补考》符合《申报指南》的要求，前次申报不准在2008年，四年内补充了大量内容，质量大为提高，亟待出版问世，怎么连注册都会被拒绝呢？两天过后，又收到邮件：您不是2012年申请了出版基金了吗，结果快公布了，您忘了吧？喜从天降，《浙江医人考》果真中标了？突然间就柳暗花明，太令人高兴了。8月25日，泰顺参加《温州通史》编纂会议回家，首要的事便是上国家科技部的网站，果然《浙江医人考》在公示之列，一阵狂喜；更大的喜事还在后头，浙江社科网公布第四届省社科联社科研究获奖名单，《中国医籍续考》竟然得了个一等奖。

《浙江医人考》的申报颇不平静，有点出人意外；其出版过程更是一波三折，意料不及。《浙江医人考》属浙江文化研究工程项目，前有前任和现任省委书记、省长为正副主任的"工程指导委员会"名单，随后是时任浙江省委书记习近平《浙江文化研究工程成果文库总序》，赵洪祝《浙江文化研究工程序》。2013年7月28日，清样校毕，我便静候新书，十天之后，8月7日责编陈东枢发来的短信，称《浙江医人考》人卫社列为重点书目，要上报国家出版署，习序能不能用，浙江方面一定要有文字说明，出版社不会为此担责。这可是麻烦事，总书记的"御笔"不能轻易动用，当然成理；可是要向有关部门批个意见，又谈何容易？撤下不用也多有不妥，给我出了个难题目。于是致电省社科联负责浙江文化工程文库的涂尚建同志，说要向省委办公厅请示。一个圈圈打下来，早已数月过去，《中国医籍补考》的申报计划泡汤，却也无可奈何。直到2014年元旦过后，3日接省社科联电，省委办公厅的文件已下,同意使用习近平总书记的序。大喜,收到的文件竟然没有盖章,又一番周折,才收到盖了章的公文。看着文件上简简单单的两行字"经请示中央办公厅,同意在浙江文化研究工程第一期待出版和第二期出版的成果文库专著上继续刊载习近平同志的总序",总算闯过最后一道关口。

整整耗了一年,2014年9月,《浙江医人考》终于出版,"好事多磨",觉得很有意思,于是写了一篇《一波三折》以纪其事,发表于2015年第1期《温州读书报》。

四喜临门

2014年9月,《中国医籍补考》申报国家科技学术著作出版基金,我是颇费踌躇的。俗话说,事不过三,我已三获国家出版基金,第四次申报,是否"人心不足蛇吞象"?此书又出师不利,多次碰壁,先是08年申报出版基金不中,再就是13年因《浙江医人考》的一波三折而不得申报,继续努力,成功的概率有几?然而此书七八年来,数易其稿,一再增补,倾注无数精力,视为名山事业,轻易放弃,又岂甘心?事不过三,也许就是此书这次必能成功?思考再三,斟酌推敲,写下如下一段文字。

本书是申请人已经实施了二十余年的中国医学古籍的目录学系列研究的重要一环。这项研究是全方位立体性的,分四个方面展开:一是现存古籍书目的调查、搜集和考证研究,著成《中国医籍续考》《中国医籍补考》二书,共载录古医籍7000余种,其中申请人亲见亲读的达6100余种,占全部书目的87%以上,并作了翔实周详的考证研究。前者获国家科技学术著作出版基金资助,出版后获省级社科一等奖。二是纵向的编年研究,根据医学古籍成书、出版、重刊的时间展开,注重版本流传，先后传承，著成《宋元明清医籍年表》。第三方面是横向的地域性研究，根据著者的籍贯、生活地域、医事活动开展，注重学术环境和传承，注重文化的联系与影响，目标则扩展到有记载而无论存佚的医学古籍，如 2008 年出版的《浙江医籍考》。最后，以书求人，由书及事，跳出目录学范畴，开拓新领域，研究中国医学发展的历史及其规律，此为立体性研究的另一方面，人民卫生出版社刚刚出版的《浙江医人考》，即是《浙江医籍考》进一步深入开拓而取得的成果。这是一项极其艰巨的宏大计划，也是脚踏实地、一步一个脚印的基础研究，申请人为此呕心沥血，付出了毕生的精力，也取得了丰硕的成果。

我想，无论哪个评委读了这段话都不会无动于衷。

说是为此付出毕生的精力，并不虚言，三十年之辛劳勤苦，个中甘苦，自是心知。仅是书前那《致谢》，罗列的图书馆就有 52 所之多，一一跑过，就是极大的工作量。6000 余种古籍，人或以为枯燥乏味之至，我却甘之如饴，嗜之若醉；人或望而生畏，我乐在其中，乐此不疲；人或急于求成，我自澄心潜志，心无旁骛，目不斜视。几多年来，有如愚公移山般的，孳孳汲汲，焚膏继晷，四处奔波，多方寻求，埋首故纸，从经子史集、儒理医术、释典仙宗、道藏家乘之中，细细搜求，披沙捡金，集腋成裘。如今头童齿豁，目障耳背，华发暗添，腰椎微突，大有心力交瘁之感，而终成正果，岂可轻言放弃？"临门一脚"不仅要踢，还要踢得精彩漂亮，来一记"世界波"。

今年（2015）7 月下旬，科技部网站已贴出下年度申报通知，仍未见去年申报的结果，有上次的经验，我并不紧张。10 月 30 日，我在西班牙旅游，收到出版基金办公室电邮："专家您好：今收到国家出版基金（新闻出版广电总局管理）关于请我们组织推荐国家出版基金评审专家的文件。现将专家推荐意见表发给你，请您自愿填写。如果您有意成为国家出版基金的评审专家，请填好《专家推荐表》后于2015年11月10日前发到我的邮箱。"有苗头了，作为申报人，一下子升级为专家，不仅是科技部的专家，还要被科技部推荐担任国家出版基金的评审专家，可见他们还是看重我的，获得资助应该不在话下。发过《专家推荐表》后，11月17日见到公示，12月1日收到资助通知，完满收获大四喜。

现在，与出版社的出版合同已签订，书稿已交付，《中国医籍补考》已告一段落。要不要来个"五子登科"？我在考虑。

结　语

大四喜大不易，扪心自问，取得成功的原因多多，主要是：一，国家科技学术著作出版基金凭成果申报，并非凭设想、设计和科研条件申报，这就阻隔了众多难能实现、或实际结果并不美满的课题，起码已经起到检验成果的作用，而实打实的成果更能判明其价值与意义；二，由于是凭成果申报，申报者必须先行付出大量成本，即整个科研计划的实施全过程，包括科研经费、时间成本，从而使申报的门槛大大抬高；三，直接向国家科技部申报，跳过了从单位到省市的层层关隘，免除了平衡、选拔之苦与地域、部门之限，以及可能存在的潜规则与官僚习气，使得冲关之途相对通畅平坦；还有，人民卫生出版社与三位推荐专家无保留的信任和肯定，不遗余力的热情支持，从而使得临门一脚准确有力，他们是名副其实的助攻王。于我而言，选题新颖，思路慎密，有完整的科研计划，取材丰富，写作艰辛，舍得花力气花时间，锲而不舍的进取，一丝不苟的态度等，都是重要的，不可或缺的。但我以为，很重要的一点是，守承诺，重信誉，必须按时高质量地交稿交书，完成出版任务。那厚实漂亮又沉甸甸的出版物，让出版基金会感到物有所值，物超所值，建立起充分的信任，才能打开胜利的坦途。

（载《温州读书报》2016年9月号，原题《四获国家科技学术著作出版基金纪事》，有删节）

附记：《中国医籍补考》体量巨大，高达474万字，出版过程自然耗时较长，我估计要一年多时间。交稿之后，2016年全力以赴抓紧完成《苏沪医籍考》的初稿，准备次年申报国家科技学术著作出版基金。《中国医籍补考》2017年3月出版，8月初网上挂出科技出版基金征集通知，资料早有准备，程序驾轻就熟，26日即完成网上申报。29日国家出版基金的高清奇女士来电，说明申报表尚未审核通过，原因是人卫社尚未上交《中国医籍补考》样书。我急忙表示，马上寄书，以保及时批复。9月初，申报表审核通过，立即打印，与全稿光盘、出版合同、承诺书等材料，直寄人卫陈东枢。如今人卫社也改变了申报办法，要求各作者纸质资料寄出版社，由出版社统一交付出版基金。

这次申报，我是信心满满，不仅因既往完成的著作质量高，信誉好，名声在外，有了知名度，连拿五个出版基金，更算得上文坛佳话，于出版基金而言也极有意义。果不其然，2019年11月27日，摩洛哥突尼斯旅游回温，科技部网站已在15日公示资助名单，《苏沪医籍考》入选。12月19日，收到国家科技学术著作出版基金正式通知，资助10万元。大功告成，五子登科，五福齐全。

图59　五获国家科技学术著作出版基金，此大不易，亦"行万里路，读百家书"之成绩。

但是，好事多磨大概是客观规律，2019年3月29日签订《图书出版合同》，其第七条规定："乙方保证于交稿后6个月内出版本作品。"5月4日交稿，并谓"请抓紧审阅，早日出书"。12月13日询问，却道一审还需几个月才行，于是赶紧把《海外中医珍善本古籍丛刊》新搜集到的材料补充进去，许多"未见"或"已佚"书目由此得见，且能够增加50来种书目，应该庆幸出版社审稿拖沓给了我时机。到次年8月仍无动静，别说出书，校阅清样也没个影，联系出版基金办公室，询问拿到资助后的出书期限，没有明确答复。接电话是个年轻女子的声音，大概高清奇退休啦？我想。继续催问出版社，东枢回答："基金办也给我社打电话，社领导要找我谈话。"随后，国庆期间收到大约三分之一的电子稿，陆陆续续到2021

年三四月,总算收齐一审全部电子稿,5月5日阅毕发还,又进入持续的等待之中。期间结识常熟虞麓山房"落枫簃主人"翁振鹏,2021年10月14日再访书乡,得未知未录未见书目30余种,时出版社二审未毕,还来得及补充修改。12月12日方完成二审电子稿订正,已经延期了两年。明代庄履严《医理发微》佚失已久,2022年春虞麓山房抢救发掘,得以复出,我整理成文,3月28日寄交出版社,非常幸运地插入《苏沪医籍考》中。7月间校正纸质清样,年内或可问世,2019年交稿,"难产"三年,迟迟不得出,却因此有了增补书目的机会,可以说是"坏事变好事"吧?辩证法确具神威。那么,2023年要不要再申报《安徽医籍考》国家科技学术著作出版基金?"店"大欺客,要不要继续合作?再创纪录,再造佳话,共创"六福全书",那是何等的美事?

一波三折
——《浙江医人考》出版纪事

拿到新出的《浙江医人考》，十六开精装，封面右上角狭条状徽派建筑的照片，与左下角水墨的竹枝相映，左上角两个圆圆的图标煞是可爱，橙黄色的是国家科技学术著作出版基金，咖啡色的属浙江文化研究工程成果文库。书籍装帧淡雅精致，我很喜欢。

《浙江医人考》有点来头，它属浙江文化研究工程项目，前有前任和现任省委书记、省长为正副主任的"工程指导委员会"名单，随后即是时任浙江省委书记习近平的《浙江文化研究工程成果文库总序》，赵洪祝的《浙江文化研究工程序》。去年（2014年）7月28日寄出校毕的清样后，我便静静地等候新书了，样书交付国家出版基金，才能开始下一轮的申报，而我的《中国医籍补考》正等着呢。十天之后，8月7日接到人民卫生出版社的责编陈东枢发来的短信，称《浙江医人考》社里列为重点书目，要上报国家出版总署，需要浙江的文字材料。我一时回不了神，以为碰上大好事，忙寄上当年签订文化工程的立项协议和结题证书；他又回复：习序能不能用，浙江方面一定要有文字说明，出版社不会为此担责。我又致电省社科联，想请社科联出个公函，仍是看问题简单化，涂尚建同志回复：社科联公函无济于事，要向省委办公厅请示。这下麻烦大了，一时半会怕是解决不了，我的《中国医籍补考》又该怎么办呢？

12日，发E-mail给国家出版基金的高清奇女士，说明因习近平总书记的序需要审批，《浙江医人考》只得延误出版，要求允许申报《中国医籍补考》，信后附上《浙江医人考》清样，以证我所言不虚。15日向国家出版基金网站注册，一个星期都不能进入系统，未获审批通过。于是21日上午电询高清奇，回复：按规定办，一定要《浙江医人考》完成之后，才能报《中国医籍补考》。再致电杭州，一时没有解决问题的迹象；再打电话人卫，事情毫无进展。无可奈何，申报计划泡汤。

一拖便是数月，其间虽催问了几次，无济于事。元旦刚过，1月3日下午2时许，接省社科联涂尚建电，省委办公厅的文件已下，同意在《浙江文化工程文库》继续使用习近平的序。大喜，即请尽快寄复印件来，又马上转告北京人卫，东枢连声说OK。这是最好的新年礼物。4日、5日是周末，6日一早就去收发室，拿到了省委办公厅的文件，一看便傻眼了，文件竟然没有盖章。马上与杭州联系，却说现在公文上了网络，我省都不盖章了，没关系的；发微信给北京，东枢说不行，"没有公章，我还可以搞个中央办公厅的呢"，想想也是的，官家最讲究的应该就是这印信，可叫我怎么办好？只得又麻烦涂尚建先生，他讲，再向省委办公厅请示。还好，这次很干脆，一周之后，13日也是星期一，便收到盖了章的公文。看着文件上简简单单的两行字"经请示中央办公厅，同意在浙江文化研究工程第一期待出版和第二期出版的成果文库专著上继续刊载习近平同志的总序"，我心头的石头终于落了地，又发微信给东枢,请他在前言中加上感谢省社科联与涂尚建先生的话语,他连声说应该。

事情办妥,时近年关,安心愉快地过了年,高高兴兴地去越南旅游了一圈回来,满以为就可以看到新书了,当头棒喝是已经报送卫生部了。原来,人民卫生出版社归卫生部管,要经卫生部再到出版总署,才算事情办结。我也有点疲软了,由他去吧,只要不误了8月申报国家出版基金就行,也不催也不问。如此到5月5日,得知出版总署电话通知出版社可以付印,但未发文。又过了一个月,6月5日电话催问,出版社毫无动静;7月8日,离国家出版基金申报不足一个月,我有点坐不住了,推测出版总署可能电话通知就算了,不再发文,出版社这才如梦初醒,开始最后的编辑程序。7月下旬,到太原开中华医学会医史学分会第十四届一次学术年会,会后特意到北京一趟,说是十多天可以出书了,稍觉放心。此后,又是沉寂无闻,数为催促,亦无回复。8月13日,国家出版基金早已开始申报,这边仍是悄无声息;14日,收到东枢发来的《浙江医人考》付印的电脑截图,表明8月8日付印,25日交书,每册1722千字,单价299元;9月2日下午收到东枢微信,《浙江医人考》已经出版。其后,便是匆匆地申报国家出版基金程序,幸我已是第四次申报,驾轻就熟,早已做好准备工作,所以尚属顺利,也忙到9月底才完成,总算没有耽误。

9月10日收到人卫社发来的《浙江医人考》,回头想想出书过程的一波三折,"好事多磨",我觉得很有意思。

(载《温州读书报》2015年1月号)

后 记

读书人离不开图书馆，搞学术研究更离不开图书馆，我的《中国医籍续考》致谢名单列了二十多家，随后出版的《浙江医人考》则增加到三十七家，这张名单自然还有不断拉长的趋势。从家乡的温州市图书馆，就读的浙江中医学院图书馆，工作单位的温州医科大学图书馆，远及黑龙江、四川、贵阳，遍布全国；追溯时间，长的有三十年二十年之久，多的三番五次不断上门。走的地方多了，便生出颇多的感触来，公共图书馆与专业单位图书馆各有特色，各地图书馆也风格各异，器量不同，有些图书馆的"中国特色"则叫人恼火，而更多图书馆的热情、认真，让人感动。所遇图书馆工作人员都很敬业，业务大都熟练，则是相同点。把这些感触一一写出，或许有点意思。

正好，温州市图书馆卢礼阳先生邀我为《温州读书报》写点什么，于是便有了写作的冲动，2013年8月号上刊出第一篇《国图纪事》，9月《三进中科院》，10月则是《令人神往的医籍宝库》，一一道来，遂成一专栏。加上前些年已在《温州读书报》刊行过的《我与温州图书馆》《我的南图情缘》，多年的读书足迹成此《图书馆纪行》系列。至2019年的《宋以后医籍年表》出版，致谢名单已经延长到六十九家；

后　记

2022 年《苏沪医籍考》定稿出版，我已走遍江苏除宿迁外各地级市及常熟、盱眙图书馆，致谢名单延长到 72 家，还不包括 2020 年年初旅游时路过，拜访参观过的台北两座图书馆。早在 2014 年，《图书馆纪行》已经成为《温州读书报》一个特色专栏，3 月，温州市图书馆举办《润物细无声——温州读书报 200 期回顾展》，有《图书馆纪行》的专门展板；2013 年的三篇文章收于《温州读书报》200 期文选《瓯歌二集》；到 2021 年编纂《瓯歌三集》时，《风送滕王阁》《樱花时节武昌行》《平湖秋月映孤山》作为《图书馆纪行》专栏入选；《温州读书报》2017 年第 1 期还刊登读者陈福季先生《善于利用图书馆的学者——读刘时觉〈图书馆纪行〉》，多所鼓励，使我很受鼓舞。

行万里路，读百家书，艰苦的图书馆之行带来丰硕的学术成果。《永嘉医派研究》《丹溪逸书》之后，我的中国医学古籍目录学研究，考证古医籍书目 6859 种，其中亲见亲读有 6355 种之多，这是巨大的工作量，记录了我四处奔波的艰辛，又衍化为学术研究的成果。多年来，先后取得 5 个国家科技学术著作出版基金项目，2 个国家社科基金项目，1 个教育部社科基金项目，2 个浙江历史文化工程项目，1 个浙江社科基金重点项目，出版《浙江医籍考》《浙江医人考》《中国医籍续考》《中国医籍补考》《宋以后医籍年表》《苏沪医籍考》等著作，又获国家高校社科优秀成果三等奖、浙江省第 17 届哲学社科一等奖、省社科联第 4 届社科一等奖、省高校科技成果一等奖及省中医药科技创新、温州市科技成果奖等多个奖项，回报也是丰厚的。这些成果又是促进我行万里路读百家书的动力之一。

2020 年年初，一场突如其来的瘟疫阻断了图书馆之行的步伐，走访安徽省图及合肥、滁州、马鞍山、芜湖、宣城图书馆后，赴各地图书馆的访书旅程就此止步，《安徽医籍考》的写作也只能依据现有资料，通过线上访问或委托朋友代劳，工作计划完全被打乱。何时再启程，谁能说得清，道得明？《图书馆纪行》戛然而止，正好，整理一下，成此小册子。

50 多篇文章，多已发表于《温州读书报》，此次基本不作改动，文章发表之后再有登门访书，或有其他联系，则以"附记"记录于后。

2020 年 5 月，应浙江省中医药研究院之邀，为"浙派中医丛书编撰工程和中华医藏项目专题培训"作"版本调研"讲座，23 日线上开讲，循《图书馆纪行》的思路谈论在全国各地图书馆访书观书的经历和心得；2021 年 4 月，应山东中医药大学之邀，专程前往济南，为"中华医藏编纂出版项目第三次技术培训"作《图书馆纪行——中医古籍目录版本调研》专题讲座，都得到学员听众好评。今结集出版，希望读者朋友能够喜欢。

温州医科大学附属第二医院　刘时觉
2022 年 12 月 18 日